目線

天野節子

AMANO SETSUKO

幻冬舎

目線

装丁　田島照久

目次

登場人物

堂島新之助（65歳）――堂島建設の社長
堂島雪江　――新之助の妻（故人）
桐生苑子（35歳）――堂島夫妻の長女
桐生直明（41歳）――苑子の夫　堂島建設の社員
桐生弘樹（5歳）――桐生夫妻の息子
堂島大輔（30歳）――堂島夫妻の長男　堂島建設の社員
堂島貴和子（29歳）――堂島夫妻の二女　ピアノ講師
堂島あかり（28歳）――堂島夫妻の三女　イラストレーター。美術館臨時職員
水谷香苗（27歳）――大輔の婚約者
加納拓真（30歳）――大輔の友人　大学講師
平田小枝子（28歳）――堂島あかりの友人　美術館勤務
野村清美（53歳）――堂島家の家政婦
宮本　茂（65歳）――料理人
松浦郁夫（65歳）――堂島新之助つきの運転手
津由木哲夫（48歳）――田園調布東署　署員
嶋　謙一（27歳）――田園調布東署　署員
田神修司（23歳）――田園調布東署　署員

プロローグ

その年の夏は格別の暑さだった。都内大田区では摂氏三十九度という記録をつくり、その後、夏が訪れるたびにその数字が話題になった。

真夏のその日はよく晴れていた。午後になると真っ青な空の端に、もくもくと入道雲が湧《わ》き立ち、近くの木立では蟬《せみ》が激しく鳴いていた。


「よーい」

掛け声と同時に、右手右足を前に出す。自然に体重が右足に掛かる。

目の前に廊下が延びている。普通の住宅にしては長い廊下だ。端っこから前方を見ると、廊下の突き当たりの高い窓がずいぶん遠くに見える。左手に二つの部屋が並び、それぞれに廊下と同じ色をしたドアがある。どちらのドアもぴたりと閉まっていた。

「どん！」

真剣に走る。時間にすれば十秒足らず。相手に負けることは分かっている。それでも真剣に走る。塵《ちり》ひとつない磨き込まれた廊下は素足に気持ちがいい。四つの足の裏がぴたぴたと湿った音をたて、相手の背中はあっという間に遠ざかる。やがて、かなりの差をつけられて、突き当たりの壁に体ごとぶつかる。息を弾ませながら二人で顔を見合わせ、わけもなくきゃっきゃっと笑う。負けても少しも悔しくない。楽しくて仕方がない。心も体もはしゃいでいた。

　廊下は突き当たると右に折れて続いている。建物がL字形なのだ。Lの縦棒に当たる廊下で二人はかけっこをしている。Lの横棒に当たる廊下が右に伸び、そこにもう一つ大きな部屋がある。そこのドアも閉まっている。

「もういっぺん」

　そんな風にせがみ、廊下を何回往復しただろう。髪の毛が汗でびっしょり濡《ぬ》れ、何本か額に張り付いている。その髪を指先で掻《か》き上げ、ちいさな掌《てのひら》で横に撫《な》で付けた。

「これでおしまい」

　その声に素直に頷き、よーいドンの格好をする。今度は大小五つの部屋が左手になる。途中に階段の下り口があり、階段は緩やかなカーブを描いて一階のロビーへと続いている。屋敷の一部は二階まで吹き抜けになっているのだ。

「ドン！」の声を合図に、そんな建物内の廊下を二人は走った。

　走り出してすぐだった。誰かが階段を上がってくるのが分かった。

　廊下を走り回る二人を誰かが注意しに来たのだと思った。だが、止まる気はなかった。相手はすでに二メートルほど先を走っている。いっそうスピードをあげた。

　階段の前を走り抜けようとしたときだった。いきなり左側から足が片方飛び出し、同時に、鮮やかな色彩の蝶が目のなかに飛び込んだ。声を上げる暇もなかった。突然の障害物に足元をすくわれ、勢いあまった体は、半回転して階段に叩きつけられた。

それでも声が出なかった。小さい体は階段をバウンドしながら落ちていった。

どういうわけか、そのとき目を開けていた。天井から階段を照らす電球がぶら下がっていた。見慣れたオレンジ色の明かりが、遠くなったり近くなったりしているようだった。

背中がロビーの床に叩きつけられたとき、二階の廊下でけたたましい泣き声が上がった。一階の方々から、人の走ってくる足音が聞こえた。

「救急車！」

と、叫んだのが大好きな人の声だったことを覚えている。

そして、階段の下り口から突然真横に突き出された足。

そのズボンの裾に施された鮮やかな色の蝶。

その蝶が目の裏で巨大に膨れ上がり、そのまま脳の襞《ひだ》に張り付いた。

意識が遠のく寸前だった。

あの真夏の日の午後、廊下に響いた軽快な四つの足音と、はじけるような笑い声。そのあとに襲った、二分にも満たない強烈な出来事を、そんな風に覚えている。

台所

東横線の田園調布駅西口を出るとすぐに閑静な住宅街が広がる。駅を要《かなめ》にして扇状に道路が延び、それほど広くはない道路の左右に、邸宅と呼ばれるような家ばかりが並んでいる。どこも塀に囲まれた門構えで、内側の樹木の緑が、外部からの侵入者を拒絶するかのように枝を伸ばし、葉を密集させていた。

東口と異なり、こちらは大きな屋敷ばかりが続き、決まったようにどの家も門扉を閉ざしている。不思議なことに、たまに歩道を通る人も一人歩きが多い。連れ立って、賑《にぎ》やかにしゃべりながら歩く人をあまり見かけない。

そんな環境だからか、この地域からは活気ある生活感が伝わってこない。自動車さえも音をたてずに静かに走っているようだ。目立つほどの高い建物といえば教会くらいで、あとは有名な私立女子高がこれも厳粛に、そしてひっそりとした佇《たたず》まいで存在している。

駅前から延びる中央の道路を進み、四つ目の角を右に曲がって四、五分歩くと、ゆるい上り坂の生活道路になる。左右のどの家も塀が高いため、それぞれの家の造りがよく分からない。ただ、高級な邸宅と思わせる雰囲気は充分に伝わってくる。

坂道を上りきったところの左手に、堂島新之助の住まいがあった。

ここも周りの家と同じで、高いブロック塀に囲まれ、塀と同じ高さの鉄の門扉がぴたりと閉まっている。門からゆるくカーブしながらコンクリートの道が玄関まで続き、池があり、四季折々に花を咲かせる樹木があり、そして高級車の並ぶ駐車場があった。

ヨーロッパの古典的な造りを模したような、純粋な洋館。建物の一階正面に、アーチ形の、縦長の窓が六つ並び、それは、茶色の壁面に白く縁取られて等間隔に並んでいた。堂島新之助のお気に入りのデザインだった。

今日は、新之助の六十五歳の誕生日。

やがて祝いの宴《うたげ》が始まろうとする秋の日の夕暮れ、先ほどから雨脚が強くなっていた。

あの夏の日からずいぶんと歳月が流れ、その間、屋敷の中は何回もリフォームされた。建物が古かったせいもあったのだろうが、玄関ドアを直し、一階の床を直し、階段を直し、プライベートルームも使いやすく手を入れた。プライベートルームはそれぞれバストイレ付きだった。

新築したほうが安上がりという意見もあったようだが、この家の主人が、西洋がかった古い造りのこの館にこだわり、外観はそっくりそのまま残された。

月日がどれほど流れても、家の中がどのように変わろうと、受けた傷が癒《い》えることはない……。

今日は人の出入りが多い。一度はドアがノックされ、馴染《なじ》みの顔が室内に入ってきた。客人は部屋の中を見回し、その辺りにあるものに触れ、親しく会話し、そして、「あとでね」と言って出て行った。

周りが静かになってずいぶんになる。

棚に置かれた時計が六時になろうとしていた。まもなく予定の時間だ。昨日からの天気予報で、今日、雨が降ることは知らされていた。強い降りだとも予想されていたが、これほど激しく降るとは思わなかった。この豪雨が凶と出るか吉と出るかは分からない。だが、計画を変えることはできなかった。今夜を逃せば、チャンスはいつ訪れるか分からないし、今夜でなければならない気がしているのだ。

（……それだけは我慢できない……決してあの人間を幸せにはさせない……）

窓を開けてその部屋を見た。カーテンが全開され、明かりがこうこうと点いている。部屋主がそこにいることは確かだった。部屋を出るときは必ず明かりを消し、カーテンを閉める。それが部屋主の習慣なのだ。

廊下の突き当たりを曲がり、目の前のドアをゆっくりノックした。

部屋主は普段着のままゴルフのパットの練習をしていた。

その室内で数分談笑した。その間に衣服を着替えるようすすめた。

六時十五分。これからが正念場、そして時間との勝負。

落ち着かなければならない。

大きく息を吸い、ゆっくり吐いた。

そんな呼吸を二回繰り返したあと、窓の外を見ながら切迫した声を出して部屋主を呼んだ。

そのとき部屋主はスーツに着替え、ポケットチーフを整えていた。

その満足げな顔がとたんに強張《こわば》り、あたふたとこちらへ歩いてきた。


準備したものをもう一度確認し、その部屋を出た。

幸い、誰とも会わず目的の場所へ着いた。

そこは闇だった。雨は降り続いている。

物体は思った場所に横たわっていた。

ペンライトで光を当てた。右半身を下にして、体を少し曲げている。

ライトを移動し顔に当てたが反応しない。目を閉じている。

鼻孔に指先を近づけた。僅《わず》かな呼吸が伝わってきた。

案じた通りだ。やはり、勇気を奮ってここまで来たことは正解だった。

急いで上着を頭から被った。

身をかがめ、足元にある頭を持ち上げた。

抵抗のない頭を両足で支え、固定した。

用意してきた物を握りしめ、渾身の力で頭の右側面を打った。鈍い音がした。

頭を元に戻し、もう一度鼻孔に指先を当てた。

指先に全神経を集め、少しの変化も逃さないように集中した。

頭の中で六十数え、さらに六十数えた。ちょうど二分経過したことになる。

指先には、僅かな気配も感じなかった。

(大丈夫！)

上着を脱いだ。たっぷりした上着なので嵩《かさ》がある。その上着を丸めて、袋に入れ、計画通りの場所へ押し込んでふたをした。それらの行為を進めるには、どのように工夫しても音が出る。だが、その音は雨の音が消してくれた。

斜め前の部屋から、ぼんやりと明かりが漏れている。中には人がいて、賑やかに談笑しているはずだ。これからその部屋の前を通らなければならない。だが、気づかれる心配は無用だった。ここへ来るときもその場所を通ったのだ。だが、室内の誰もそのことに気づいていない。あの真夏の日を境に、我が身にかせられた忌まわしい事情が、今、初めて役に立っている。

足元の物体から離れ、体の向きを変えた。

建物に身を寄せるようにして移動した。このようにすれば雨に濡れることもないし、たとえ、どの方向に人の目があったにしても、この姿を認めることはできない。

自分の身辺から発する音が、自分にさえ聞こえない。豪雨が音を掻き消し、闇が姿を隠してくれる。まるで暗い宇宙を浮遊しているような感覚だった。これほど都合のよいことはない。やはり、今夜の雨は吉だった。

行く手に窓がいくつも並んでいる。だが、臆することはない。人に見られる気遣いはないのだから。

雨の幕と、明かりの灯る窓の間をゆっくり通過した。


宮本茂は料理人なのにタバコを吸うらしい。もちろん、仕事の現場である台所では吸わない。だから、吸っているところを見たわけではない。だが、彼はときどき台所から姿を消す。初めは、何か料理に必要な用事があって外に出るのかと思っていたが、十分ほどして戻ると、微《かす》かにタバコの臭《にお》いがすることがあった。どうやらタバコを吸うために、一時間に一度くらいの割合で外に出るようなのだ。

「料理する人ってタバコは吸わないと思っていましたけど、宮本さんは吸うんですね」

平田小枝子は油の中からクルトンをすくい上げ、バットの中に入れながら言った。宮本茂が台所を出て行ってから三分ほど過ぎていた。

「そうみたいですね。この雨の中、どこで吸ってるんでしょう」

野村清美が笑いを含んだ声でそう言うと、あら熱のとれたインゲンを五センチほどの長さに切り、皿に並べてテーブルに置いた。

狐《きつね》色に揚がったクルトンは、そのまま摘《つま》んで口に入れたいほど美味《おい》しそうだった。

ディナーの準備はほとんど済んでいる。小枝子はガスを止めた。

「今は、タバコを吸う人にとって受難のときですね。禁煙場所が多いから」

「そうですね。でも、普通、料理をする人ってタバコは吸わないものですけどね。味覚が狂うから」

「私もそう思っていました。そういえば、宮本さんはあまり味見をしませんね。私なんか、味見ばっかりするから、途中で舌が麻痺《まひ》して、かえって分からなくなっちゃうんです」

「平田さんは料理好きなんですね」

「それほどでもないけど、家事の中では、まあ、好きなほうかしら」

野村清美が、からかうような笑いを浮かべた。

「ひょっとして平田さん、恋してるんじゃない？　若い女性が料理に興味を持つときってだいたい恋人ができたときでしょう」

「そんなことありませんよ」

小枝子がそんな風に言って話題をかわそうとしたとき、玄関のチャイムが鳴った。清美が時計を見た。六時五分だった。

「花屋さんだわ、きっと」

そう言いながら清美が台所を出て行った。

清美の後ろ姿を見ながら小枝子は頰が火照《ほて》ってくるのが分かった。そのことを意識すると今度は心臓が高鳴ってくる。すると自然に微笑が浮かぶ。

最近の小枝子は時折こんな経験をする。

小枝子は両手で頰を押さえながらテーブルに目を遣った。

今日のメニューは、肉料理が豚ロースのカマンベール包み。魚料理は太刀魚《たちうお》のゴマ風味サフランソース和え。スープはブロッコリーのポタージュと、鱧《はも》と松茸のコンソメ。サラダはシンプルに、焼きキノコと新鮮野菜のコールスロードレッシング和え。デザートはイチジクのタルト。ワインはボルドー地方のシャトー・ラトゥール1992年もの、シャンパンはドン・ペリニヨンが準備されていた。子ども用のアルコール抜きのシャンパン風飲料も用意してある。

テーブルにはオードブルが出来上がり、三つの大皿に盛り付けられている。オードブルは秋刀《さん》魚《ま》のマリネ。旬の秋刀魚を三枚におろし、腹骨をとり、皮をひく。そのあと身を厚く削《そ》ぎ切りにして、皿一面に扇形に並べ、その上に大葉の千切りが飾られている。扇の要の部分には、セロリ、キュウリ、人参の細切りがこんもりと盛られていた。ドレッシングは、オニオン、生姜《しょうが》、醬油、オリーブ油などの和風仕立てだ。


野村清美が戻ってきた。

「綺麗な花束が届きました」

そう言いながら、三つのオードブルの皿にふわりとラップを掛け、冷蔵庫に運んだ。冷蔵庫のドアを閉めると同時に、オードブルが置いてあった場所へ新しい食器がテキパキと並べられる。やはり、野村清美は手際がいい。堂島家に住み込みで働くようになって、十三年が過ぎたと聞いている。

料理人の宮本茂は、都心のTホテル内にあるフレンチレストランで十年ほどシェフを務め、五年前に引退した。堂島新之助がそのレストランをよく利用していた縁で、堂島家で人寄せがあると、宮本にもてなしの料理を依頼している。といって、そうそう宮本に依頼するほどの人寄せがあるわけではない。今夜は主人、新之助の六十五歳の誕生日なのだ。

引退後は悠々自適の暮らしをしている宮本だが、今日のために、一週間前から素材選びに奔走し、家政婦の野村清美と平田小枝子を助手に従え、料理はあとひと手間で出来上がりというところまでになっていた。

平田小枝子は堂島家の三女、あかりの友人である。

二人が知り合ったのは四年前、あかりが目黒のP美術館に臨時職員として採用されたことがきっかけだった。小枝子は以前からの正職員で、学芸員の資格を持っている。当然あかりとは仕事の内容がまったく違う。小枝子は、資料の管理や展示会の企画、次回の展示会の準備などに従事していた。

あかりは週二日美術館に通う。基本的には土曜日と日曜日だった。美術館は休日が忙しい。あかりは主に受付の仕事をしている。

あかりの本職はイラストレーター。仕事場は自宅である。週に二日、美術館に通うことで、あかりは気分転換しているようだった。その他の日はほとんど自宅で制作をし、美術館に通う以外に外出することをあまり好まない。だから、プライベートであかりと会うときは小枝子が堂島家に来ることになる。

あかりは出会った当初から小枝子に好意を示した。

どこかに響き合うものがあるのだろう。小枝子もあかりに好感を持った。二人とも派手な性格ではない。小枝子は自分を社交的ではないと思っている。そんなところで馬が合ったのか、二人の付き合いは五年目に入っていた。

今回、小枝子は宮本茂の助手を買って出た。過去に何回も堂島家を訪れ、二度ほど夕食をご馳走になったが、そのときは、ごく普通の家庭料理だった。もちろん、料理は家政婦の野村清美が整えた。どんな料理だったか覚えていない。

一流のシェフの作る料理を食べるのはこの上なく嬉しいことだが、小枝子はその技を見てみたいと思ったのだ。こんなチャンスはめったにない。だが、思惑ははずれた。ポイントをメモしようと思い、小さいノートとボールペンを用意したが、使うチャンスはなかった。宮本の職人芸をじっと見ている暇などないのだ。ましてや、メモをとろうなどと思った浅はかさには笑い出したくなる。そもそも両手はいつも濡れているのだから。

料理人のアシスタントは実に忙しい。魚肉類をさばくのも、主なる下ごしらえも、味付けも、盛り付けも、宮本がする。だが、宮本がその作業を滞りなく行うためには、アシスタントの果たす役割が重要なのだ。まず、調理作業の段取りを把握し、料理人の次の行動を予測しなければならない。必要に応じて体は台所内を敏捷《びんしょう》に動く。その動きは合理的でなければならないし、もちろん、料理人の邪魔になってはならない。その合間に水仕事をする。宮本の注文があれば、濡れた手をさっとぬぐい、速やかにその要求に応える。

料理に取り掛かる前に、一応打ち合わせをした。だが、これが打ち合わせかと呆れるほど、その内容は簡単だった。メニューと材料が書いてある紙を一枚渡されたが、レシピなど書かれていない。レシピは、宮本の頭の中にあるのだ。

小枝子と野村清美は、その紙を見ながら説明を聞いた。宮本は言葉数が少ない上に声が小さい。説明と紙に書かれている内容が結び付かなくて困った。その点、野村清美はこれまでに数回、宮本のアシスタントを経験したというだけあって、落ち着いていた。宮本のぼそぼそした声にときどき頷き、ときどき質問した。

結局、宮本の直接のアシスタントは野村清美、清美のアシスタントを小枝子が務める、という役割分担になったのだった。

とにかくアシスタントのアシスタントは雑用が多い。まず、宮本が使い終わった用具はすぐに洗って、水を切る。最小限の用具を効率よく使い回すのが宮本の持論なのだそうだ。だから、同じ鍋やフライパンを五回も六回も洗うことになる。まな板は二つを使い分けるが、洗うときは、次の素材に影響を与えないように丹念に汚れを落とす。

レストランの厨房と違って流し台も調理台も一つしかない。堂島家の台所はよその台所と比べると広いし、使いやすくできている。それでも、ちょっともたもたしていると、すぐに流し台が満杯になり、調理台が乱雑になった。

宮本は、調理用具は、自分が使いこなした物を自宅から持ち込んでいる。小枝子には、どれもが初めて手にするものばかりの上、鍋もフライパンもずいぶん重く、扱うのに骨が折れた。それでも、小枝子はその作業が嫌ではなかった。

小枝子の仕事はほとんどが水仕事だったし、メモをとる余裕はなかったけれど、プロの料理人の仕事ぶりを、間近で見られたことはよかったと思う。

宮本はかなりの肥満体で、老人と呼ばれる歳なのに、身のこなしが軽やかで、指先はしなやかに的確に動く。それは、見ていて心地いいものだった。

小枝子は今、料理に興味がある。現に、二カ月前から一週間に一度、中華料理の教室に通っている。だから、料理の上手な人や料理の好きな人には、それだけで一目置いてしまう。いずれ、今日の経験が役に立つときがあるかもしれない。そう思うと、なんとなく胸の膨らむような気持ちになるのだった。


清美がシャンパングラスを磨き始めた。グラスの数は十個。今日の祝いの席に着くのはちょうど十人だった。小枝子もそのうちの一人である。本来、堂島家の台所に入り込むような立場ではないのだが、友人であり、仕事仲間でもある、あかりに頼み込んだのだった。

「それにしてもずいぶん降りますね」

「ほんと、桐生さんのご家族、いいときにいらしたわ」

そう言いながら、小枝子は窓越しに外を見た。桐生一家が来たときはこれほどの降りではなかったのだ。雨のせいか日の暮れるのも早い。外はすでに夜だった。

「ああいう方たちの乗る車って、車内にいたら豪雨さえ分からないんじゃないかしら。雨音は聞こえないでしょうし、雨漏りの心配だってないでしょう」

野村清美の言い方がおかしかったので、小枝子は笑った。確かに、桐生直明の車は外国製の高級車だが、普通車と呼ばれる車だって雨漏りはしない。

「私の車、国産の普通車ですけど、雨漏りはしませんよ」

小枝子はそう言って、もう一度笑った。

「そういえば、雨漏りする車って聞いたことがないですね」

野村清美もおかしそうに笑う。宮本がいるとこんな無駄話はしない。彼がいるとなんとなく気詰まりで、二人とも無口になった。

堂島家の長女、苑子を妻にした桐生直明の車は、メルセデス・ベンツ最新型、去年買い替えたばかりだ。二千万ほどと聞いている。二女の貴和子と三女のあかりは国産車だが、それぞれ高級車と呼ばれる車で、特に、あかりの車は高額だと聞いていた。これらの情報は、三女のあかりから入る。

「私は自転車専門で、普段は特に不自由は感じてませんけど、突然雨に降られ、濡れ鼠《ねずみ》になって走っているとき、脇の道路を車が水しぶきを上げてすいすい走っていると、ちょっと、憎らしい気がしますね。こっちは、目をしょぼしょぼさせながら走っているのに」

野村清美はそんなことを言いながら、シャンパングラスを磨き終わり、慎重な手つきでトレイに並べた。

「冷蔵庫からバジルを出してみじん切りにしてください。ドレッシングに使います。さっき言った通りです」

小枝子にそう指示すると、清美は台所の入り口からロビーのほうを覗《のぞ》いた。台所は建物の一番端にあり、ロビーを挟んで、食堂、居間、その向こうにゲストルームが二部屋続いている。どういうわけか、この屋敷は台所と食堂が、ロビーを挟んで離れていた。だから、出来上がった料理はワゴンで運ぶことになる。

「皆さん、居間にいらっしゃるみたい。私、ちょっと食堂の様子を見てきます」

清美が台所を出て行った。

小枝子は軽快に包丁の音をたて、バジルのみじん切りに精を出した。

午後三時頃に降り始めたときは小雨だった。ところが六時を回った頃から雨脚は強くなる一方で、今は、雨が降るというよりも、水が地面を叩きつけているかのようにすさまじい降り方なのだ。小枝子は、さっきから何度も流し台の向こうのガラス窓を細めに開けて雨の様子を見ている。

それにしても宮本は遅い。この雨の中をどこまでタバコを吸いに行ったのだろう。

小枝子は、刻み終わったバジルを器に入れると、台所の壁に取り付けられた丸時計を見た。六時二十分だった。宮本が勝手口から出て行ってから二十分たっている。タバコを一本吸う時間にしては長い。

小枝子はまな板を洗い、もう一度時計を見た。

勝手口は流し台の左手にある。そこは一畳ほどのたたきになっていて、出入り口は引き戸だった。


小枝子は外用のサンダルをひっかけ、引き戸を開けて外を見た。雨は相変わらず勢いよく降っていた。庭の敷石や植え込みに叩きつける雨音は耳に突き刺さるようだ。風はまったく感じない。雨は垂直に落ちていた。

もちろん日はとっぷりと暮れている。広い庭にある三つの外灯が、心細くなるほど弱々しい明かりを滲《にじ》ませていた。

庭を見回しても何も見えない。雨のために視界も悪い。宮本の姿はどこにもなかった。いったいどこへ行ったのだろう。これはタバコを吸うためだけではない。何か別の用事があるのだ。案外、屋内にいるのかもしれない。

それにしても、二人のアシスタントに黙ったまま、責任者が二十分も現場を離れるとはどういうことだろう。ずいぶん無責任のような気がする。小枝子はそう思いながら戸を閉めようとしたとき、おやっと思って目を凝らした。

堂島家の庭は広い。種々の庭木や、季節の花が植えられ、庭の端には池もある。手入れの行き届いた庭が散策できるようにコンクリートで固めた遊歩道もあった。そのように凝った造りの庭は、勝手口の左手に広がっている。

小枝子が目を凝らして見直したのは、その広い庭の向こうだった。

そこには鉤《かぎ》の手に突き出た東側の建物がある。その建物の一階はゲストルーム。その庭に面したテラス側が駐車場で数台の車が並んでいる。

小枝子が目を凝らしたのは駐車場の左端だった。そのあたりで何かが動いたような気がしたのだ。

動いたというよりも、気配と言ったほうが的確かもしれない。はっきりした形や物を見たわけではないのだから。

(宮本さん?)

なんとなくそう思ってしばらく注視していたが、再びその気配を感じることはなかった。

何しろ広い敷地だから東側の建物まで距離がある。ゲストルームは二つとも明かりが消えているし、南側の居間の明かりはそこまで届かない。その上しのつく雨だ。今その場所は、黒く塗りつぶしたような闇の中に溶け込んでいた。

(気のせい……)

そう思い、顔を引っ込めようとして、何気なく視線を上げ、ゲストルームの上を見た。そこは、この屋のあるじ、堂島新之助の居間と寝室である。居間のカーテンの、中央の合わせ目あたりが少しだけ開き、室内の明かりが帯のようになって見えた。

(おじ様、まだ、ご自分のお部屋にいらっしゃるのね)

そう思いながら、引き戸を閉めた。

嘘のように静かになったが、まだ、耳の中に雨の音が残っている。こういうことを余韻というのかしら? そんなことを考えながら振り返った。野村清美もまだ戻っていない。

清美は仕事柄、ときどき台所を離れる。それは来客を迎えるためでもあるし、家人の用事を果たすためでもあるが、それにしても、いつまでも食堂で何をしているのだろう。

小枝子はそんなことを考えながら流し台に洗剤をふりかけ、油汚れを落とした。そのあと、少し溜まった生ごみを捨てる。他のごみを分別して処理し、使い終わった食器や用具を布巾で拭き、所定の場所にしまう。

台所仕事というのはきりがない。雑用がいくらでもある。ついでに流し台の周りの、板敷きの床に雑巾をかけた。

(わりと家庭的なんだわ、私って)

小枝子はそんなことを思いながら、結構楽しく雑用を続けた。

「私にできることあるかしら？」

小枝子は雑巾を絞りながら振り返った。友人である堂島家の三女、あかりが台所の入り口から顔を覗かせている。

あかりは台所内を見回して、「美味しそうな匂いがいっぱい」と言いながら入ってきた。

「もうほとんどできたみたいよ。私、何も手伝いができなかったわ。水仕事だけ。手が荒れちゃう」

そう言って両方の手をあかりの顔の前に出してみせた。あかりは声をたてて笑った。

「自分で希望したんじゃないの。だから、言ったでしょう。宮本さんは気難しいからやめなさいって。——そういえば、宮本さんは？」

「行方不明なの」

「行方不明？　どういうこと？　野村さんと喧嘩でもしたの？」

「あら、宮本さんと野村さん、仲悪いの？」

「そうじゃないけど、二人とも頑固者だから」

「喧嘩なんかしないわよ、子どもじゃあるまいし。タ・バ・コ」

「タバコ？　宮本さん、タバコ吸うの？」

「そうみたいね。吸っているところは見たことないけど、一時間に一回くらいの割合で勝手口から外へ出るの。戻ってくると微かだけどタバコの臭いがするのよ」

「そうだったんだ。知らなかった。……で、今もそうなの？」

「そうだと思うけど、でも、変なの、今回は長いのよ。もう二十分以上。さっき、外を見てみたんだけど、見当たらなかったわ。どこへ行ったのかしら」

小枝子はもう一度丸時計を見た。六時三十分だった。夕食は七時開始の予定である。六時五十分には全員がテーブルに着くはずだ。料理はまだ完全ではなかった。肉料理も魚料理も仕上がりの一歩手前の段階である。

「野村さんはどこかしら」

そう言って小枝子があかりを見ると、あかりは、テーブルの上にあるガラス製のボウルをじっと見つめている。小枝子は自慢げに言った。

「それ、前菜のドレッシング。すごいでしょう。私がつくったのよ」

あかりの返事が戻ってこない。小枝子はおやっと思い、改めてあかりを見た。あかりはボウルの中を見ているのではなく、ボウルの縁に目を当てながら、何かを考えている風だった。小枝子はもう一度呼んだ。あかりが「え？」と言って、小枝子を見た。

「私がつくったの。そのドレッシング」

「嘘ばっかり。バジル、刻んだだけでしょう」

「どうして分かるの？」

「宮本さんが、前菜のドレッシングを小枝子に任せるはずないもの」

あかりは小枝子を見上げて笑った。小枝子も、それはそうね、と言って笑った。

小枝子は刻んだバジルの半分をボウルに入れ、菜箸《さいばし》で掻き混ぜてから、ラップをかけ冷蔵庫に入れた。それは、野村清美に指示されていたことだったのに、宮本を気にかけているうちにうっかり忘れていたのだ。

「ああ、そうそう、野村さんなら、食堂でテーブルのセッティングをしているわよ」

あかりがそう言ったとき、ぱたぱたと足音がして、「あかりおねえちゃん」と呼ぶ声がしたと同時に、小さい顔が台所を覗いた。

桐生夫妻の長男、弘樹だった。弘樹はずいぶんあかりを慕っている。あかりの姿を認めると、躊躇《ちゅうちょ》することなく台所に入り、ひょいとあかりの膝《ひざ》の上に乗った。五歳と聞いているが、体格のいい色の白い子だった。細い目元が母親の苑子によく似ている。

「ヒロ君、目が覚めたんだ」

あかりが、膝の上に乗った弘樹の顔を覗き込むようにして言った。

弘樹が居間のソファで午睡をしていたことは、野村清美から聞いて知っていた。

小枝子は二人の睦《むつ》まじい姿を見ながら、テーブルセッティングをしているという野村清美の手伝いをしたいと思っていた。だが、台所に誰もいないというわけにはいかない。ガスコンロにはコンソメスープの大きな鍋がのり、今気がついたが、小さく火がついている。野村清美が時間を見計らってそうしたのだろう。

調理台の上には出来上がった料理や、下ごしらえされた品が並んでいる。こんな状態のまま台所を空けるわけにはいかない。といって、宮本も清美もいないのでは、何をどうしておけばいいのか分からなかった。

仕方ないので小枝子もあかりのそばに椅子を出して座った。目の前で弘樹がゲーム機を操作している。小枝子は弘樹に話しかけた。

「ねえ、弘樹くん、宮本のおじさん見なかった？」

弘樹は、宮本のおじさんて？　と、小枝子の顔を見ないまま訊《き》いた。指先はゲーム機の上で忙《せわ》しなく動いている。小枝子にはゲームの内容はさっぱり分からない。

「今日のお料理をつくってくれるおじさんよ。ヒロ君、会ったことあるでしょう」

あかりが口添えした。

「ああ、あの太ったおじいさん？　僕、見てない」

弘樹にとって、宮本茂はおじいさんだ。そういえば、宮本と、弘樹の祖父である堂島新之助は同じ歳だと聞いたことがある。

あかりが、膝に乗った弘樹のさらさらした髪の毛を触りながら、小枝子を見た。その大きな目には、からかい半分の笑みがあった。白目に濁りがなく、薄い水色を帯びて、まるで幼児のように瑞々《みずみず》しい眸《め》だ。

「小枝子、最近なんとなく変」

「何が？」

「——輝いている、というか、弾んでいる、というか、そんな感じ。それに、今日は急に宮本さんのアシスタントをしたいなんて、なんだか怪しい」

「別になんにもないわ。ただ、お料理に興味があるだけよ」

「独身の女性が料理に興味を持つときって、恋人ができたとか、結婚を意識したときって聞いたことあるけど、それって、わかるような気がする」

小枝子はびっくりしてあかりを見た。そして思わず笑ったが、その笑いはぎこちなかった。あかりが清美と同じことを言ったことに驚き、その観察眼にうろたえていた。

あかりが、何？　というようなまなざしで小枝子を見つめている。

あかりには、大胆と思えるほど相手を見つめる癖がある。少し、不躾《ぶしつけ》ではないかと思うほど視線を逸《そ》らさない。意識的にそうしているのではなく、単なる癖なのだ。それは、これまでの付き合いから分かっていた。だが、瞬《まばた》きの少ない、長いまつげで縁取られた大きな眸に見つめられると、ときにはたじろぐこともあった。

あかりは不思議な魅力を持つ女性だった。特に美人というわけではないが、個性的な顔立ちをしている。特に目が大きく、深く澄んだ眸は、吸い込まれるような力を感じる。目に物を言わせるというのは、こういうまなざしのことを言うのかもしれない。

ヘアスタイルはいつも同じで、顎《あご》の下あたりまで伸ばした癖のない量感のある髪の毛を、眉毛のところでぱつんと切り揃《そろ》えている。あかりの下膨れの輪郭に、そのヘアスタイルはよく似合っていた。

あまり口数は多くないが、言うべきことははっきり言う。だが、その大きめの唇から世辞らしい言葉が出ることはまずなかった。社交的でないといえば簡単だが、人の好き嫌いがはっきりしていることは確かだった。

（あかりはどこまで知っているのだろう。早く話すべきと思ってはいるのだが……）

あかりの眸はまだ小枝子を捕らえている。小枝子は、いつものように自分から視線を逸らした。

「私の場合は……お料理好きなだけよ」

「そうなの？　で、どうだった？　フランス料理の勉強、少しは役に立った？」

「具体的な勉強にはならなかったわ。アシスタントのアシスタント、の勉強にはなったと思うけど」

「何、それ」

「だって、私は野村さんの助手よ。私のやったことは、鍋やフライパンを洗ったことと、キュウリ、人参、セロリを千切りにしたことと、バジルをみじん切りにしたこと」

あかりと小枝子が声を上げて笑った。


そこへいきなり、宮本茂が戻ってきた。二人の笑い声は途中で中断された。

宮本は勝手口を開けてのそりと入ってきた。手に椅子を持っている。

「宮本さん、どこへ行ってらしたんですか？」

小枝子はなんとなくうろたえた気持ちになり、慌てて立ち上がってそう訊いた。あかりと弘樹が台所にいることが、まるで自分の責任ででもあるかのように感じていた。

宮本は、関係者以外の人間が台所に入るのを好まない。特に子どもが出入りするのを嫌うらしい。レストランでシェフを務めていたときの習慣で、それは今も変わっていないそうなのだ。

宮本は、あかりと弘樹がそこにいることにびっくりした様子で、いっときあかりを見た。すかさず、あかりが言った。

「ごめんなさい。勝手に台所に入り込んで。小枝子がどんな仕事ぶりか見てみたかったの。宮本さんが行方不明になったって、小枝子、心配していたわよ」

「子ども用の椅子を取りに行ったのです」

宮本は、ぼそりとした口調でそう言うと、台所に上がった。そのあと、流し台で手を洗い、ガス台の上の鍋のふたを取った。宮本は、寸胴鍋の中を覗き込み、火加減の調整をしている。

なんだ、そうだったのかと小枝子は思った。やはりさっき、東側の建物前で何かが動く気配を感じたと思ったのは錯覚ではなく、宮本が物置から子ども用の椅子を出すために通ったのだ。その姿が闇の中で動いて見えたのだろう。物置は東側の建物の脇《わき》にある。雨でも濡れずに出入りできるように、物置の屋根は母屋まで突き出ていた。

小枝子があかりを見ると、あかりが首をすくめるようなしぐさをした。大きな目が笑っている。あかりの膝の上にいる弘樹は、大人三人のやり取りには頓着なく、相変わらずゲームに余念がない。

そこへ、野村清美も戻ってきた。

「あら、あかりさま、ここにいらしたんですか。加納さんが探していましたよ」

「そう。拓真さん、どこかしら。私も探していたの」

「居間においでです」

「そうなの。いつ頃から居間にいたのかしら」

「さあ、六時頃までは貴和子さまのお部屋にいらっしゃったと思います。お飲み物をお持ちしましたから」

あかりが、「そうだったの」と言って頷いた。

加納拓真は、堂島家の長男、大輔と幼友達で、その付き合いは三十年近くになると聞いている。今夜は加納拓真も招待されていた。拓真は自宅が遠いこともあって、夜、堂島家を訪れるときは泊まることもよくあるそうで、二階に拓真専用の部屋まである。

「あかりさま、着替えられたんですね」

清美が、今気がついたというような顔をしてあかりの衣装を見た。

「そうよ。変?」

「いいえ、とてもよくお似合いです」

あかりは、ワインレッドのジョーゼットのブラウスを着ていた。スタンドカラーで、袖《そで》が肩の付け根からプリーツ仕立てになっている、上品で優雅なデザインだった。カラーの合わせ目のところに、七宝焼きの、黒アゲハのブローチをしている。

ブローチは、あかりの首の下で七宝焼き特有の艶《つや》を放ち、まるで本物の蝶が止まっているかのように、リアルだった。

あかりは小枝子に、「じゃあ、あとでね」と言うと、宮本の背中にちらりと目をやり、体の向きを変えた。弘樹が、あかりの膝をつかまえながらふざけて甲高《かんだか》い声を上げた。

「あかりおねえちゃん、おねえちゃんのお部屋へ行こう」

「もう、お食事よ」

「ちょっとだけ」

「じゃあ、本当にちょっとだけよ」

小枝子と清美が、台所を出て行くあかりの後ろ姿を見送った。

小枝子は台所の入り口からロビーを覗いてみた。あかりと弘樹がゆっくりと二階へ上がって行く。小枝子はなんとなくふっと息をつき、体を台所へ向けた。

「平田さんはもういいですよ。あとは私一人で大丈夫。そろそろ着替えをしたほうがいいんじゃないですか。いいですよね、宮本さん」

小枝子は宮本を見た。宮本はガス台のそばから小枝子を振り返り、「お疲れさん」と言った。

小枝子は、「ありがとうございました」と礼を言い、台所を出た。


野村清美はワイングラスを磨いた。薄いガラス製なので気骨が折れる。十個を磨くには結構時間がかかった。磨いたグラスをトレイに並べ終わった。ワイングラスとシャンパングラスが綺麗に並んだ。

次の指示を聞こうとして、ガス台のそばにいる宮本茂を見た。

宮本は、右手におたま、左手に小皿を持ったままじっとしている。鍋のふたが開いているので、スープの味見をしているのだろうが、おたまも小皿も、宮本の胸の前に止まったままだ。頭の角度からすると、宮本はガス台の前の壁を見ながら、何かを一心に考えているようだった。

それは鍋の中のスープのことではない。料理とは無関係の、別の何かに気を取られている。そんな様子が広い背中から伝わってくる。

何を考えているのだろう。

「宮本さん」

野村清美に呼ばれて宮本が振り返った。怪訝《けげん》そうな顔をして清美を見ている。

「どうかしました?」

「え? いや、別に」

宮本は思い出したようにおたまを鍋に入れ、スープをゆっくり掻き回した。スープを小皿に移して味見をし、頷いた。

「あと、何をすればいいのかしら?」

「シャンパングラスを磨いてください」

「終わりましたけど……」

宮本はもう一度清美の顔を見たあと、テーブルのシャンパングラスに目をやって頷いた。

「テーブルのセットは?」

「終わりました」

「では、もういいですよ」

宮本は、鍋の中を覗き込み、おたまをゆっくり回している。

「弘樹君の椅子を物置に取りに行ったそうですけど、ずいぶん時間がかかったんですね」

「ああ、椅子が奥のほうに入り込んでいて、探すのに時間がかかったんです。取り出すのに脚立を使ったりして――それに」

「どうしたんですか?」

「松浦君の様子を見に行ったもんだから」

「松浦さんを？　松浦さんはいないと思いますけど。確か、山形へ行っているはずです」

「そうらしいですね。留守でした」

「この雨では濡れたでしょう」

「物置に、古い傘が置いてあったんで、急にその気になったんです。家まで行ったわけではないです。木戸から覗いただけです」

　堂島新之助の運転手を務める松浦郁夫の住まいは、堂島家と狭い道路を挟んだ角地にあった。不思議なことだが、堂島家を境にして、東側の区域はごく普通の住宅地となる。大邸宅と呼ばれるような屋敷は少なく、都内のどこにでも見られる住宅地だった。その中でも、松浦郁夫の住まいは小さかった。

食堂

「弘樹君は何歳？」

水谷香苗の問いに、弘樹が呟《つぶや》くように「五さい」と言った。

「弘樹、ゲームはやめなさい！　何回言ったら分かるの！　失礼ですよ、人に話しかけられているのに、顔も見ないで生返事なんて。――ごめんなさいね、香苗さん」

桐生苑子は、香苗と弘樹の顔を忙しく見比べ、

「この前も塾の先生がおっしゃったでしょう、人のお話を聞くときはちゃんと相手の目を見なさいって。お母さんだって、あなたを見ていてそう思います」

と、付け加え、弟、大輔の婚約者である水谷香苗に愛想笑いをした。

弘樹は、母親の小言など痛くも痒《かゆ》くもない、という顔つきで、両手でしっかりゲーム機を握っている。二本の親指にはますます力が入り、盤の上で忙しく踊っていた。

「そういえば、来年は受験ですよね。弘樹君」

そう言った平田小枝子は、紺のワンピースに着替えていた。胸元とフレアースカートの裾に白とピンクの小さい花がプリントされている。目鼻立ちが小作りで、肌が白い、という以外にこれといって特徴のない顔立ちだが、どことなく清楚な印象を人に与える。そんな小枝子に紺のワンピースはしっくりと似合っていた。

「そうなの。これからの一年が勝負。本当はお父さまの誕生祝いどころではないんだけど。――そういえば、小枝子さんは小学校、どちら？」

「私は、中学まで公立です」

苑子は、曖昧《あいまい》に笑いながら微かに頷くと、この際、そういう人には用はないといった風に、すぐに顔を香苗に戻し、「香苗さんは、どちら？」と訊いた。苑子の顔は優しげに微笑《ほほえ》んでいる。だが、その目は真剣みを帯びていた。

水谷香苗は苑子の切れ長の目に見つめられ、少したじろいだ様子を見せたが、

「私は、T女学院です」と答えた。

「ああ、T女学院ね、そうなの。――では、ずいぶん塾に通ったんでしょう？　T女学院は今でも狭き門ですもの。十五、六倍って聞いているわ」

「そうなんですか。あまりよくは覚えていませんけど、二つくらいの塾に通ったと思います」

「二つ……」

苑子は半眼のような目つきをしてしばらく虚空を見つめた。今、弘樹は四つの塾に通っている。

苑子は、半眼を本来の切れ長の目に戻すと、少し首を傾《かし》げて、

「香苗さん、大学は……確か、J大学よね」と、確認した。

「はい、そうです」

「では、T女学院へは進まなかった、ということかしら？」

「はい。小学校の三年生でやめました」

苑子の目が見開かれ、口から軽い咳がひとつ出た。じっと香苗を見つめる目が、立て続けに瞬

きをしている。香苗は苑子の反応に戸惑った様子で少し笑顔をつくった。

「——それで、どうしたの？」

「四年生からは公立の学校へ通ったんです」

「公立……」

「そのあと、中学でJ大学の付属を受験しました」

「なぜ、T女学院をやめたの？」

苑子の質問は唐突で性急だった。

今、苑子の関心ごとといえば、一人息子の弘樹の小学校受験だけ。その他のことにエネルギーを使う余裕はない。そして、受験に関する情報、特に有名私立小学校に関する情報ならどんな些《さ》細《さい》なことにも敏感だった。この時期、情報はいくらでも入る。というよりも、多すぎる情報が、頭に染み込まないまま身辺で渦を巻いているという状態だ。何を取り込み、どれを切り捨てればいいのか混乱している。

身近に、受験者を持つ親が大勢いるが、親同士が本音で話し合い、情報を交換し合うことはまずない。ほとんど毎日会い、ときにはお茶を飲んだり、食事をしたりするが、お互いの間には常に見えない垣根が存在していた。

同じ塾に通うということは、同じ学校を受験するということで、相手はみなライバルなのだ。近い将来、垣根の向こう側へ飛び立つ親子と、取り残される親子とにはっきり分けられる。それを承知の上で談笑する。なんとも不思議な付き合い方だった。

苑子は息子の弘樹を将来、医者にしたいと願っている。はっきりした理由があるわけではない。

また、桐生の家がそのような環境、というわけでもない。強《し》いて言えば、苑子の憧れだった。

苑子は若い頃、医者の卵に恋したことがある。彼を含めたグループ付き合いが二年ほど続いたが、苑子は彼の前に出ると気持ちが縮んで、思うように振る舞うことができなかった。日頃、おおらかで物怖じしない苑子にしては珍しいことだった。

そして、苑子が思いを伝えることのできないまま、苑子の友達が卵から医者になったその彼と結婚した。友達は医者の娘だった。

そのことに拘《こだわ》っているわけではない。

苑子は夫の直明に満足している。直明は些末事に拘らない単純明快な性格だった。立場からして、直明が堂島建設の社長になることはない。このままいけば次期社長は大輔だろう。大輔に男の子が生まれれば、その次の社長は大輔の子。副社長のポストはないから、直明はせいぜい常務止まり。そのことに不満はない。

ただ、母として医者になった弘樹が白衣を着て、首に聴診器をかけ、病院の廊下を颯爽《さっそう》と歩く姿を想像すると、なんとなく胸が熱くなり、若い娘のように心ときめくのだった。それに医者という仕事は、ありとあらゆる職業の中で最も意義深く、人に尊敬され、頼られ、願われ、いわば特別な人だ。

苑子は弘樹を建設会社に勤めさせる気はなかった。やはり、医者である。理屈の伴わない苑子の願望だった。

苑子は今、初めて経験する我が子の受験に疲労気味だった。だが、その疲労は病からくる疲労と異なり、どこかに漲《みなぎ》るものがあった。それはたぶん、闘争心なのだろう。小学校受験は、母親の試験とも言われる。受験者本人が幼いため、その母親たちは自らが走らなければならない。皆そう思って懸命に走っていた。

以前から聞いていた通り、こういうとき父親はなんの役にも立たない。この三年間で、夫の直明が協力したことといえば、親子面接の模擬テストを二回受けただけだ。そのときだって、打ち合わせした通りにはしてくれず、試験官を前に、勝手な子育て論を三分間もしゃべり続けた。まるで、会社の若手社員にセールストークについての講義をしているように、直明の口調は滑らかだった。

あとで先生から、「独自の子育て論をお持ちであることはたいへん良いことですが、受験する学校の教育理念について、ご夫婦で共通理解しておくべきですね」と言われる始末。

苑子は腹を立て、三日間直明と口をきかなかった。

だから苑子は、あまり素直ではない弘樹を相手に一人で受験と闘っている。

小学校の受験とは、子どもがこの世に生を受けて六年間、どのような環境でどのように育ったか。また、学校側の教育観と、その子どもの持つ個性が合致しているかどうか。これらについて観察する。それを入学試験と称する。

この概念は三年も前から聞いていた。どこの学校の説明会でも同じようなことを聞かされてきた。だが、分かりやすいようでいて実に難解な学校側のこの表明は空念仏に過ぎない、現実は違う、ということも、この三年間で分かってきた。

当然のことながら、有名私立小学校には入学希望者が殺到する。募集人数に対して十倍以上という学校がざらにある。現に、弘樹が第一志望としているK学院は、七十名募集のところ、八百名が受験するだろうと予想されている。ということは、七百三十名は断られるわけだ。

学校側はこの七百三十名を断るために試験を行う。そして、最も公平で、誰もが納得する合否の判定は数字なのだ。我が子の出した数字を前に異議を唱える親はいない。黙るしかないのだ。数字には、人を簡単に納得させる不思議な力がある。

要するに、試験で何点取れたか、これが最も公平な子どもの選び方ということになる。

試験に受かるためには他の子どもより高い点を取らなければならない。高い点を取るためには正解を出さなければならない。そのためにはトレーニングをして、問題解決能力を身につけなければならない。だから塾通いをしなければならない、という流れになる。

小学校受験だからといって、学校側の説明を鵜呑《うの》みにし、精神論だけを唱えていては決して合格はしない。

考えてみれば、ごくごく当たり前のこと。そういう意味では、小学校受験も大学受験も入社試験も、試験と名のつくものはみな同じなのだ。

苑子は、この席で受験のハウツーを訊こうとは思わない。それに関しては、この三年間で充分経験したつもりだった。それよりも、香苗の、その形のいい唇から無造作に飛び出した言葉に関心が湧いていた。

T女学院は大学まで一貫教育だ。本人がよほど何か突飛なこと、それもマイナスの出来事を起こさない限り、大学までエスカレーター式に進める。

当時、香苗親子も、今の苑子親子と同じように受験戦争の苦労を味わったはずだ。その果てに獲得した、T女学院の希少な指定席のはずなのに、「進路変更しました」とさらりと言った香苗に、意表を衝《つ》かれた思いがしたのだ。

苑子は笑顔をつくったまま香苗の返事を待っていた。

香苗は、老舗《しにせ》の和菓子店の娘だ。店の、ある商品は、皇室御用達としても知られている。十何代と続いた大店《おおだな》の娘とは思えないほど、香苗は日本人離れした彫りの深い顔立ちで、はきはきとした物言いをする。闊達《かったつ》で物怖じせず、体つきは大柄。流行のファッションを見事に着こなし、のびのびとした生活態度だった。

そんな香苗が、少し首を傾げたあと、

「自分には合わないと思ったんです」と言った。

「合わないって、何が？」

「うまく言えませんけど、とにかく、この学校嫌だな、と思いました」

苑子はびっくりして香苗を見た。ずいぶん大胆な発言だ。T女学院といえば名門中の名門。その名は日本中に知れている。

「T女学院を、嫌だな、と思ったの？」

「ええ——いいえ、学校そのものというよりも、周りの雰囲気だったと思います。幼い頃のことなので、そのときの気持ちを細かくは覚えていませんけど、とにかく、息苦しいような気がしました。思い切り深呼吸ができないような……」

香苗の説明は抽象的なので、苑子にはうまく理解できない。

「いつ頃からそんな風に思ったのかしら?」

「二年生のときには感じていました。でも、両親にはっきり意思を伝えたのは三年生に進級してからです。本当はすぐにでも変わりたかったんですけど、結局、四年生になるまで待ちました。それは、私の訴えに両親が理解をしてくれたので、あと一年だけだ、と思うと、気持ちの切り替えができて、我慢できたのだと思います」

「ご両親が理解なさったのね。あなたの言い分を」

「ええ」

「私には分からないわ。だって、十数倍の難関を突破して入った学校なのに、僅か二年やそこらでやめたくなるなんて——」

「私、今ならなんとなく分かるような気がします。たぶん、女子校だったからだと思います。入学が決まった当時は、女子校に憧れるような気持ちがあったと思うんですけど、実際に入学してみると、思い描いていたこととは違う、と感じました。男子がいなくて、女子だけって、なんだか妙なんです」

苑子の目は香苗の顔にぴたりと当てられている。苑子は無意識に頷きながら、その目で香苗の話の続きを促していた。

「私、姉妹がいなくて、兄弟の中で育ちました。使用人もほとんど男性だったからか、男子が一人もいなくて、同じ年頃の女の子だけがいっぱい、という環境に馴染めなかったのかもしれません。たぶん、そのときはもっとはっきりした感覚があったんだと思いますけど、もう忘れていま す」

なるほど、と苑子は思った。それなら分からなくはない。また、老舗を構える香苗の両親が、男ばかりの中で育つ一人娘の将来を案じ、T女学院を志望したことも分かるような気がする。T女学院といえば、別名、お嬢様学校とも呼ばれ、そういう意味でも全国的に有名なのだ。もし、弘樹が女の子だったら、苑子もT女学院を志望しただろう。

だが、入学後の香苗の両親の気持ちが分からなかった。せっかく入学できた超一流といわれるT女学院を、なぜ潔く捨てられたのだろう。その頃の香苗にはまだ、学校を嫌う理由を整然と説明する力はなかったと思う。それなのに、両親は娘の訴えを受け入れ、簡単に公立小学校に変更した。

自分だったらどうだろうか。

苑子は過去二年間の苦労を振り返った。弘樹が幼稚園の年中組になってからは、帰りの通園バスはほとんど利用していない。自宅近くでバスを待っていると塾に間に合わないのだ。だから、幼稚園が終わる頃に迎えに行く。幼稚園も塾も、自家用車で通うことを禁じているので、苑子一人のときはタクシーを使う。週に一度は、朝も園バスを使わず、苑子が徒歩で送り迎えをした。片道三十分の道のりだった。

塾の先生から、

「幼稚園の行き帰りに、親子で会話をすることが大切なのです。道端に咲いている花々、四季折々に変化する街路樹、道路を歩きながら出会う、様々な仕事をする人たち、そういうことに関心を向けさせ、そのことについて会話するのです。その場合、お母さまは聞き役にまわり、なるべくお子さまに話させたほうがよいと思います。必ず、面接のときに役立ちます。一番困ることは、質問に対して黙り込んでしまうことです。点数に大きく響きます」と言われている。

苑子は先生のアドヴァイスを忠実に守っていた。

週に一度のその日は、弘樹を幼稚園へ送り届けると自宅には帰らず、幼稚園の近くの喫茶店やレストランで時間を潰す。その間に、問題集に目を通し、その日、塾で出題されると予想されるものには苑子自身が解答を心得ておくのだった。昼食を済ませると、一度店を変える。あまり長くなると気がひけるからだ。新しい店でコーヒーを何杯もお代わりし、ようやく幼稚園の迎えの時間になる。

幼稚園の正門で待っていると、なんとも覇気のない様子で、弘樹が園庭をぷらぷらと歩いてくる。その肩からは、必ずといっていいほど、背負ったリュックの肩紐がずり落ちていた。全身に力が入っていない証拠だった。

苑子は、そんな弘樹を見ると、この子、大丈夫だろうか、と急に不安になる。そのあとにはどっと疲れが出て、全身から力が抜けていくのが分かった。だが、その脱力感は、すぐにじりじりとした焦りへ変化し、鋭い声で「弘樹!」と呼ぶのだった。

園庭では、他の園児たちが元気に走り回り、駐車された園バスの中では、発車を待つ子どもたちが甲高い声ではしゃいでいた。

幼稚園の行き帰りには何かきっかけを見つけて弘樹と会話を進めようと努力した。しかし、通る道はいつも決まっている。そうそう珍しいものや変わった職業の人に出会うわけはないし、咲いている花も街路樹も、短い周期で変化するものでもない。第一、弘樹がそういうことには興味を示さず、ろくな返事が戻ってこないのだ。何度も訊き返すと、疎ましがって黙り込んでしまう。そのたびに、苑子は声を高くして、弘樹を叱った。

苑子はそんな日々を思い出しながら、視線を香苗から弘樹に移動させた。弘樹は相変わらずゲームに夢中で、隣にいるあかりが弘樹の小さい手元を覗き込んでいる。

苑子は、そんな弘樹を見ながら思った。もし、めでたく弘樹がK学院に入学できたとして、喜びもつかの間、途中で学校をやめたいなどと言い出したらどうしよう。そんなことになったら、今までの努力と苦労はどうなるのか。

（――でも、K学院は共学だから……）

そんな風に思い直したとき、隣にいる夫の直明が笑いを含んだ声で言った。

「君、今、K学院は男女共学だから大丈夫って、安心しただろう」

苑子は慌てて「どうして？」と訊いた。

「顔に書いてある」

テーブルを囲んでいるみんなが、わっと笑った。

「そんなはずないでしょう。まだ、合格できるかどうかも分からないのに、退学する心配なんかするはずないわ。へんなこと言わないで」

「それを聞いて安心した。K学院は落ちて当然。受かれば奇跡だ。奇跡はめったに起こらないから奇跡という。K学院に費やすエネルギーを、S小学校に注いだほうが賢明だと思うがね」

「別に、K学院だけにこだわっているわけではないわ」

「苑子姉さん、さっき、T女学院は狭き門で、十五、六倍って言っただろう?」

香苗の隣で、今までニヤニヤ笑いながら話を聞いていた堂島家の長男、大輔が言った。

「ええ、言ったわ。本当のことよ。それがどうしたの?」

「例えば、十六倍だったとして、十六倍とはどういうことか、分かりやすく説明するとね――」

そう言って、大輔はまた笑った。苑子をはじめ全員が大輔を見た。大輔は苑子と同じような切れ長の目でみんなを見回してから、

「その辺の公園で遊んでいる同じ年齢の子どもを無作為に十六人集めてね、メンタルテスト、言葉による自己アピール、イマジネーション、挨拶や生活習慣、友達との関わり方、それにあらゆる運動能力、これらを試験する。結果、その全てにおいてトップの子ども、その子一人だけが受かる。十六倍とはそういうことなんだってさ。いつだったか、塾の講師をしている友達から聞いたよ。当たり前のようだけど、分かりやすいと思わない?」

大輔はそう言うと、笑いを含んだ目で苑子を見た。

苑子の目が落ち着きなく動いた。確かに大輔の説明は分かりやすい。なるほど、と思える。十六倍という現実を、こんな風に説明されたのは初めてだった。

苑子は、そのたとえ話の内容に少なからず狼狽《ろうばい》していた。K学院は十六倍とは言わないまでも、

十二倍にはなるだろう。無作為で十二人の子どもを集めたとき、あらゆる面で弘樹がトップ……？　苑子は思わず首を振りそうになって、慌てて首筋に力を入れた。

弘樹は、決して頭の悪い子ではない。だが、能力にばらつきが目立つ。受験に最も大切と言われる、話を創作したり、人前で体験発表したりすることが大の苦手だった。声が小さく、語彙《ごい》が貧困。その内容は、ぼそぼそ単語を並べるだけのお粗末さだった。自信がないせいなのだろう。人前で堂々とした態度ができない。試験の点数はいつも平均点以下だった。

その理由を直明は、母親の干渉過多だと言う。子どもの行動を待てなくて、すぐにあれこれ先取りする。だから本人の意欲を減退させ、自信を喪失させるのだと。

だが、それは受験準備に密着しない父親だから気楽に言える正論なのだ。現実に、弘樹が自ら事を起こすのを待っていたら、いつになるやら分からない。だから苑子としてはつい、弘樹を追い立てることになる。

だがその反面、弘樹は記憶力が抜群だった。例えば、物語の中にどんな動物がどの順序で登場したか、何色の風船がどのような配列で並び、風船の数は全部でいくつだったか、このような内容を正確に記憶し、再生した。間違うことは、まずない。

また、動物や日用品が十点ほど描かれた絵を見たのちに、別の絵を示され、前の絵と比べて何がどのように変わったか、と問われる。これなども、弘樹はじっと絵を見つめながら、一つずつ正確に答えた。これに関しては、親でさえ驚嘆するほどなのだ。

記憶とは、銘記し、保持し、再生すること。それに必要なのは集中力。塾の先生からそのように教えられたが、弘樹はその能力が他の子どもよりもはるかに勝っていた。

弘樹は、記憶の試験で点を落としたことがない。だから、記憶することに関しては褒められることが多い。褒められるから、ますます記憶力に磨きがかかった。

だが、総合的に見ると、どう考えても……。


そのとき、あかりが少し強い口調で言った。

「そんな子って変人だわね。ちっとも面白みがない。第一、可愛くないわ」

どういうわけか、苑子は、力のこもったあかりの言葉に反射的に頷いていた。そのとき、言い出しっぺの大輔が言った。

「そういうこと！　T女学院やK学院にすんなり入るような子どもはみんな変人。面白みのない、大人をそのまま小さくしたような可愛げのない子ども、というわけさ。姉さん、義兄《にい》さんの言うように、K学院ばかりに固執しないほうがいいよ」

そんな言い方をする大輔に、苑子が言い返した。

「固執しているわけではないわよ。でも、だとしたら、香苗さんは、変人で面白みがなくて、可愛いげのない女の子だった、というわけ？」

「そうじゃないさ。だから、進路変更したんじゃないか。そもそも、小学校受験は本人の意思ではなく、親の意思で決めるだろう。六歳の子どもは親に従うしかない。ところが、やがて子どもに自覚が芽生え、判断力が備わってくると、自分の置かれた環境が、本当に自分に相応《ふさわ》しいかどうかを考えるようになる。香苗さんもご両親も、そのあたりに何かを感じたんじゃないのかな。だから、別の学校への進学を決意した」

苑子は、おやっと思った。大輔の話と、直明が以前、苑子に話した内容がよく似ていたからだ。直明はK学院受験には反対だった。理由は簡単。弘樹にその力はない、荷が重すぎるという判断なのだ。万にひとつで入学できたとしても、すぐに挫折が待っている。親であるなら、わが子の能力や個性を直視して、それに沿った環境を整えるべき——。

直明はそのとき、淡々とした口調でそう言った。

もしかしたら、直明が大輔に入れ知恵したのかもしれない。

直明と大輔はわりと仲がいい。

直明も大輔も堂島建設の社員。直明は社長の女婿《じょせい》であり、大輔は年下でありながら社長の息子だ。考えてみれば、お互いが微妙かつデリケートな立場にあるわけだが、そのことによる摩擦のようなものはいっさい感じられなかった。

直明は女婿という立場をわきまえている。苑子の夫になれたことだけで満足している、という精神の持ち主である。ようするに人がいいのだ。それでいて、いざというときには行動力もあるし、包容力もある。ときに物足りなさを感じる夫ではあるが、総体的にみて、そんな直明の人柄を苑子は好ましく思っている。

大輔もまた兄弟がいないせいか、直明には親しみを持って接していた。仕事上の話もするし、プライベートな話もしているようだ。

つまり、直明と大輔はいい関係なのである。

だから、夫の説得に耳を貸さない妻に、別の側面から新風を吹き込んでくれるように頼んだのかもしれない。大輔が小学校受験に関心などあるはずがないし、大輔に塾の講師の友達がいたなど、聞いたことがない。苑子は、隣の直明を見た。

直明は、どこ吹く風という顔つきであらぬほうを見ている。

そのとき、またあかりが言った。

「もう、その話はやめましょう。大輔兄さん、無神経！」

あかりの強い口調は、弘樹の前で繰り広げる話題ではない、という抗議であった。大輔が首をすくめるようなそぶりをしてにやりと笑った。あかりの隣では、相変わらず弘樹がゲームに夢中だった。

「そうだ、やめよう。しかし、純粋に変人でないのは、俺と、加納君と、平田さんだな。小学校も中学校も地元の公立だ。なあ、加納君」

直明が明るい声で言った。いきなり話を向けられた加納拓真が、少し戸惑ったような顔をしたが、

「そういうことですね。僕が大輔と一緒だったのは幼稚園だけで、小学校からは別々の学校だったけど、家が近かったから、学校以外はほとんど一緒に遊び、休日はこちらへ入り浸っていました。高校のとき、八王子に越してからは、遊びに来るたびに泊まって、お蔭で、僕専用の部屋まであります」

と、澄んだテノールで答えた。

「しかし、大輔君が来春結婚するとなると、どうなるのかな」

直明が大輔と香苗の顔を交互に見ながら言うと、

「今度は、大輔の新居に押しかけます。実は、僕の勤める大学と割に近いんですよ、今建設中の新居のマンションが。そこに僕専用の部屋を用意してもらうことにします。いいだろう、大輔」

拓真がからかうような口調で言う。

「もちろん！　といっても、僕一人では決められない。彼女の意見も取り入れなければね」

「どうぞ、いつでもいらしてください。加納さんのことは、彼からさんざん聞かされているんです。専用の部屋とまではいきませんけど、ゲストルームは用意できますわ。でも、それより、加納さんだって、ご結婚を考えるお歳ではありません？　もしかして、すでに決められた方がいらっしゃるんじゃないかしら」

水谷香苗がにこやかに如才なく答えた。やはり商人の娘だ。人と会話するときには笑顔を絶やさない。それが内から自然に出てくる表情なので嫌味がなかった。

香苗は現在、ある大手の家具メーカーの、企画デザイン課に在籍している。具体的に言えば、香苗は家具のデザイナーだ。家具の中でも、住宅用の椅子のデザインを専門としている。どこの建設会社も家具メーカーと提携しており、大輔と香苗は仕事を通して知り合ったのだ。

「僕のような安月給ではお嫁に来てくれる人はいないでしょう」

「あら、大学の講師ってそんなにお給料、安いの？」

「君、そんな訊き方、失礼だろう」

不躾と思える苑子の言葉に、夫の直明がたしなめた。

拓真が笑いながら言った。

「いえ、いいんです。実際に安いです。今も親元から通っているから生活できているようなものですから」

「それは現在の話。彼は優秀だから、近い将来准教授だ。その向こうには、G大学の日本歴史学の教授の席が待っている。何しろ、有望株だからね、彼は。結婚相手は引く手あまた。現に狙っている人がいる……」

大輔はそう言うと、拓真の顔を見ながら意味ありげに笑った。

加納拓真は筋肉質で中肉中背。スポーツを好むその顔は浅黒い。容姿端麗というわけではなく、顔つきは平凡だ。ただ、一重まぶたの、ほどのいい大きさの目は思慮深く、話し方も年齢より落ち着いていた。それは、大学の講師という職業柄、人前で話すことに慣れているのだろう。といって、学者の卵にありがちな、専門的な硬い話題に偏ることなく、その場に応じたユーモアで、周りに自然に溶け込むことのできる人だった。

「大輔ったら、私たちが知らないとでも思っているのかしら。そんなこと、とっくにお見通しよ。今夜あたり、いい話が聞けるんじゃないかしら。ね、あなた」

苑子が、息子の受験から気持ちを切り替えたように、軽やかな声で言った。

「香苗さん、今頃こんな質問はどうかと思うけど、椅子のデザイナーとは、具体的にどのようなものなんですか?」

加納拓真がさらりと話題をかわした。

香苗が微笑んで拓真に視線を当てた。

「その名の通り、椅子の実用的な造形ですわ」

そう言ってもう一度微笑み、

「私は今、和室用の椅子を手がけています。まだ始めたばかりなんですけど」

「和室用の椅子、ですか？」

「ええ、都心部はマンション住まいの人が多いですけど、まだ七割のマンションに和室がありま す。地方に行けば和風の建物が主流ですし、外観は洋風でも内部には必ず和室があります。これからは、和室に椅子の時代と思っています」

「それはどうして？」

「やはり、高齢者社会ですから」

若者の代表者のように思われる水谷香苗から、高齢者という言葉が出たのが意外だったので、拓真は思わず香苗を見直した。香苗は笑いながら、

「我が家には九十を過ぎた祖母がいます。もちろん、畳の生活です。とても便利に使っているんですよ。畳の上の椅子」

「なるほどね」

「高齢になると立ったり座ったりが負担になります。椅子のほうが楽なことは分かっているのですが、ある年齢以上の人は、床の上に直接座るという習慣があり、洋風のテーブルや椅子を敬遠します。そこで考え出されたのが、床に近い位置に体の重心がくる低い椅子なんです」

「分かるような気がします」

「かなりの需要がありますが、今はアームのないのが主流なんです。でも、私はむしろ肘掛《ひじか》けをつけ、肘掛けがあることで立ち座りするときの補助になればいいなと、考えています。なかなか

難しいですわ。今のところ、肘掛けはメリットよりもデメリットのほうが多いんです」

香苗が分かりやすく自分の職業を説明した。全員が静かに聴いていた。

あかりが言った。

「そうね。足に力のない人は腕の力が重要かもしれないわ。肘掛けに手を置き、腕の力を借りて立ったり座ったりするということでしょう。いいアイディアが浮かぶといいわね」

室内が一瞬静かになり、全員があかりを見て、次に香苗を見た。あかりは小さい笑いを浮かべている。香苗は多くの視線に初めて気づいたようにその頬が少し赤らんでいた。

「言われてみれば、なかなか意義のある仕事ですね」

拓真が心から感心したように言ったあと、

「それにしても、おじ様、遅いですね」

と続けて、斜め前の壁に掛けられた柱時計を見た。六時五十五分になろうとしていた。昭和の初期から動き続けている古時計だそうだが、手入れを怠らないので今でも動いている。皆でしゃべっているときは気づかないが、室内が静かになると、妙に底力のある振り子の音が重々しく聞こえた。

「真打の登場は最後と決まっている。それより、貴和ちゃんはどうしたの？　社長より遅れるのはよくないよ」

「貴和ちゃんは、ピアノの発表会の、プログラムの草案をつくっています。七時には下りてくると言ってました」

加納拓真の言葉に、直明が頷いた。

桐生直明は実にまめな男だった。随所に配慮を怠らない。堂島建設株式会社、社長秘書として、堂島家に出入りしているうちに苑子に見初められた。直明も、正直で飾り気のない、そして金持ちの娘だという驕《おご》りを感じさせない苑子を愛した。

新之助は、娘たちには、建設関係以外の仕事を持つ男を伴侶に、と願っていたので、初めは二人の結婚に難色を示したが、娘の情熱には勝てず、結婚が許されてから七年たっていた。

直明は、堂島建設社長の女婿であることをふと忘れていることがある。だから、プライベートな席でも新之助のことをつい、社長と呼んだりする。そんな自分に照れながらも、堂島家に関わりのある人間と付き合うことに喜びを感じ、自然と親しんだ。直明にはそんな人の良さがある。

食堂は十五坪ほどの広さだった。中央にテーブルを二つつなげ、白い布で覆われている。それぞれの席の前にはクリーム色のランチョンマットが敷かれ、すでにフォークとナイフが並べられていた。

右手には磨き込まれたシャンパングラスとワイングラス。目の前に、ローズ色のナプキンが折り紙を折ったように立体的にたたまれ、置かれている。

今日の主人公である堂島新之助の席はいつも決まっているが、今夜は、新之助の前方、右側と左側にそれぞれの席が設けられている。

新之助に向かって右側に大輔、水谷香苗、平田小枝子、あかり、弘樹、の順で並び、左側に桐生直明、苑子、加納拓真、貴和子の順。本当は、弘樹は苑子の隣に座るはずだったが、本人がどうしてもあかりの隣に座るというので、宮本茂の用意した子ども用の椅子が、あかりの隣へ移された。

新之助と貴和子の椅子だけがまだ空席である。

「僕、おなかが空いた」

と、弘樹がぽつりと言ったとき、電話のコール音がした。

電話機は食堂と居間の境のカウンターに置かれているが、誰も席を立とうとしない。コール音は二回で切れた。親機のディスプレーが点灯した。

やがてロビーにスリッパの音がして、野村清美が顔を覗かせ、

「だんなさまがお取りになったのですね」と言った。

全員が清美を見て頷き、全員がなんとはなしに電話機を見た。長方形のディスプレーにオレンジ色の明かりが点いている。使用中ということである。

堂島家では、今でこそ新式の電話機がカウンターに置かれているが、以前、電話はロビーにあった。もっと昔はロビーの階段の脇にガラス張りの電話室があり、電話はその中で使用したという。子どもたちは覚えていない。

主人の新之助が、アンチック好みで、戦後まもなく建てられたという、西洋風のこの屋敷に越したとき、ガラス張りの電話室のあることを子どものように喜んだことは、誰からともなく聞いてみんなが知っていた。

さすがにしばらくして、ガラス張りの電話室は取り壊されたそうだが、子どもたちが物心つく頃まで、電話は電話室のあった場所に置かれていた。電話の配線の都合もあったのだろうが、玄

関から見える場所だから体裁も悪い。電話を使うときも不都合なので場所を変えることを勧めたが、新之助は承知しなかった。何しろ、平成の初めの頃まで、ダイヤル式の黒電話を使っていたほどなのだ。

だが、子どもたちが成長すると、その不評は高まるばかりだった。さすがの新之助も妥協し、新しい電話機に替え、設置の場所も変えた。その電話は子機つきだった。ところが、そんな経緯があったにもかかわらず、家族が子機つきの新しい電話に親しんだのはほんの数年で、ここ十年ほどは、それぞれが携帯電話を持ち、固定電話を使用することはほとんどない。掛かる電話は、もっぱら新之助宛てだった。

子機は二台あり、一台はロビー階段の脇で、これは台所にいることの多い野村清美がすぐに出られるように。もう一台は新之助の自室に設置されている。

新之助は、携帯電話嫌いで、特に携帯電話同士で話すのを嫌った。会話のタイミングがつかめなくてどこで言葉を挟んでいいのか分からない、というのが携帯電話を嫌う理由だった。

新之助の周りの人間はそのことを心得ていて、新之助が自宅にいると思われる時間帯には、必ず固定電話に掛けた。

だから、今、コール音が聞こえたときも、誰もが新之助に掛かった電話だと察して、電話を取る者がいなかった。また、食堂にいる誰もが、固定電話に電話が掛かってくるような心当たりがないのだ。

それにしても、休日の夜、誰からの電話だろう。休日に仕事の電話が掛かることは考えられないので、プライベートの電話に違いない。皆そう思っていた。ディスプレーの電光はなかなか消えない。少し静まっていた食堂内が、またざわついてきた。

「誰だろう、休日に」

「誕生日のお祝いの電話かな?」

「それは、ない、ない。親父の知り合いにそんな子どもっぽいことをする人はいないよ。社員で親父の誕生日を知っている人は昨日のうちにお祝いを言っているし、ゴルフの打ち合わせじゃないかな」

「そんな話、聞いていたの?」

「いや、聞いてないけど、明日は日曜日だし、今夜こんなに降ると、明日は好天気だからね。関根さんあたりじゃないかな。あの人、思いつくとすぐ行動に移す人だから」

直明と大輔がそんな会話をした。関根は、取引先の建材業者だった。二人は仕事を通しての長い付き合いで、その年数と同じくらいのゴルフ仲間でもあった。


苑子が立ち上がり、後ろの小さいテーブルに置かれた花束のリボンの結び目を直して、再び椅子に座った。カサブランカをメインに何種類かの蘭の花が束ねられ、セロファンで覆われている。その根元が太い赤いリボンで結ばれていた。

「なるべく新鮮なお花と思って、六時に届けるように頼んだけど、いつ届いたのか気づかなかったわ。弘樹が眠っていたので、つい私もそばでうとうとしていて」

「六時過ぎに届いたわ。花屋さんて、花を届けるときもエプロンしてるのね」

あかりが言うと、水谷香苗が笑いながら言った。

「そうなんです。それも、若い男性がエプロンしていても少しもおかしくなくて、しっくり似合っているから不思議です。よく、テレビドラマで、男性がエプロン掛けて台所仕事しているシーンがあるけど、ああいう滑稽さって感じないんです」

「それは、仕事だからさ。どんな仕事にもそれに合った服装ってものがあるだろう。花屋にとってエプロンはユニフォームのようなものなんだろう」

婚約者の香苗の話を好ましげに聞きながら、大輔が自分の考えを述べた。

花束を贈呈するのは、新之助のたった一人の孫、弘樹である。弘樹はさすがにゲームに飽きたらしく、あかりの腕に寄りかかっている。苑子は弘樹の姿勢の悪いことを注意しようと思ったが、その言葉を呑み込んで、平田小枝子に話しかけた。

「小枝子さん、今日は宮本さんのアシスタントを買って出たんですって？　どうだった？」

「何もできませんでした。宮本さんの邪魔にならないように動き回るのが精一杯で」

「でも、いいことね、お料理に興味があるって。小枝子さん、そろそろ結婚を考えているんじゃないの。ひょっとして、花嫁修業のつもりだったりして」

小枝子が手を振って言った。

「そうじゃないんです。ただ、プロのお料理を見られるなんてめったにないことですから、興味があったんです」

「で、どうだった。シェフの仕事ぶりは」

「実は、よくは見られませんでした。でも、職人と呼ばれる人には無駄な動きがないんだな、と思いました。リズミカルで、それでいて慌しさを感じないんです」

「あら、そんなこと見ていたの。レシピは？」

「レシピなんてとんでもないです。まったく分かりません。メモしようと思ったんですけど、何も書けませんでした。いつも手が濡れていましたから」

小枝子の話に皆が笑ったとき、弘樹が指差して言った。

「明かりが消えたよ」

苑子が弘樹の指の先を見て、

「あらほんと、終わったわ。弘樹、姿勢を正しくしなさい。おじいちゃまがいらっしゃいますよ」

席に着いていた誰もが少し姿勢を正し、新之助を迎える態勢を調えた。

誰もが、やがて聞こえてくるであろう、新之助の足音に耳をそばだてていた。

一分過ぎ、二分過ぎ、三分過ぎた。それでも足音は聞こえない。なんとなく全員が顔を見合わせた。

そのとき、貴和子がのっそりと食堂に入ってきた。ずいぶん疲れた顔をしている。柱時計の針が七時四分をさしていた。

「お父さま、まだなの？　遅いって叱られると思っていたのに」

「電話があったのよ。ついさっき、終わったところ」

「そうなの」

「あなた、野村さんに伝えてきて。始めてくださいって」

苑子に命じられて貴和子が食堂を出て行き、すぐ戻ってきた。

貴和子の席は加納拓真の隣。貴和子が席に着くと、拓真が言った。

「どう、プログラムの草案」

「そんなに簡単にできないわ。結構神経遣うのよ、今の保護者はうるさいから。どういう基準でプログラムの順番が決まるのかって、こまかーく、訊く親がいるの。グレード順に決まっているのに。女の子が続くと、衣装の品評会のようになるから、男の子とのバランスを考えるべきだ、なんて言う人もいるわ。女の子が続くのは仕方ないのよ。生徒は圧倒的に女の子が多いんだから。そうかと思うと、この時間帯でないと父親が来られないからって、順番に注文つけたり。全員の希望を聞いていたら、プログラムなんてつくれない」

貴和子はゆったりとした口調で話した。だが、口で言うほど困っているようには見えない。貴和子は何につけてもおっとりしていた。慌てず騒がず、常にマイペース。姉の苑子とは対照的だった。

「あなたが、パキッとしてないから、父兄に甘く見られるのよ！」

苑子がパキッとした口調で言った。

「そうかしら？」

「そうよ。生徒には優しい先生、なんて言われている人が、保護者からは物足りないと思われていることがあるのよ」

「デザインは、あかりさん？」

また、苑子の独壇場になりそうな状況を抑えるように、加納拓真があかりに訊ねた。

「ええ」と言って、あかりが微笑んだ。

「そう、いつもあかりちゃんに頼むの。結構好評なのよ、あかりちゃんのデザイン」

貴和子が言うと、間髪をいれずに苑子が、

「あかりのデザインといえば――」

みんなが「蝶々！」と言った。このときは弘樹も元気な声で唱和した。そんな弘樹の頭を撫でながらあかりが微笑んだ。食堂に明るい笑い声が響いた。

「あかりおねえちゃんはこけしも好きだよね」

ゲームをやめた弘樹が会話に加わった。そんな弘樹に気をよくした苑子が提案した。

「プログラムのデザイン、蝶ばかりじゃなくて、こけしもどうかしら？　ちょっと珍しくない？　個性的でいいんじゃないかしら？」

「そうだわね、でも、女の子っぽくないかしら。生徒には男の子もいるんだし」

と、貴和子。

「そんなの、デザイン次第よ。ねえ、あかり」

「うーん、どうかな。こけしって描くの難しそう。動きがないから」

あかりの言葉に席にいた大人全員が顔を見合わせた。

そんな大人の思惑をよそに弘樹が言った。

「大丈夫！　あかりおねえちゃんはお絵かきが上手だから」

弘樹はあかりの話題になると受け答えが活発になる。弘樹はイラストレーターのあかりを尊敬し、憧れてもいるようだった。そんな弘樹を好ましげに見ながら加納拓真が言った。

「そういえば、十二月に学会で宮城県の作並《さくなみ》に行くので、新作があれば送るよ。確か、会場の近くに工房があったと思う」

「そう、楽しみにしているわ」と、あかりが拓真に微笑み、

「大学の先生も結構出張があるのね。十四日と十五日も出張じゃなかった?」

「そう、福岡に行く。残念だけど福岡にはこけしはない」

「そうね。それらしきものはあるかもしれないけど、こけしの発生地は東北が中心だから」

あかりの部屋には、こけしのコレクションが何十体と並んでいる。その他には蝶の標本や、あかりが描いた様々な蝶が額に入れて飾られていた。

「シンサクって何?」

弘樹があかりに訊いた。あかりが答えようとするのを苑子が目で制し、優しい声で言った。

「弘樹、そういうことは、直接加納のお兄さまに訊いたほうがいいと思うけど」

弘樹がとたんに黙り込んだ。

そんな弘樹に何かひとこと言わなければと、苑子が息を吸い込んだとき、野村清美がワゴンを押して食堂に入ってきた。前菜のマリネがテーブルに並べられる。ドレッシングの器が置かれ、それぞれのランチョンマットに皿を並べ終わったところへ、宮本茂がワインクーラーを持って食堂を覗いた。

宮本は新之助が席に着いていないことに気づくと、そのまま戻って行った。

「お父さま、どうしたのかしら。遅いわね」

宮本の後ろ姿を見ながら貴和子が言った。

「私、見に行ってくるわ」

そう言いながら、あかりが体を引いた。「僕も行く」と言って、弘樹が椅子から飛び降りた。

「私が行くわよ」

そう言う貴和子に、

「いいわよ。私、部屋の電気、点けっぱなしかもしれないの。ついでに消してくるわ」

あかりはそう言って、食堂を出て行った。弘樹が走ってあかりのあとを追った。


あかりと弘樹は階段を上った。

その階段は、時代がかっているだけに、格式を感じる優雅な造りだった。階段は幅が広く段差が低い。その分、階段数が多いことになる。階段の右側はこげ茶色の木製の柵で保護され、左側にゆるくカーブして二階の廊下へと続いている。天井には、小ぶりだが凝った細工のシャンデリアが取り付けられ、薄いオレンジ色の明かりが、紫色の絨毯《じゅうたん》を敷きつめた階段を包み込んでいた。

あかりは左の端を上った。右手は弘樹の小さい手とつなぎ、ゆっくり上った。弘樹は一段ずつ踏みしめている。その肌の柔らかそうな横顔には、微かだが笑みが浮かんでいた。邪気のない、実に子どもらしい表情だった。

弘樹は、母親の苑子から離れると、別人のような顔をする。本来明るく、活発な子どものはずなのに、最近とみに無口になっていた。月に三回ほど堂島家へ来るが、そのたびに笑顔が少なくなり、無気力で、ゲームばかりに夢中になっていた。

「ヒロ君、塾って、面白い？」

面白いわけがないと思いながら訊いた。

「別に……」

あかりは声を上げて笑った。五歳の子どもが、「別に」と言ったことがおかしかった。

「あかりおねえちゃん、どうして笑うの？」

「私がヒロ君の歳の頃は、別に、なんて言わなかったと思ったから」

弘樹が、ふーん、と言ったときに階段を上りきった。

左右に廊下が延びている。

「あかりおねえちゃん、この階段、何段あるか知ってる？」と、弘樹が突然訊いた。

「さあ、何段かしら。知らないわ」

「二十五段！」

「ヒロ君、お話ししながら、数えていたの？」

「まあね」

あかりは、弘樹の「まあね」に、また笑った。

二人であかりの部屋を開けた。室内は明るかった。

「やっぱり、点いてたね」

そう言って、弘樹が壁の内側に手を伸ばし、スイッチを押して消した。室内が暗くなった。弘樹は踵《きびす》を返すと廊下を走った。あかりはすぐにドアを閉め、弘樹の背中に向かって言った。

「ちゃんと、ノックしなきゃ駄目よ。皆さんが待ってます、って言うのよ」

「分かった」

弘樹が、機嫌のいい声で返事をしながら、廊下の突き当たりを曲がった。

あかりもすぐにあとを追った。角を曲がって前方を見ると、弘樹がドアを半開きにして新之助の部屋を覗いている。

「おじいちゃまは?」

「いないよ。おっきい声で呼んだけど、お返事しない」

あかりがドアの前へ行くと、弘樹が両手を使ってドアを大きく開けた。室内は照明がつき、明るかった。

ドアを入るとそこは二十畳ほどの洋間。ドアの左手にソファがL字形に配置され、木製のテーブルが置かれている。右手の壁際には書棚が設置され、建築関係の書籍が並んでいる。それ以外にはゴルフ雑誌が数冊あった。

新之助は自宅にいるときはほとんどこの部屋で過ごす。

書棚の向こうには大きなデスクがある。

「ヒロ君、寝室を開けてみて。ノックしてからよ」

弘樹が返事をして洋間を横切っていった。

あかりはやるべきことがあったので、机のそばに行き、その用事を済ませた。

部屋の中央にゴルフの練習用具が置かれ、クラブが一本置いてあった。そばの青い籠《かご》の中にゴルフボールがいくつも入っている。

ベランダに面したガラス戸は閉まっており、カーテンの中央が中途半端に開いていた。

書棚の反対側の壁にはキャビネットがあり、その上にも中にも新之助がゴルフの試合で獲得した様々な形や素材のトロフィーが並んでいる。そのキャビネットの隣に、寝室へのドアがある。

弘樹がノックして開けたドアの中は真っ暗だった。

「お父さま」

あかりが弘樹の後ろから呼んでみたが返事はなかった。手を伸ばしてドアの脇の壁を探り、電灯のスイッチを入れた。目の前に八畳の寝室が広がった。誰もいなかった。セミダブルのベッドは少しも乱れていない。ただ、ベッドの端に、普段、新之助が家にいるときに着ている見慣れた衣類がたたまれて置いてあった。

ベッドの頭の方向にある窓のカーテンはぴたりと閉じられている。寝室にはベッドの他に洋ダンスがひとつあるだけで、実に簡素な部屋なのだ。

あかりと一緒に部屋を見渡した弘樹が、「いないね」と言った。

「ヒロ君、お風呂とトイレを、見てきて」

弘樹は返事をすると、寝室を横切り、部屋の隅にあるドアを開けた。そこは、トイレと洗面所と浴室に続くドアだった。弘樹はすぐに出てきた。そして言った。

「いないよ」

あかりと弘樹は階段を下りた。途中までくると弘樹はあかりの手を離し、かけ下りて行った。

あかりが食堂に入ろうとすると、苑子と直明が出てきた。苑子があかりとぶつかりそうになりながら言った。

「お父さま、いないんですって？」

「ええ、お部屋にはいないわ」

「じゃあ、どこにいるのかしら」

「分からないけど、家の中にいることだけは確かね。この雨の中、外に出るわけがないもの」

「みんなの部屋、見てみた？」

「そんなこと、するわけないでしょう。第一、お父さまがどうして人の部屋に入るの？」

「それは、そうだけど……」

「とにかく、もう少し待ってみましょう」

あかりはそう言って、苑子の横を通り、自分の席に戻った。

「台所に行ってみるわ。宮本さんと話してるかもしれない」

苑子は誰に言うともなく、そう言うと、ロビーを小走りして行き、すぐ戻ってきた。

「いないわ。宮本さん、今日は午後から一度もお父さまと会っていないんですって」

苑子の心配そうな様子が全員に伝わり、食堂内がなんとなく緊張した雰囲気になった。

皆が沈黙した室内で、柱時計の音が急に大きく聞こえた。時計の針は七時十五分。新之助の電話が終わってから、十五分近くたっただろう。気のせいか、時を刻む振り子の音が重々しい。

その音に急《せ》かされるかのように、誰もが徐々に落ち着きを失っていった。

「とにかく、手分けして家の中を探してみよう。どこかで倒れていたら大変だ」

直明の声に、テーブルに着いていた全員が立ち上がった。

家の中がくまなく探された。

直明が指揮を執るような形になり、それぞれの部屋に入ることの了解を得て、プライベートルームが公開された。ゲストルームは一階に二部屋あるが、一つは平田小枝子と水谷香苗に、もう一つは桐生親子のために用意されている。

新之助、大輔、貴和子、あかり、そして加納拓真の部屋が二階なのだ。だが、新之助はどの部屋にもいなかった。一階にある貴和子のピアノのレッスン室も探し、果ては、収納庫まで開けてみた。どこにもいなかった。

こんな不思議なことはない。新之助の電話が終わってから十分ほどで、あかりと弘樹が呼びに行ったのだ。そのときすでに新之助はいなかった。ということは、この十分の間に新之助は忽然《こつぜん》と消えてしまった、ということになる。

全員がロビーに集合したときには、誰もが非常事態だと思っていた。このときには、宮本茂も野村清美も加わり、さほど広くないロビーに、十一人がひとかたまりになっていた。誰の顔も強張り、苑子は体を震わせている。

「松浦さんに訊いてみたら？　お父さまから何か聞いているかもしれないわ」

松浦郁夫は新之助つきの運転手だ。この屋敷に隣接したところに住居があり、一人暮らしをしている。堂島建設の社長専用の運転手として、三十年近く勤めていた。

貴和子の思いつきに直明が言った。

「松浦さんはいないと思う。昨夜から山形へ墓参りに行っているはずだ、帰りは明日だと聞いているよ。先月のお彼岸に、行けなかったんだそうだ」

「そういえば、僕もそんなことを聞いたような気がする」と、大輔。

そのとき、宮本茂がぽつりと言った。

「ええ、松浦君はいません。さっき物置に用事があったとき、ちょっと覗いてみたけど、家の明かりが消えていました」

その物置からもっと奥に小さな木戸があり、その木戸を開けると、狭い道路を隔てて、松浦郁夫の小さい家がある。松浦は普段、この木戸から堂島家へ出入りしている。

「でも、念のために電話してみましょう。この雨ですもの、午前中にお墓参りを済ませて一日早く帰ったかもしれないわ」

苑子の、理屈に合わない言い分だったが、大輔がそばの電話機を取った。松浦宅の電話番号は短縮で登録されている。大輔はしばらく受話器を耳に当てていたが、やがて首を振って受話器を置いた。

「いない。——あとは、外を探すしかないな」

大輔の低い声に、苑子が訊き返した。

「この雨の中、外って……どういうこと？」

その声はかすれていた。苑子は弘樹の手をしっかり握っていた。弘樹も周りの雰囲気を感じ取っているのだろう。今は母親の手を握りしめて大人たちを見上げている。

そのとき、玄関へ視線を向けていたあかりの目に力が入り、何か言いかけたが、加納拓真と目が合うと言葉を呑み込むようにし、震えるような息遣いをした。拓真があかりの視線をなぞるようにして玄関の方向を見た。

そのあとで拓真が言った。

「とにかく、女性は居間に入って、男だけで外を探しませんか？　少しでも早いほうがいいでしょう」

加納拓真の落ち着いた声に、男たちが力強く頷いた。

「懐中電灯がないと駄目だな。大輔、どこにある？」

「今、持ってくる。二つか三つ、あるはずだ」

大輔はそう言うとロビーの端から廊下へ出て行った。

居間

女性と子どもはぞろぞろと居間へ入った。入るといっても、食堂と居間は低いカウンターで仕切られているだけだ。カウンターの端は開放されているから、自由に行き来ができる。以前は、二つの部屋が壁を境にして独立していたが、二十年ほど前、今のような造りにリフォームしたのだった。

居間のソファは臙脂《えんじ》色のビロード製だった。枠は木製である。肘掛けの部分も、臙脂色のビロードが飴色の木の枠で囲われていた。今時、ビロード張りのソファはあまり見かけない。ここにも、新之助のアンチック好みが窺《うかが》える。そのソファが居間の中央にコの字形にセットされていた。

食堂も居間も調度品は少ない。そのぶん充分スペースをとってある。この居間も、応接セットの他には、オーディオ装置とテレビがあるだけで、あとはシングルのソファが二つ、適当に配置されているだけだった。

ソファの傍らの小テーブルには、青磁の花瓶が置かれ、コスモスの花がふんだんに投げ入れされている。花は一種類でも色の種類は多い。どの色も、淡く、儚《はかな》げで、どことなく寂しさを漂わせるものだが、これだけ本数があると、やはり存在感がある。堂島家の庭に、今を盛りと咲き競うコスモスを、あかりが今日の午前中に切り取り、活けたのだ。昼前はまだ雨は降っていなかった。

苑子、貴和子、あかり、香苗、小枝子が、コの字形のソファへ集まった。話をする者は一人もいない。すぐあとに、とんでもないことを知らされるような予感に、誰もが緊張し、怯《おび》えていた。

微かに食器の音がした。全員がカウンター越しに食堂を見た。野村清美が、音をたてないように気を配りながら、さっき並べた前菜をワゴンにのせているところだった。みんなが顔を見合わせ、そして、俯《うつむ》いた。

弘樹が食堂へ走り、自分の椅子の上に置いてあったゲーム機を持って戻ってきた。

弘樹があかりの膝に乗ろうとしたとき、

「弘樹！　べたべたするんじゃありません！　しゃんとしなさい、しゃんと！」

苑子のヒステリックな声が飛んだ。弘樹がびっくりして立ちすくみ、ゲーム機を握りしめてシングルのソファへ行って座った。ゲームをする気にはならないらしく、機械をもてあそびながら、ちらちらと大人たちの様子を見ている。

「苑子姉さん、少し落ち着いて。お姉さんの様子を見ていると、本当によくないことが起こるような気がして、たまらないわ」

「じゃあ、貴和子はどんな風に思っているの？　お父さまはどこにいると思うの？　探すべきところは探したのよ。神隠しにでもあったと思っているの？」

苑子の苛立《いらだ》たしい口調に貴和子が黙り込んだ。そのとき、「カミカクシって何？」と、弘樹が訊いた。

苑子は弘樹を見たが、その質問は黙殺した。そんな苑子を見ながら、力を盛り返したように再び貴和子が言った。

「外出したことだって考えられるでしょう。食堂からロビーは見えないし、宮本さんと野村さんが台所に入っていれば、誰にも見られずに、玄関を出られるわ。食堂でみんながおしゃべりしていれば、車の音が聞こえなくても不思議じゃないし……雨の音に消されたのかもしれない」

「お客様も見えていて、自分の誕生祝いが始まるというのに、黙って外出するなんて考えられないわ」

「すぐに戻ってくるつもりだったのかもしれないでしょう」

「じゃあ、どうしてまだ帰ってこないの？　なんの連絡もなしに。——そんなこと、あり得ない。お父さま、今日の誕生日会、結構楽しみにしていたのよ」

そこで、苑子は一息つくと、窓に目を当てた。居間の窓にも食堂と同じように臙脂色のカーテンが掛かっているが、今はそれが両サイドに絞られ、ガラス窓の向こうに闇があった。

「それに、もし、車で出かけたのなら、当然、そこの窓のそばを通るはずよ、そこを通れば雨に濡れないで車まで行けるもの。食堂だって、ここと同じようにレースのカーテンも開けられているのよ。それなのに、お父さまの通る姿を、誰も見ていない。——香苗さんたち、どうでした？」

香苗、小枝子、あかりが首を振った。この三人と、大輔、弘樹が窓に向かって座っていたのだ。

「弘樹」と、苑子が呼んだ。

「あなた、おじいちゃまが窓の外を通るの、見なかった？」

「見なかった」

「三つの窓を通り過ぎて行くのよ。お父さまの身長だったら、食堂の椅子からだって、肩から上が見えるわ。それなのに、五人の人間が窓側を向いているのに、誰も気づかないはずはないでしょう」

「では、苑子姉さんは、何を想像しているの？」

「――そんなこと分からないわ……」

苑子の口調が急に弱気になっていた。そんな苑子を見ていた貴和子が、細く描いた眉を寄せてテーブルに目を落としたとき、弘樹が再び訊いた。

「ねえ、お母さん、カミカクシって何？」

あかりが弘樹を優しく見つめ、頷いてみせた。そして、誰にともなく言った。

「でも……普通でないことは確かだわ」

苑子がさっと顔を上げ、

「あかり、そういう曖昧な言い方はやめなさい。普通じゃないってどういうこと？　異常ということ？　何がどんな風に異常だと思うの？」と、詰問調で迫った。

「そんなこと言われても、分からないけど。でも……お父さまがこの家の中にいないことは事実なんだから」

「だから、何？　お父さまが家の中にいないということは、つまり、何なの？」

苑子に畳み込まれるように問いかけられ、あかりはひるんだ様子を見せたが、思い切ったように言った。

「お父さまが、外に出たのだとすると、変だなって……」

「何が？」

苑子を見つめるあかりの白い喉《のど》が、つばを飲み込んだようにごくりと動いた。

「どうしたの？　何がどう変なの？　あかりちゃん、はっきり言って！」

今度は、貴和子があかりを急かせるように促した。貴和子にしては珍しく切羽詰まったような言い方だった。

「……もし、本当に、お父さまが外へ出たのだとすると、貴和子姉さんの言うように、外出のためってことになるから」

「どうして？　なぜそんなにはっきり言えるの？」

「――お父さまの庭用の靴が玄関にあったわ。さっき、みんなでロビーにいたとき分かったの。庭用の靴があるということは、外出用の靴を履いて出たということでしょう。それって変よね。苑子姉さんの言うように、お客様に断りもなく、勝手に外出するなんて」

全員が、息を呑むようにしてあかりの話を聞いている。

「私、初めは、お父さまが車の中に何か忘れものをしていて、それを取りに行ったのかと思ったの。関根さんか誰かからの電話で思い出すかして。それで、外で転ぶかして……でも、玄関に庭用の靴があるのを見たとき、そうじゃないと思った」


そのとき、平田小枝子がそっと居間を出て行った。居間にも廊下に出るドアがある。その後ろ姿を見送りながら、貴和子が言った。

「そうね、あかりちゃんの言うように、外出用の靴で外へ出たのなら、やっぱり、外出したのかもしれないわ。何かのっぴきならない事情ができて」

あかりは、貴和子のちぐはぐな納得の仕方に戸惑いの顔を見せたが、そのまま黙り込んだ。

二人の妹の会話を聞きながら、苑子は全身から血の気が引いていくのが分かった。あかりの説明に愕然《がくぜん》としたのだ。漠然とではあるが、あかりの言わんとしていることが伝わってくるような気がする。そのことが苑子をひどく怯えさせた。

新之助は屋内にはいない。いくら広いとはいえ、大人十人で探したのだ。それも、これ以上探しようがないといえるほど念入りに。だから、新之助が屋内にいないことは事実だ。それなのに、新之助が庭用として履き慣れた靴が玄関に置かれている……。

それに、いずれにしても新之助が外に出たのなら、食堂の窓からその姿が見えたはずだ。だが、五人が窓に面していたのに一人も見ていない。

この事実を基に、あれこれ想像していると、不吉な予感で息が詰まりそうになるのだった。

あかりの言うように、これは普通ではない。父親の身に何かが起こったのだ。何をどう想像すればいいのか混乱していて纏《まと》まらないが、とにかく、この屋敷内で不幸な何かが起ころうとしている。いや、すでに起こっているのかもしれない。

苑子は何かしゃべって気持ちを紛らわしたかった。だが、言葉が出てこない。心臓が鷲摑《わしづか》みにされているように息苦しく、舌が滑らかに動かないのだ。出るのは荒い息遣いだけだった。

苑子は貴和子を見た。貴和子はうなだれたまま、テーブルの一点を見つめている。

貴和子は、父親の外出を認めるような言い方をしていたが、それが気休めであることを、苑子は察していた。貴和子だって感じているのだ。何か恐ろしいことが起こりつつあることを。そんな心の不安を、気休めを言ってなだめているに過ぎないのだ。

苑子はあまりの緊張のために、座っていながらときどき眩暈《めまい》に襲われた。

平田小枝子が居間に戻ってきた。

「やはり、おじ様の庭の靴、玄関にありました。隅に寄せるようにきちんと揃えて。どの靴を履いて出られたのかは、私には分かりませんが……」

小枝子の報告を聞いたあと、あかりが、何かを思い浮かべるような表情をしてから言った。

「お父さま、お祝いの仕度ができていたと思うの。だって、私とヒロ君でお父さまの寝室を覗いたとき、普段着がたたまれてベッドに置いてあったわ。そのあと、みんなで探したとき、誰か他の人も見たはずよ。——それって、お父さまがパーティー用のスーツに着替えたってことでしょう？　それなのに黙って外出するなんて……」

全員が緊張と怯えの混じった目であかりを見た。

そのとき、姉妹のやり取りを黙って聞いていた水谷香苗が、いきなり窓を指差して声を上げた。

「お義兄《にい》さまが通りました！」

全員が窓を見た。苑子がさっと立ち上がり、窓へ向かった。苑子の目の前を、直明が東側の建物に向かって通り過ぎたところだった。三つ並んでいる窓の向こうを、次々と直明の姿が通り過ぎて行く。

そのとき、弘樹が居間の隅に走った。そこには、踏み台が置いてある。踏み台は、高い場所にある物を取るために常備しているが、普段は収納庫に入っている。だが、今日は居間に置いてあった。弘樹が外を見るために準備されていたのだ。

この屋敷の一階はほとんどが高窓なのだ。だから、せっかく、屋敷の周りに鉄平石《てっぺいせき》を敷き、テラスのようなベランダのようなスペースを整えていても、部屋から直接外へ出ることができない。リフォームのとき、窓をもっと開放的にと、家族が希望を出したが、屋敷全体の景観を損なうという理由で、新之助は承知しなかった。特に、食堂と居間は、門を入ったとき、正面に位置している。つまり、門を入ってすぐ目に入るのはアーチ形の六つの窓なのだ。その窓は茶色の壁面に、白く縁取りされ、等間隔に並んでいる。新之助の気に入りのデザインだった。窓は床上110センチのところにある。だから、現在、身長112センチの弘樹には外が覗けない。

窓は一メートルの幅で、居間に三つ、食堂に三つ並んでいるが、これが、観音開き式で、外に開くようになっているのだから、初めて堂島家を訪ねた人はたいてい驚く。

カーテンはソファと同じ臙脂色のビロード製で、縁に金色のモール付き、という時代がかったものだった。だが、手入れを怠らないので、常に上品でしなやか、それでいて重厚な艶を放ち、居間と食堂の重要なインテリアの役割を果たしていた。

今、そのカーテンは両サイドに絞られている。苑子は、二枚のガラス窓の合わせ目にある鍵をはずし、両手で取っ手を持って、押し開けた。

そのときには、ソファに座っていた女性が全員、窓近くに集まっていた。

貴和子が隣の窓を同じようにして開けている。

「あ、懐中電灯だ」

弘樹が指差して叫んだ。苑子が顔を回したとき、東側の建物の前で、光が丸い弧を描いているのが見えた。円は闇の中で不安定な動きをしている。誰かが懐中電灯を回しているのだ。暗いので誰が回しているのか分からなかった。

「どうしたのォ？　何があったのォ？」

苑子が光の輪に向かって叫んだ。返事はなかった。そのとき、乱れた足音が聞こえ、目の前を、加納拓真と大輔が光のほうへ走っていった。

苑子がいきなり窓を閉めた。そして、「弘樹、降りなさい！」と厳しく言った。その声は震え、顔は強張り蒼白だった。

「苑子姉さん、どうしたの？」

あかりが苑子の腕を摑み、揺すりながら訊いた。苑子は首を振るばかりで答えない。

貴和子も窓を閉め、苑子とあかりのそばへ来た。平田小枝子と水谷香苗が少し離れたところで肩を寄せ合うようにしている。重大事が発生したことを誰もが察していた。

「見つかったのよ、きっと。お父さま――」

貴和子がかすれた声でそう言うのを最後まで聞かず、苑子が居間を横切り、ドアを開けて廊下へ出て行った。苑子が廊下を小走りして玄関に向かう気配が、居間にいる全員に伝わってきた。申し合わせたように、みんなが居間を出て玄関へ向かった。

女性たち全員がロビーに行ったとき、苑子はロビーの端に立ったまま、玄関のドアを凝視していた。その後ろ姿が揺れているようだった。

野村清美が不安そうな顔をして台所から顔を出した。

そのとき、玄関の向こうに慌しい足音が響いた。全員が見つめる前で、玄関の引き戸が開いた。

堂島家は洋館だが、玄関と食堂と居間は引き戸式だった。そこを開けて入ってきたのは加納拓真。拓真の髪の毛が雨に濡れて光っている。拓真は、そこに居並んでいる女性たちを見ると、一瞬棒立ちになったが、

「電話を掛けます。誰も携帯電話を持っていなかったんです」

落ち着いた声でそう言った。苑子が上ずった声で聞いた。

「お父さま、どうしたの？　見つかったんでしょう。父は見つかったんでしょう？」

「ええ、宮本さんが発見しました」

「どうなの？　拓真さん。父は？　父はどうしたの？」

今度は貴和子が問いかけた。加納拓真が沈痛な面持ちで答えた。

「亡くなられています」

苑子が何か声を発して、床に頽《くずお》れた。弘樹が母親のそばへ走った。

「とにかく、電話を掛けます」

拓真は靴を脱ぎ、ロビーに上がると、階段の脇にある電話機まで大またで歩いた。子機を取り、数字を三回押した。

「こちらは、大田区田園調布三丁目――」

拓真が振り返り、番地は？　と誰にともなく訊いた。貴和子が、×番×号と答えた。

「田園調布三丁目×番×号の堂島といいますが、今、ここの家の主人、新之助さんの死体が発見されました。私は知人の加納拓真といいます」

拓真が先方の話を聞いている。

「はい、確かに亡くなっています。事故死と思われるのですが、こういう場合、どのようにしたらいいのか分からないので一一〇番しました。……救急車の要請は？……そうですか、分かりました」

拓真が子機を置いた。

誰もが、頭の隅にちらりと考えていたことが、拓真の電話の内容で、現実のものとなった。そのことに全員が言葉を失い、驚愕の顔で拓真を見ていた。一つの重大な事実は分かったが、拓真から詳しい話が聞かされると思っていたのだ。

拓真がみんなの顔を見て、何かを話しかけたとき、緊迫した空気を破るように、あかりが玄関を飛び出して行った。あっという間のことだった。人々は呆然《ぼうぜん》とした様子で、開け放たれた玄関口を見ていた。

拓真が、声を失っている人たちを掻き分けるようにして、あかりのあとを追って外へ出た。

拓真に付き添われてあかりが戻ってきた。あかりは顔を引きつらせている。嗚咽《おえつ》をこらえているためか、全身が小刻みに震えていた。小枝子があかりに寄り添った。

「とにかく、皆さんは居間へ戻ってください。それから、毛布のようなものをください。おじ様に掛けてあげたいのです」

苑子が子どものような泣き声を上げた。そばにいた弘樹が小さな手で母親の背中をさすった。苑子はいっそう声を高くした。

「私が持ってきます」と言いながら、野村清美が廊下を走って行った。

貴和子が叫ぶように言った。

「拓真さん、なぜ、お父さまを連れてこないの。どうして、そのままにしておくの？　早く家の中に入れてあげて！」

「もうすぐ、警察が来ます。おじ様を動かすことは禁じられたんです。毛布を掛けていいのかどうかも分からないのですが、冷たそうでお気の毒ですから」

「さっき、事故って言ってたけど——どんな事故？」

貴和子は大きな目に涙を滲ませ、怯えたような声で訊いた。

「僕にも分からない。分かっているのは、おじ様が亡くなられたことと、おじ様を動かしてはいけないこと。それだけです。さあ、皆さんは居間へ入ってください」

拓真がもう一度促したところへ清美が毛布を持ってきた。拓真は毛布を受け取ると外へ出て行った。急にロビーが静かになった。

みんなは重い足取りで居間へ向かった。

田園調布東署の署員が堂島家に出動してきたのは、それから十五分後の午後七時四十五分だった。

雨はだいぶ前にやんでいた。

東側の建物付近に、強烈な明かりが当てられ、大勢の人間が動き回っているのが居間にいても分かった。窓は閉めてあるが、カーテンは開いている。だが、外を覗く者はいなかった。

居間の中は重苦しいほどの静寂に満ちていた。

堂島家の主人、新之助が死んだ。

桐生親子も、加納拓真も、水谷香苗も、平田小枝子も、宮本茂も、今日は新之助の誕生祝いのために集まったのだ。その新之助が突然死んだ。あまりにも思いがけない変事に、全員が緊張のきわみに陥っている。それでいて気持ちは上の空で、浮き足立っていた。

誰もが何かを話したいし、何かを聞きたいのだが、声を発した瞬間に張り詰めていたものが崩れ、どこからか悲鳴がほとばしり出そうで、声を出す勇気を失っている。そのような不安定な空気が部屋中に充満していた。

食堂のテーブルにセットされていた、ナイフもフォークもグラスも、ローズ色のナプキンも片付けられ、クリーム色のランチョンマットだけに白々と照明が当たっている。少し離れたところに、豪華な花束がぽつんと置かれ、その陰に隠れるように、柔らかい色合いの包装紙に包まれたケーキの箱が見えていた。

雨がやんだせいか外の気配がよく伝わり、男性の話し声がとぎれとぎれに聞こえた。

数人の署員は二階の新之助の部屋に入り、そこには大輔が立ち会っている。表の、新之助の遺体のあった場所を検証する際には、第一発見者の宮本茂が立ち会ったが、居間で待つように言われたということで、宮本はソファの隅に腰掛けていた。野村清美は台所にいるはずだった。

泣き腫《は》らした目をした貴和子が、たまりかねたように口を開いた。

「こんな風に黙っているのは我慢できないわ。ねえ、拓真さん、あなた、さっき、事故って言ったわね。どんな事故だったのかしら？　拓真さんもお義兄さんも、少しは現場をご覧になったんでしょう。警察から何か聞いていない？」

静寂を破って発した声に、みんなが一斉に貴和子を見て、次に二人の男性に目を移した。桐生直明と加納拓真は沈痛な面持ちでソファに座っているが、二人とも苦しげな表情をしただけで何も答えなかった。

「――私も事故だと思うのよ。でも、どんな事故だったのかしら。お義兄さんも拓真さんも、お父さまを見ているんでしょう。何か知ってるはずでしょう？」

貴和子が二度目の問いかけをしたとき、拓真が何か言おうとして直明を見た。だが、直明の放心したような顔を見ると、そのまま口をつぐんだ。

苑子が、夫と拓真を見ながら、思い出したようにすすり泣く。

あかりが呟くように言った。

「滑ったとしか考えられないけど……」

さっき、いきなり外へ飛び出したあかりは、拓真に連れ戻された直後、取り乱して泣きじゃくっていたが、今はいくぶん落ち着きを取り戻したようだった。

「そうよね、それが一番考えられるわね。ねえ、宮本さん、お父さまはどのあたりに倒れていたの？　お父さまの車のそば？」と、貴和子。

「――いや、どちらかといえば、大輔さんの車に近かったと思います」

宮本が膝の上で組んだ指先を見ながら低い声で言った。

桐生直明がちらりと宮本を見た。

直明は朗らかな性格である。顔つきにも声にもその性格が表れていて、直明がいると、どんな席でも、だいたい和やかで明るくなる。いわばムードメーカーだった。その直明が、唇を引き締め、苦渋の顔つきをして、誰とも目を合わせないようにしていた。

「さっき誰かが言ってたわね、車の中に必要なものを忘れていることに気がついて、取りに行ったんじゃないかしらって、それしか考えられないんじゃない？」

貴和子がみんなを見回しながら言った。その話はあかりがしたのだ。貴和子は、今まで誰が何を話したのかを定かには覚えていないらしい。それほど混乱しているのだ。

「あの……おじ様、電話を掛けていたんですよね。電話が終わって十分ほどしたときには、もう家の中にいなかったのですから……もし、車に用事があったのだとしたら、電話の内容に関係があるかもしれませんね」

平田小枝子がしっかりした口調で、話に加わった。

そのとき苑子が顔を上げ、ハンカチで口元を押さえた後、かすれた声で言った。

「あなた、さっき大輔と話してたわね。電話は、関根さんからのゴルフの誘いじゃないかって。だとしたら、車のトランクの中を見に行っても不思議ではないでしょう。お父さま、車のトランクに何かしらゴルフ用品を入れていたから――」

苑子は夫の直明の反応を窺うようにしたが、やはり直明は黙っていた。そんな直明を見て、たまりかねたように、「そうね」と貴和子が同意した。

「それにしても、誰にも断らないで行くのは、やっぱりおかしいわ。ほんのちょっと、顔を出せば済むことでしょう。食堂のドアは開いていたんだし、あの時間、みんながお父さまを待っているのを知っているんですもの」

と、あかりが異を唱えた。

「そうですよね。それに、さっき、苑子お義姉《ねえ》さまがおっしゃいましたけど、食堂の窓から、おじ様のお姿、見えませんでしたし——」

今まで黙っていた香苗が、あかりの意見に同意した。


そのとき、桐生直明が思い切ったように上半身を起こした。そして、苦しげな声でぽつりと言った。

「社長、いや、お義父さんは、自殺したらしい」

声にならない声がみんなの口から漏れ、その顔が、いっせいに桐生直明に向けられた。直明が、ポケットからハンカチを出し、額をぬぐった。

「あなた、今、なんておっしゃったの?」

苑子が甲高い声を出した。夫の言葉が頭に染み込まなかったのだ。

直明はいっとき黙っていたが、やがて、隣にいる苑子に顔を向け、低い声だが、しっかりした口調でゆっくり言った。

「お義父さんは、自殺をした可能性が高いそうだ。二階の部屋を捜索しているのは、遺書を探しているのだと思う」

苑子が口をポカンと開け、瞬きも忘れて直明をじっと見ている。

「自殺？　お父さまが自殺？」

そう言ったあと、貴和子が笑った。喉の奥で何かが詰まったような、呻《うめ》くような笑い声だった。

貴和子は自分が笑ったことにびっくりしたように両手で口を押さえ、周りのみんなを見回した。

居並んだ顔が異様に強張っている。

「お義兄さん、何言ってるの？　お父さまが、どうしたんですって？」

貴和子は震える声で訊き返したが、直明は答えなかった。

加納拓真が直明を見た。

直明は大きな息遣いをしながら、言うべきことを整理しているようだった。さっきからの女性たちの会話はほとんど聞いていなかったと思う。堂島建設社長の女婿としても、また、堂島建設の一社員としても、想像を絶する事態の発生に、まだ、頭の中が整理できないでいるのだろう。

拓真がみんなの顔をゆっくり見た。全員の目が直明から拓真に移された。

「おじ様は、自殺と判断されたようです。二階の、ご自分の部屋のベランダから飛び降りて――」

「自殺……お父さまが自殺！　なぜ？　なぜ、警察はそのように判断したの？」

拓真に向かってあかりが叫んだ。

「おじ様は、靴を履いていなかったんです。靴下の底も汚れていない。倒れていた場所は、おじ様の居間のベランダの真下でした。ゲストルームの前の鉄平石の上です。ただ、――警察もまだ自殺と断定したわけではないと思います。遺書が見つかっていませんし」

「お父さま、何を着てました?」

あかりが唐突に訊いた。

「三つ揃いのスーツです。ネクタイもきちんと締めてました」

拓真が答えた。あかりは頷き、そして重々しい声で言った。

「小枝子が言ったように、やはり、電話ね」

あかりは、大きな目をいっそう大きくして、ソファの傍らに置かれたコスモスに目を当てていた。だが、コスモスを見ているわけではない。あかりの異様に光る眸は、コスモスを素通りしてどこか遠いところ、というよりも、自分の心の奥底を一心に見つめているかのようだった。

「そういえば、さっき、おじ様の部屋に入ったとき、ベランダの窓のカーテンが十センチくらい開いてました。そのとき、中途半端な閉じ方だなと思いましたけど……」

そう言う香苗に、はっとしたような顔をしてあかりが言った。

「そうでしたね。私がお父さまを呼びに行ったときも、そんなような閉じ方だったわ。そのとき、お父さまらしくないな、と思ったのを覚えている。そういうことには几帳面な人なんです……」

あかりは、最後のほうは独り言のように呟いたが、再び声に力が入った。

「もし、本当にお父さまが自殺したのなら、あの電話しかない。あの電話が切れてすぐってことでしょう。何時に電話があって、何分くらい話したのか、よく覚えていないけど、電話に出たときにはもう支度をしていたわけだから、食堂に来ようとしていたときに電話が掛かってきたのよ」

「そう、時間的にそうなるね」と、拓真が頷いた。

「そして、電話を切ってすぐ、ということなのだから、それしか考えられないでしょう。――誰からの電話だったのかしら……」

全員が沈黙した。

窓の外を数人の男が玄関に向かって歩いて行った。次にロビーに人の気配がした。新之助の部屋を捜索していた署員が二階から下りてきたのだった。


四十代後半の赤ら顔の男。二十代後半と思える男。二十代前半の骨格は逞《たくま》しいが細身で背の高い男。三人の男が、食堂から居間へと向かってくる。

三人の前を歩くのは大輔だった。その体格のいい図体がほんの一時間あまりの間にひとまわり縮んだように、大輔は悄然《しょうぜん》としていた。

居間にいた全員が立ち上がった。

「申し訳ありません、もう少しお待ちください」

四十代後半の男がそう断って、カウンターの電話機へ向かった。二人の男と大輔が続く。立ち上がったみんなが再び腰を下ろし、四人の男の後ろ姿を見ていた。二十代後半の男が電話のあちこちのボタンを押している。二十代前半の男がメモを取る。その作業は五分ほどで終わった。

まるで、大中小の見本のような三人の男が、中小大の順序で横一列に並んだ。警察官だから三人とも体格はいいが、平均値は高くても大中小の差は出る。

中の男が茶色のスリッパを持っている。新之助のスリッパだった。

四十代後半の男が、堂島新之助の関係者一同にすばやく目を配り、その後、ゆっくりと居間の中を見回した。どんぐり眼《まなこ》で、鼻と口はちんまりしている。髪の毛が不自然なほど黒々としていて量が多い。目じりと額にしわの目立つ小さい顔と頭髪が、ちぐはぐに感じられた。

その男が、まんまるい目を人々に戻すと低い声で言った。

「田園調布東署の津由木といいます。このたびは、とんだことでした」

そう言って頭をぺこんと下げた。両脇の二人の男も同様に頭を下げた。なんとも、簡単な挨拶だった。とたんに苑子がすすり泣いた。父親の死を認めざるを得なくなった絶望の涙だった。

「あの、父はどのような状態だったのでしょうか？」

貴和子が、泣き腫らした目を津由木に向けた。

津由木が、男性陣の顔を見回した。誰かがあらましを話したと思っているらしい。

「まだ何も話してないんです。ただ、義父が自殺したらしい、というだけで……」

直明が、言い訳でもするような口ぶりで言った。

「そうですか。では説明します。どうぞ座ってください」

津由木にそう言われても、どこに座ればいいのか分からない。皆が今までと同じ場所に座ると、津由木とその他の署員の座る場所がないのだ。

直明が言った。

「食堂のほうがいいのではないでしょうか、テーブルも大きいですし、話しやすいと思うのですが」

「いや、ここで結構です。ええと、平田小枝子さんと水谷香苗さん」

津由木にいきなり呼ばれ、香苗と小枝子がびっくりして同時に返事をした。

「お二人は、別室にいらして結構です」

二人は顔を見合わせたが、軽く頭を下げて居間を出て行った。

直明がさっと動き、食堂から椅子を運んできた。大輔と拓真が直明のあとを追うようにして食堂に入り、三つの椅子が居間に運ばれた。

三人の私服の男たちが用意された椅子に座った。中央に座った津由木が一呼吸して口を開こうとしたとき、

「あかり、あなた、弘樹を連れて二階へ行って」

突然、苑子がハンカチで涙をぬぐい、声を詰まらせながら言った。

「どうして？」と、あかりが不満の声をもらした。

「いいから！」

そう言って、苑子は弘樹に目を遣った。弘樹は、一人でシングルのソファに座っていた。そこから、大人の様子を緊張した顔つきで見ている。

「刑事さん、妹のあかりです。ここにいなくていいですよね」

苑子の言葉に、三人の署員が揃ってあかりを見た。三人は、さっとあかりの全身を見回すようにすると、お互いが顔を見合わせた。

津由木が頷きながら言った。

「いいでしょう。どうぞ、お引き取りください」

「私だって警察の方のお話、聞きたいわ……」

そう言うと、あかりは津由木の顔を見つめ、耐えかねたようにしゃくり上げた。

「ここでの話は、あとでご家族から聞いてください。もし、必要があればお呼びしますから」

津由木の穏やかな声に、あかりが涙で濡れた顔を上げ、周りのみんなを見た。誰もが納得したような顔をしている。

理由は分かっていた。弘樹に聞かせたくないのだ。これから、悲劇のあらましが事細かに話されるのであろう。そんな話を弘樹に聞かせたくないのだ。

弘樹は、香苗や小枝子と一緒では承知しない。といって、母親の苑子としては、こんなときに息子を一人にさせる気にはならないのだろう。そうなると、弘樹のお守り役はあかりしかいない。

「あかりちゃん、悪いね」

直明のすまなそうな言い方を聞いて、あかりは仕方なく言った。

「ヒロ君、行こう」

弘樹が勢いを得た小鳥のようにあかりのところへ走った。

居間を出ようとするあかりに苑子が近づき、小声で言った。

「弘樹、おなかがすいていると思うの。野村さんから何かいただいて、食べさせてやってほしいんだけど」

「分かったわ」

あかりと弘樹は居間を出て行った。

それぞれの場所にみんなが座った。その後で、改めて男たちの名刺がテーブルに置かれた。津由木哲夫は田園調布東署刑事係長。あとの二人は刑事課と書かれているだけで肩書きはない。名前は、二十代後半と思われるほうが嶋謙一、二十代前半と思われるほうが田神修司だった。

津由木が、報告前の予告のように軽く咳払いをした。

「身元の確認は、先ほどご長男の大輔さんにお願いしました。はじめにお断りしておきますが、堂島新之助さんのご遺体は、行政解剖されますので署のほうへお移ししました」

「行政解剖といいますと？」

まっさきに大輔が訊いた。

「変死であることに間違いありませんので、死因の確認が必要なのです。解剖は明日の午後と思います。ですから、ご遺体がこちらに戻るのは明日の夜と思ってください」

「解剖……それってどういうことなんですか？　解剖なんてそんな……」

解剖などという、およそ自分たちとは無縁な、忌まわしい言葉を身近に聞いた苑子は、全身を震わせ、唇をわななかせた。

「堂島さんは病死ではなく変死です。今の段階では犯罪性は認められず、自殺と判断していますが、遺書がありません。また、死亡の際、そばに誰もいなかった。このような場合は、自殺と判断されても解剖を行い、死因の究明をしなければならないのです。これがもし、少しでも犯罪の可能性があれば司法解剖となるわけです」

説明を終えると、津由木刑事係長は隣にいる田神修司という刑事を促した。

田神修司は小さく頷くと、ポケットから手帳を出した。

田神は背が高く、座っていても、他の二人とは頭ひとつぶんの差があった。色が白く、目鼻立ちが整い、なかなかの好男子である。唇が女のように赤かった。

田神修司は背筋を伸ばして目礼し、その赤い唇を舌先で湿らせるようにすると、

「報告内容は、現場における鑑識員の検視報告と、署員による捜索の所見です」と、前置きした。

その声は歯切れのいい、綺麗な標準語だった。

報告は次のような内容だった。

①死亡者　　堂島新之助六十五歳。
②死亡原因　　高所からの落下で生じた右側頭部頭蓋骨陥没による脳挫傷《のうざしょう》と思われる（詳しい死亡原因は解剖の後）。
③死亡推定時刻　　二〇〇×年十月五日、十七時三十分より十九時三十分。
④落下地点　　堂島家東側建物前の中央。鉄平石の上、駐車場寄り。
⑤落下場所　　二階、新之助の自室のベランダ。高さ一一〇センチの手すり前に、新之助のスリッパが揃えて置かれてあった。
⑥着衣　　紺の三つ揃いスーツに白のワイシャツ、紺とシルバーの縞のネクタイを着用。靴は

履いていない。黒い靴下の底に汚れなし。腕時計はしていない。
⑦遺書　なし。
⑧自殺理由　不明。
⑨電話受信　午後六時五十五分に着信。新之助氏自ら自室で電話を受け、約五分間相手と通話。七時頃通話を終わり、その直後か数分後に、投身したと思われる。発信者は不明。電話機の受信記録に、《ヒツウチ》と表示。

田神修司はこれだけの報告に約三十分を要した。一つひとつに注釈が入るからだ。

田神が手帳を閉じると、身を乗り出して聞いていた一同が、揃って力が抜けたように、体をソファの背に預けた。

しばらくは発言する人も質問する人もいない。妙に弛緩したような空気が室内を覆っていた。新之助の親族知人の放心したような様子に力を与えるように、津由木哲夫が口を開いた。

「田神の報告の通り、堂島新之助さんは自室の居間のベランダから飛び降り自殺された、と判断しています。死亡推定時刻は報告の通りですが、別の報告にありますように、新之助さんは、午後七時までの五分間、電話で誰かと話していたわけですから、七時までは生きていらしたわけです。ですから死亡推定時刻はもっと絞られるわけで――」

そのとき、ソファを軋《きし》ませるようにして、苑子が身を乗り出し、津由木刑事係長の言葉を遮った。

「父が自殺するなんて、考えられません！　すでにお聞きと思いますが、今日は父の六十五歳の誕生日なんです。父はこの日をとても楽しみにしておりました。それなのに自殺なんて……。私たち家族が挨拶に行ったときもとても機嫌よく、ゴルフの練習をしていたんです。とにかく、自殺なんて考えられません」

「なるほど。では、奥さんは今度のご不幸をどのようにお考えですか？」

苑子が、唇をわななかせながら沈黙した。隣に座る夫の直明が、苑子の膝に手を置いた。気持ちを静めるように、ということなのだろう。

「まあ、ご家族にはいろいろな思いがあるでしょうから、そういうことも含めて、これから話を伺います。その前に、確認しておきます。先ほどお子さんを連れて行かれた方が？」

「三女のあかりです」

大輔が答えた。

そのときには田神修司の手帳が再度開かれ、筆記の準備がされていた。津由木刑事係長の右隣にいる嶋謙一という署員は何をするでもなく、ただ、姿勢よく椅子に座り、ときどき全員の顔を窺うように顔をゆっくり左右に動かした。その足元には、スリッパが置かれている。

「そして、お子さんが？」

「私たち夫婦の子どもで弘樹と申します」

桐生直明の答えに津由木が頷き、

「別室に行かれた平田小枝子さんがあかりさんの友人、水谷香苗さんが大輔さんの婚約者。こういうことですね？」

全員がこくりと頷いた。

そのあと、主に大輔が、その場に居合わせた五人の人物の紹介と、堂島家との付き合いを説明した。桐生夫妻、堂島貴和子、加納拓真、宮本茂である。


「ところで、松浦さんという人をご存じですか?」

津由木の問いに、全員がなんとなく顔を見合わせ、そのあとで桐生直明が言った。

「松浦郁夫さんでしょうか?」

「ああ、郁夫さんということですか」

「その人なら、社長の車の運転をしていますが」

「運転、といいますと、仕事上というわけですね」

「そうです」

「長いのですか、その仕事に就かれて」

「ええ、三十年ちかくになると聞いています」

「それは、長いですな――」

「松浦さんが何か?」

「実はさっき、堂島さんの自室を見せていただいたとき、寝室のベッドの上に衣類がたたまれていました。そのズボンのポケットに手帳が入っていましてね。ご長男の大輔さんにお断りして、中を見たのですが――」

津由木が背広の内ポケットから小さな黒い革表紙の手帳を出した。津由木の掌に納まってしまうほどの小さい手帳だった。

「これは堂島氏のものに、間違いないですね。ご長男はそうだと言ってますが」

「私は分かりません」と、苑子が言うと、

「私は見たことがあります。確かに父のものです」と、貴和子が頷き、

「ええ、義父のものです」と、桐生直明が答えた。

「そうですか。内容は、たいしたことは書かれていないのです。もっぱら、ゴルフの予定と、その成績に関することばかりです。ただ、ここにですね——」

津由木はみんなに見えるような位置で手帳を開いた。

全員が覗き込むようにした。

その手帳は、左のページが月曜日から日曜日までのカレンダー式で、右のページは罫線なしの白紙。日や曜日の区別なく自由に書き込みのできるタイプだった。津由木が開いたのは十月十四日から二十日のページ。左のページの十六日の数字が丸で囲んである。そこには何も書き込まれていないが、みんなの目が釘付けになったのは、右のページだった。

その白紙の中央にボールペンで、『松浦に３００万』と、縦に書かれ、その下に感嘆符が二つ並んでいた。

数秒間、静寂が続いた。

「この松浦という名前は、堂島氏の運転手の、松浦郁夫さんで間違いないでしょうか？」

誰からともなく体を起こし、顔を見合わせた。

「はい、間違いないと思います。父の知り合いで松浦といえば、運転手の松浦さんしか思い当たりません」

大輔に続いて、すぐに苑子が口を開いた。

「お父さま、どうしたのかしら。松浦さんへ三百万ってどういうこと？　大輔、あなた、何か知らない？」

「いや、何も。別に変わりはなかったと思う。義兄さん、どうでした？」

「まったく普段と変わらない。松浦さんが出かけるときには、お花代にと言って、お金を渡していたようだけど」

「花代？」

「ええ、松浦さんは山形へ墓参りに行ってるんです。昨日の夕方、会社から直接東京駅へ行ったようですが、そのとき社長は、くれぐれも気をつけて行くようにと言ってました。こちらのことは気にしないでゆっくりしてくるといい、とも言ってたようでしたが」

「なるほど。まあ、墓参りの花代に三百万、というのは考えにくいですからね。それに、今日は五日ですから、書かれているページがかけ離れている。お二人の間にはトラブルはなかった――」

「そういうことはまったくありません」

津由木は再び手帳に目を落とし、「そうですか」と言ったあと、顔を上げた。

「こういう書き方だと何日に書いたのか分からないわけですが――」

津由木は隣のページの十六日に指を当てた。

「このように十六日が丸で囲まれています。この印と隣のページの文言が、関係があるのかないのか分からないのですが、何か心当たりはありませんか」

全員がお互いの顔を見回したあと、それぞれが首を横に振った。

「では、文言との関係はともかくとして、十六日に印がついているということは、堂島氏はこの日に何かの予定があったと思うのです。ご存じないですか？　水曜日です」

同じく全員が首を振った。

「松浦さんという方は、ギャンブルをしますか？」

「いえ、松浦さんはいっさいギャンブルはしません」

「では、堂島さんは？」

「父の娯楽はゴルフだけです。賭け事に興味はなかったです」

大輔の話に津由木は頷き、堂島の部屋にあった数々のトロフィーを思い出した。堂島はかなりの腕らしい。

「そうですか。それは、ともかくとして、自殺と断定されたわけではないのですが、事故とは考えにくいのです。犯罪性となると——」

津由木はそこで言葉を呑み込んだ。

「犯罪性？　何かそのような可能性があるのですか？」

大輔がびっくりしたような声を出して津由木を見た。

「いや、そういうわけではないのですが……」

そう言ったあと、津由木はもう一度現場の様子を思い浮かべた。犯罪性はない。明らかに自殺の現場であった。だが、何かが気になる。この曖昧模糊とした不審感はなんのせいだろう。

皆が切羽詰まった顔つきで津由木の言葉を待っている。津由木は頭を切り替え、

「あとは、自殺の原因なのですが、皆さん、自殺はあり得ないとおっしゃる。遺書もありません し、肉親としては当然のことなのですが、やはり気になるのは午後七時前に掛かった電話です。堂島さんが受けた電話の相手は、《ヒツウチ》でした。堂島さんが実際に使用された子機にもデータが残りますが、受信時間は記録されません。そこでさっき、そこの親機を調べたわけです。その結果、受信時間は十八時五十五分。こちらの電話機は五十件まで親機が受信を記録し、そのあとは順に消去される仕組みのようです。その五十回の受信のうち、《ヒツウチ》という記録は今回が初めてでした」

「《ヒツウチ》ですか……」

桐生直明が顎を摩《さす》りながら呟いた。

「何か心当たりがありますか？」

「いえ、心当たりというよりも、ディスプレーに《ヒツウチ》と表示された電話を、義父が取るかな、と思いまして」

「いちいち確認なんかしませんよ、義兄さん。子機のディスプレーは小さいし、まして、親父は老眼だから、電話が鳴れば反射的に取ると思うけど」と、大輔。

堂島家の長男大輔は、色が白く切れ長の目をしている。姉の苑子とよく似ていた。大輔は唇を引き締め、その切れ長の目をじっと津由木の顔に当てていた。

「堂島さんは、掛かった電話にはすぐ出るほうですか？」

「ええ。長くコール音が鳴るのを嫌う人なんです。だから、すぐに出ます。そばにいれば一回か二回で出ます。それに、固定電話に掛かるのはほとんど父宛てなんです。父が家にいるときに電話が掛かると、家族もそうですが、本人も自分への電話だと思い込んでいました。実際にそうなんです。他の者はみんな携帯電話を使いますから」

「なるほど。だから、今日もすぐに出た。ディスプレーで相手を確認しないままですね。――実は、この《ヒツウチ》というのが厄介でして、掛けてきた相手の究明は不可能と思います。もちろん署に戻って電話局に問い合わせをしますが」

「《ヒツウチ》なら、私も携帯で一度くらい受けたことがあります。もちろん出ないし、すぐに消去しましたけど。相手の追跡ってそんなに難しいものなのですか？」

今までひっそりと話を聞いていた貴和子が、疲れたような声で津由木に訊いた。

「いや、実は私も門外漢で、よくは分からないのですが、非通知ですから、公開できない仕組みになっているわけですよね」

しばらくの沈黙を破って、加納拓真が言った。

「自殺の原因が《ヒツウチ》からの通話内容だったとして、おじ様はその電話を切ったあと、すぐにベランダから飛び降りたことになります。七時十分近くに、あかりさんが呼びに行き、そのときは、すでにいらっしゃらなかったのですから。――あまりにも唐突すぎると思うのですが、おじ様の行動が」

一同が、虚を衝かれたらしく、はっとした顔をして拓真を見た。

津由木も、自分の考えていることと同じことを言われて、思わず加納拓真を凝視した。

大輔の友人である加納拓真は、スポーツマンタイプのがっちりした体格をしている。色が浅黒く、太い眉と切れ長の少し窪んだ目、鼻も口も大ぶりで、真っ白い歯も大きく、歯並みが綺麗だった。大学の日本歴史学の講師ということだが、スポーツのコーチのほうが似合いそうな雰囲気だった。

「そういえばそうね。拓真さんの言う通りだわ」と、貴和子。

「では、何が考えられるの？　拓真さんの考えから、お父さまの何が考えられるの？」

急かすような苑子の口調に貴和子が眉をひそめ、

「そんなこと、私にだって分からないわよ」と言い、ため息をついた。

姉の苑子はせっかちな性格のようだ。それに比べて妹の貴和子は話し方も動作もおっとりしている。

「実は、私もその点は気になっていたのですが――」

津由木はそこで言葉を切り、意識的に大輔に目を当てて訊いた。

「堂島さんは、持病がありましたか？」

室内がいっとき静寂に包まれた。

思いがけない質問と思ったのだろう。誰もが津由木を見て、そして、大輔を見た。

大輔は津由木の質問に一瞬目を見張り、しばらく思案する様子をしていたが、

「いえ、特にはありません……ないはずです。ただ、血圧が高めだということは聞いたことがあ

ります。それも、薬をのむほどではなく、塩分を控え、適度な運動をするようにと、医者からアドヴァイスがあったと聞いたことはあります。たしか、春の健康診断のときだったと思います」

その答え方は自信ありげだった。

「そうですか。では、鬱《うつ》に関しては？」

「ウツ？」

「うつ病ということです」

苑子が「まさか！」と大仰な声を出した。

津由木は、そんな苑子を見て、

「お気持ちは分かりますが、奥さんは、お父上と一緒に暮らしていたわけではありませんね。子どもの知らないところで、そういう病気が進行していることはままあります。そして、自殺理由として、うつ病が意外に多いのです」

「だって、父は私たち家族が挨拶に行ったとき、ゴルフのパットの練習をしていたんですよ。とても機嫌がよく、息子を抱き上げて、重くなった、なんて……」

苑子の目から新しい涙が溢《あふ》れた。苑子は派手な模様のハンカチで涙をぬぐった。

「堂島さんは企業のトップです。これは、他の人間には分からない重責でしょう。周りの人間の気づかないストレスが溜まって当然と思います。先ほど加納さんがおっしゃったように、電話を切ってすぐに飛び降りたということが、私も腑に落ちないのです。ただ、うつ病であったとすると、その疑問が解消されます——」

全員が固唾《かたず》を呑んで津由木を見ている。津由木はひとつ咳払いをして続けた。

「これは、ひとつの例ですが、機嫌よく海外旅行の計画を話していたある企業の重役が、十分後に、その部屋の窓から飛び降りて自殺しています。あとで分かったことですが、精神科に通院し、抗うつ剤をのんでいました。もちろん、遺書はありません。うつ病の人の自殺には遺書がないのが特徴です。つまり、衝動的ということです」

「これは、断じて言えます。父にそういう病歴はありません！　義兄さん、義兄さんはどう思いますか？　父にそんな様子が見えましたか？」

「いや、まったく。私も大輔君と同じ意見です。義父には、微塵《みじん》もそんな様子はありませんでした」

新之助の女婿である桐生直明は、そのように否定し、

「そもそも、うつ病は女性に多い病気と聞いていますが」と反論した。

「それは、比較的女性に多いというだけで、今は三対七の割合で男性も罹《かか》ると言われています。まあ、私も受け売りですがね」

津由木はそう言ったあと、もう一度みんなを見回した。その顔には、他に誰か心当たりはないかという含みが込められていた。

「それこそ、松浦さんに訊けば分かるかもしれないわ、確かなことが。長い付き合いですし、もしかしたら、家族以上に父のことを知っているかもしれません」と、貴和子が言った。

「松浦さんは、いつ帰る予定ですか？」

「予定は明日と聞いていますが、これから知らせます。帰るまで黙っているわけにはいきませんから。松浦さんと父とは本当に長い付き合いなのです。そういう意味でいえば宮本さんも同じですが」

「ああ、赤坂のTホテルのレストランでシェフをしていたのでしたね」

津由木哲夫に話を向けられ、宮本茂が声を出さずに頭を下げた。宮本は新之助の第一発見者だった。

宮本茂は大きな体を小さくするようにソファの端に座っている。そんな宮本に、大輔が顔を向けた。

「そういえば宮本さんはどうですか？　父にそんな様子が見られましたか？　つまり、うつ病ということです」

「いや、今日の昼頃に挨拶しましたが、とても元気でしたよ。もっぱらゴルフの話でしたが、そんな病気の様子は少しも感じませんでした。ただ、私はしょっちゅう会うわけではないですから、普段の堂島さんをよく知っているわけではないのです」

大輔が大きく肩で息をして津由木に目を戻した。その硬い表情には、父親は決してうつ病などではないという強い自信が窺えた。

「とにかく、自殺と断定されたわけではありませんが、その可能性は大きいです。そして、病歴がないとすると、自殺の原因はやはり、《ヒツウチ》で掛かってきた電話の内容にある、と推測されるわけです」

そう言いながら津由木には分かっていた。たとえ、電話の内容が自殺の原因だったとしても、新之助を自殺に追いやった相手の追及は不可能だということを。

さっきは、控えめにそのことを話したが、現実に追及できないのだ。

犯罪、それも強盗、殺人など、強悪な犯罪の可能性が認められ、その上で、警察から正式な要請がなければ、特殊な部署である通信系の科学捜査は稼働しない。

「ところで、もう一度、宮本さんに確認します」

津由木哲夫に声を掛けられ、俯いていた宮本が、はっとしたように顔を上げた。

「あなたが堂島氏の第一発見者なのですが、先ほど、発見現場で、『さっき物置に行ったばかりだったのに』、このようにおっしゃっていましたが、そこのところをもう一度、話してください。物置に行った時間。物置から帰った時間。どこを通って行き来したのか。確か、六時過ぎに、発見現場を通ったように聞いたのですが、六時過ぎですと、死亡推定時間帯に入るわけです。ここにいらっしゃる皆さんの証言で、堂島氏は七時まで生きていらした。それははっきりしているのですが、参考のために聞いておきたいのです」

宮本は首を傾げてしばらく考える様子をしていたが、ゆっくりと顔を上げた。

「はっきりした時間は覚えていません。六時ちょっと過ぎだと思いますが、台所から外に出て、タバコを一本吸いました。そのとき、子ども用の椅子が準備されていないことに気づき、物置へ取りに行ったのです。椅子が奥に入り込んでいて、出すのに時間がかかりました。そのあと、思いついて松浦さんの様子を見るために、物置の向こうにある木戸まで行きました。物置に傘があったのでそれを使いました。松浦さんが、最近体調を崩していたことを知っていたので気になっていたんです。しかし、松浦さんの家は真っ暗で留守のようでした。あとで、こちらの皆さんから、松浦さんは山形へ行ったと聞き、元気になったんだなと思いました。そんなこんなで時間がかかり、台所へ戻ったのは六時半くらいになっていたと思います」

「強い雨が降っていたと思いますが、どこでタバコを吸い、物置への行き帰りはどこを通ったのですか?」

「長時間、台所に入っていると、外の空気が吸いたくなるんです。それで、勝手口の前でタバコを吸い終わってからテラスを通って物置へ行きました」

「なるほど。そのとき、テラスに何か変わったことはなかったですか」

「別に、何も気づきませんでした」

　津由木が頷くと、

「六時十分頃じゃなかったかな、宮本さんが物置に行ったのは。僕が二階から下りてきて、まもなくだったから」

　そう言って、加納拓真が窓近くにあるシングルの椅子を指差し、

「僕と大輔君が、そこの椅子に座ってしゃべっているとき、宮本さんが東の建物のほうへ歩いて行くのを見ました。そのあと、二十分くらいして、だから六時半頃、今度は台所のほうに歩いて行くのを見ました。大輔、君は気づかなかった?」

「ああ、覚えてる。だが、時間までは分からない」

　そのとき、苑子と弘樹はソファでうたた寝をしており、同じソファで直明と水谷香苗は雑談していた。だから、宮本の行動には気づいていない。そのことを、直明が代表する格好で説明した。苑子と香苗が頷いた。

「その時間帯に、他に誰か通ったようなことはなかったですか?」

全員が「いいえ」と首を振った。

「そうですか。では、最後に、堂島氏の生命保険についてなのですが……」

津由木という刑事が、少し躊躇《ため》らいがちに言った。家族以外の人間がいることを憚《はばか》ったのだろう。

「生命保険?」

「ええ、立ち入ったことなのですが、個人の生命保険はどんなでしょう?」

大輔が、目が覚めたような顔をして津由木を見、次にその場にいる全ての人の顔を見た。

肉親は顔を見合わせ、知人である加納拓真と宮本茂は顔を伏せた。

「念のためにお訊きするわけです」

「父の保険に関してはまったく分かりません。もともと保険嫌いの人で、保険会社と契約していたかどうかさえ分かりません」

そう言って、大輔はもう一度、肉親を見た。苑子、貴和子が微かに頷いた。

「そういうことは、会社の顧問弁護士の有賀先生が一手に引き受けていたはずです。もし、必要であれば、有賀先生から警察に連絡するように伝えます」

「そうですね。では、そう願いましょうか」

訊くべきことは訊いた。これで、解剖結果になんら不審点がなければ、原因不明の自殺で一件落着となる。

「確かなことは、明日の解剖待ちということですが――このスリッパは堂島氏のものに間違いありませんね。ベランダの落下場所に揃えてあったものです」

津由木の声に合わせるように、そばでじっと控えていた嶋謙一が、足元に置いてあったスリッパを持って皆に見せた。家族一同が「そうです」と言った。

嶋謙一がこの部屋で果たした役割はそれだけだった。

そのあと、津由木刑事係長が、新之助がベランダから投身したと思われる、午後七時から七時十分までのそれぞれの所在地を確認した。

桐生親子、堂島大輔、あかり、加納拓真、水谷香苗、平田小枝子の八人が食堂。堂島貴和子が二階の自室。宮本茂、野村清美が台所。貴和子は七時四分過ぎに二階から下りて、一階の食堂へ入ったということだった。

このとき津由木は、七時以前のみんなの所在地を確認しなかった。そのことをひどく悔やむことになるのだが、それはずっとあとになってからだった。

午後九時ちょうどに三人の刑事は帰って行った。

三人を送り出した後、平田小枝子、水谷香苗、あかり、弘樹が居間へ戻ってきた。

野村清美が「お食事どうしましょうか」と恐る恐る訊いたが、誰も返事をしなかった。清美はそっと食堂を出て行った。

そのすぐあとに電話が鳴った。

全員がぎょっとしたように顔を見合わせ、次に壁の柱時計を見た。九時十分だった。コール音がやんだ。やがて、野村清美が小走りで来て、居間を覗いた。

「松浦さんからお電話です。だんなさまに掛かったのですが、訳は話していません」

「僕が出る」

大輔が立ち上がり、カウンターへ走って電話を取った。

「え、帰ってきてるの？　何時に帰ったんですか？」

大輔はしばらく先方の話を聞いてから、すぐに事の次第を話した。電話は三分ほどで終わった。

「松浦さん、八時半過ぎに帰ったそうだけど、何も知らなかったそうだ。家の前をタクシーで通ったときも、何も気づかなかったって。だから、食事を済ませてから、帰宅したことをお父さんに報告するつもりで電話をしたんだそうだ。ひどく驚いている。すぐ、ここへ来る」

「それはそうね。八時半にはみんな引き上げていたわ。三人の刑事を除いて」

貴和子が力のない声で言った。

暇な署員

田園調布東署は、都道311号線と都道2号線が交差する場所にあった。近くに東急池上線の雪が谷大塚駅がある。そこが最寄り駅といえるだろう。その他にも、東急東横線の多摩川駅と田園調布駅が近い。都道31号線の東方向には東急大井町線が走り、それと並行するかのような都道11号線に沿って、多摩川が流れている。

この一帯を流れる多摩川は、梅雨や台風の時期を除くときわめて水量が少なく、水の少ないぶん周辺には緑地帯が多い。休日の昼間、晴れてさえいれば、緑地帯のあちこちで様々なイベントが行われた。また、公園の多い地域で、すぐ近くに、宝来、せせらぎ、など、洒落《しゃれ》た名を持つ公園が四つも五つもある。

田園調布東署の白い四角い建物は、そんな環境の中にあった。

現在、東京都には警察署が百一あるが、田園調布東署には、百三十人ほどの署員がいる。これはほぼ平均的な人数だ。そのうち半数近くが、交番に詰めたり、パトカーに乗って警邏《けいら》活動をする地域警察官である。

一階に署長室、副署長室があり、他の広い部分を交通課が占めている。したがって人の出入りが多い。署長や副署長への訪問客もあるが、その多くは自動車の免許証更新に訪れる人たちだった。

刑事課は二階。俗にデカと呼ばれる私服の刑事は四十人ほどいる。

そのだだっ広い刑事部屋で津由木刑事係長は少々退屈していた。ここ数日、大きな刑事事件の発生がないため、津由木が聞き込みに外に出るということはなかった。

だからといって、警察官に何も仕事がないなどあり得ないことで、現に、今デカ部屋にいるのは、ほんの数人。それぞれがファイルを開いて熱心に何か書いている。奥に取調室が五部屋並んでいるが、三部屋は使用中だった。その他の刑事はなんらかの事件を抱え、外に出ている。

つまり、津由木にはたまたまその時間、切羽詰まった仕事がないというだけなのだ。

そのため津由木は余計なことを考えていた。他に大きな事件があれば、頭の片隅さえ掠《かす》めない些細なことだ。ところが、気持ちにも体にも余裕があるということは妙なもので、忘れていいはずのことが、頭の一点に瘡《かさ》ぶたのように張り付いている。この瘡ぶたがポロリと剝《は》がれてくれたら、どんなにすっきりするだろう。

津由木はそんなことを考えていた。

堂島新之助が、自宅二階のベランダから投身自殺してからちょうど一週間が過ぎた。

結局、解剖結果になんら異常は認められなかった。死因は、落下時の衝撃による右側頭部頭蓋骨骨折、それによる脳挫傷だった。これは、現場における外部所見と変わらない。外傷は、右半身の広い範囲に強い打撲痕が見られた。これも落下時の損傷である。

つまり、堂島新之助は、ベランダから、体の右側を下にして落下した。結果、右側頭部を鉄平石に強打。脳挫傷により死に至った。こういう状況が推測される。いや、推測ではなく、解剖により断定された。

病歴なし。毒物の検出なし。家族の主張通り、うつ病の治療と思われるような薬物も検出されなかった。六十五歳という年齢からいえば、いたって健康体だったということだ。

死亡推定時刻は、これも所見通り、十月五日、十七時三十分より十九時三十分である。検視報告や解剖報告を無視して現実を直視するならば、死亡時間は午後七時から七時五、六分の間ということになる。

胃の中は空で、腸内の残滓《ざんし》物から食後五時間ほど経過、と判断された。後に聞いたところでは、新之助が家族と昼食を摂ったのが午後一時半。これも胃の中が空であったことや、腸内の残滓物の状態と符合する。消化の早いもの遅いものによって、多少の違いはあるが、だいたい食後四時間で胃の中は空になる。

一日に何百人という人が自殺をしている。堂島新之助も、そのうちの一人に過ぎない。

（そういえば、今日は初七日か……）

昨今は、告別式に初七日を済ませてしまうのが普通になっているが、堂島家ではそれとは別に、ごく近しい人が、本来の初七日に当たる十月十一日の今日、改めて法要を行うと聞いていた。

近しい人物とは、堂島新之助が自殺した日に、たまたま居合わせた人たちである。他に、その日は山形に行っており、その場にいなかった、堂島新之助つきの運転手、松浦郁夫が加わる。

津由木哲夫は一度だけ、松浦郁夫と会い、話をした。

解剖の後、堂島新之助の遺体に付き添い、再度堂島家を訪れたときだった。

堂島家は人の出入りでごった返していた。津由木は、堂島家の女婿、桐生直明を呼び止め、松浦郁夫に会いたいと言った。

玄関の横手で待っていると、松浦はすぐにやってきて、津由木に向かって深く頭を下げた。

津由木は、そんな松浦の丁寧な態度に恐縮しながら、

『取り込み中のところ、すまないのですが』

そう言って、例の手帳の一件を話した。手帳は遺族に返したので、言葉で説明するしかない。

松浦郁夫は黙って聞いていたが、質問が終わると、津由木の目をしっかり見て答えた。

『そのことにつきましては、こちらのご家族の方からも訊かれましたし、手帳も見せてもらいました。ですが、私には、なんのことやら分からないのです。私自身、当惑している次第です』

『堂島氏から何か買い物を頼まれていて、三百万預かる予定であったとか、そういうこともないですか？』

『いいえ、ありません』

津由木は少し思案した後、思い切って言った。

『失礼を承知なのですが、堂島氏に隠れた女性がいて、――つまり、お手当てを預かるというようなことは？』

松浦はとんでもないという風に首を振り、

『社長にそういう生活があったとは思えません』と、きっぱりと否定した。

社長つきの運転手が、社長と愛人の間の連絡係を務める。そういうことを聞いたことがある。少し古めかしいようにも思えるが、堂島の歳を考えると、もしやと思ったのだが、思惑は外れた。

松浦の話し方には、僅かだが、東北地方のなまりがあった。それがいっそう朴訥《ぼくとつ》さを感じさせるのだろう。

どうして山形から一日早く帰ったのか、何時の新幹線に乗ったのか、それを訊いてみたいと思いながら、口には出さなかった。堂島新之助は自殺である。そのように結論が下されたことが、津由木を抑制させていた。

津由木が礼を言うと、松浦は再び丁寧なお辞儀をして玄関の中へ入って行った。歳の割には姿勢がよく、背中がすっと伸びていた。

松浦郁夫は小柄で実直そうな男だった。さぞかし、安全かつ、穏やかな運転をすることだろう。そんな風に思わせる温厚さや誠実さが、話し方や物腰から窺い知れた。

そのとき津由木は思ったものだ。何かの本で読んだのだが、ハイヤーの優秀な運転手は、コップに水を張って車のフロントに置き、その水をこぼさないように走る訓練をする。

そんなことを思い出させる松浦郁夫だった。松浦は、堂島家を襲った突然の変事に、むしろ家族よりも驚き、力を落としているように見えた。

それも分かるような気がする。山形からは翌日の六日に帰る予定だった。それが、何とはなしに一日早く帰った。帰ってみたら、主人の堂島新之助が自殺をはかった直後だった。これでは、虫が知らせて一日早く帰ったようなものだ。

津由木がコーヒーでも飲もうかと立ち上がると、入り口から嶋謙一がひょこひょこ歩いてきた。

嶋の歩き方には特徴がある。腰を落として、少し膝を曲げるようにして歩くのだ。癖なのだろうが、なんとなく愛嬌を感じる。だが、その逆三角形の顔はいつも真面目くさっていた。愛嬌が顔に出るのではなく、歩き方に表れるというのも珍しい。

「津由木さん、コーヒーですか」

「ああ」

「持って行きますよ」

「すまん」

嶋が湯気の上がる紙コップのコーヒーを両手に持って近づいてくる。人よりも少し余分に体を動かすので、コーヒーがこぼれるのではないかとはらはらするが、そこは本人も承知しているのか、それとも、本人にとってそれが普通の歩き方なので、自然にバランスが取れているのか、中身をこぼすことはない。

机に置かれた紙コップの中を見て津由木は笑った。コーヒーはたっぷり入っていた。

「何ですか」

「いや、別に。おまえさんも暇なようだね」

「暇というわけではないですが、今日は初七日ですよね」

「え？」

「堂島新之助です。一週間前自殺した」

津由木はびっくりして嶋謙一を見た。

「あの日はものすごい雨でしたね。このまま降り続いたら被害が出るんじゃないかと思っていたら、急に雨脚が弱まって、やれやれと思っていたときに電話が入ったんでした。署を出るときには嘘のようにやんでました」

「そうだったな。でも急にどうした？」

「どうということは、ないんですが……」

嶋謙一が、窓の外に目をやりながらコーヒーをすすった。津由木もつられたように外を見た。秋晴れだった。午後の柔らかい日差しが多摩川の緑地帯に降り注いでいる。まだ、草木は充分緑だ。小さい子どもたちが走り回っているのが見える。

嶋が細い目をいっそう細めながら、もう一口コーヒーをすすった。相変わらず、真面目くさった顔だった。

彼は確か二十七歳のはずだ。過去に二つの警察署を経験し、田園調布東署の刑事課に配属され一年半が過ぎていた。

「何か気になるのかね？」

「いえ、自分が気になるというよりも、津由木さんが気にしているようなので」

津由木はさらにびっくりして目を見張った。飲み込むタイミングを逸《いっ》したコーヒーが、喉の入り口でひっかかった。津由木は激しく咳き込んだ。

「大丈夫ですか？」

「ああ、大丈夫だ。しかし、そんな風に見えるかね」

「ええ、なんとなく」

津由木は、へえ、と思いながら口元を手の甲でぬぐい、何気なく入り口に目をやり、もう一度呟き込みそうになった。こちらに歩いてくるのは田神修司だった。

「おい、ガミ君も来たよ」

津由木は田神をガミ君と呼ぶ。

嶋謙一が振り返り、同じく「ガミ君」と声を掛けた。

田神修司が軽く片手を挙げ、自分もコーヒーを淹れている。この男は何をしてもスマートだ。とにかくスタイルがいい。顔立ちも整っているし、刑事になるより、俳優になるべきではなかったかと思うときがある。

田神修司は紙コップを摑むと、つかつかと歩いてきた。ひょこひょことつかつかでは、やはり違う。思わず笑いそうになり、津由木は唇を引き締めた。

田神修司が嶋謙一の横に座り、何か言いたげに、にやにや笑いながら二人を見た。

「どうした？」

津由木と嶋が同時に訊いた。

「自分も仲間に入れてくださいよ」

そう言って、田神がコーヒーを一口飲んだ。

田神修司、二十三歳。いわゆるキャリアと呼ばれる人種だ。将来の幹部候補生として警察庁が採用したエリート中のエリートだった。

現場仕事はほんの腰掛け。表面だけをちょっとずつ齧《かじ》りながら、出世街道まっしぐら。その先に待つ役職はといえば、警視総監、警察庁長官も夢ではない。警察という組織は、階級社会の最たるもので、田神修司はその頂点への最短距離を疾走するサラブレッドなのだ。

彼は二十三歳にして、すでに警部補だった。

津由木と嶋は、もちろんノンキャリア組。津由木哲夫が四十八歳で刑事係長。嶋謙一は二十七歳で巡査部長。階級で言えば、津由木と田神がほぼ同格で、嶋は、田神より四つ年上だが、階級は一ランク下だった。

だがそれは現時点でのこと。数年も過ぎれば、はるか彼方を走り行く田神の背中しか見えなくなるだろう。いや、姿そのものが二人の視界から消えているかもしれない。

田神修司にとって、田園調布東署は見習いというひとつの通過点でしかない。あと数カ月もすれば警部となり、警察庁に戻って数年勤務。再び警察大学校で教育を受ければ、二十六、七歳で警視だ。

津由木は、今までにもキャリア組を何人か迎え、見送ってきたが、その人物をほとんど覚えていない。署内における彼らは、津由木にとってそれほど希薄な存在だった。

ノンキャリアの世界では、『仕事する人定年ブケホ（警部補）、仕事せぬ人警視正』などと言われる。現場仕事に熱心で、昇級試験の勉強などしている暇のない警察官は、警部補止まりで定年を迎える人が多い。反面、実務はほどほどにして机に向かってガリ勉し、節目節目の昇進試験に合格すれば、将来、警視正になることも夢ではない、ということだ。

キャリアとノンキャリアでは土壌も仕組みも違う。根本的なところで警察官としての意識が違う。当然、考え方も感じ方も違う。そもそも同じ警察官でありながら、目指すところが違うのだ。

津由木も嶋も実務型で、出世には縁の薄いほうだった。

そんな津由木と嶋が、エリートの田神修司と一緒に紙コップのコーヒーを飲んでいる。それが珍しいことではない。田神とはときどきこんな時間を持つことがある。

「この前の自殺の件、気になってるんじゃないですか」

田神が唐突に言った。

津由木と嶋が、へえ、という顔をして田神の顔を見た。

女のようにきめ細かい肌に太い眉、その下に目鼻が行儀よく納まっている。色白のせいか、ひげの剃り跡が青々として、形のいい赤い唇が動くと真っ白い歯が覗いた。

そんな田神の顔を、初めて見るような気分で津由木は見ていた。

過去を振り返ってみると、田神のような立場の人間は、署員と深く付き合うことをしない。その必要がないからだ。長くて半年、短い場合は三カ月で異動していく。署員のほうも心得たもので、お互いが付かず離れずの場所に身を置き、見習い期間が終われば機嫌よく送り出す。それがキャリア組の迎え方であり、送り方であった。

だが、ときに、キャリア組が署長として就任することがある。その場合はずいぶんと勝手が違う。若いエリート署長の中には、実務に疎いことを承知しており、その弱味を見せまいとして、滑稽なほど張り切る者がいる。

その上、実績を上げ、出世に反映させたいという欲も働くから、むやみに年長者の部下を叱咤激励するのだ。したがって、署員は署長の顔色を窺いながら、日々ぴりぴりすることになる。だが、それは表面的なことで、実際のところ、多くの署員は腹の中で薄ら笑いをしている。

そんな署長も、半年もすれば異動していった。

田神修司が田園調布東署に来て二カ月たっていた。

初めは「田神さん」と呼んでいたと思うが、いつとはなしに「ガミ君」になっていた。確か、田神のほうから、そう呼んでくれと言ったような気がする。小学校の頃から、田神の神をもじってガミ、ガミ、と呼ばれた、と言っていたと思う。

田神には驕《おご》り高ぶる様子が微塵もなかった。といって、不必要な遠慮もなければ虚勢もない。若いのだから、という自戒がそうさせるのだろうが、それにしてもやることが自然体なのだ。もうひとつ、彼には全身から滲み出る人懐っこさがあった。

こういう人間を、真の意味で育ちがいいというのかもしれない。

田神修司は今までのキャリア組とは少し違う。

津由木はそんな風に思いながら田神を見ていた。

何より好ましいと思うのは、田神は何事にも深い興味を示すことだ。知らないことは素直に訊くし、大事だと思うことは必ずメモをした。それは、見ていて気持ちのいいものだ。そんなことは仕事を持つ人間にとっては基礎基本だが、今までのキャリア組には覚えのない態度だった。

だからこそ、堂島家のとき、田神にも声を掛けたのだ。

電話の様子を聞く態度が実に熱心に見えたので、「行ってみる?」と言うと、威勢のいい返事をして一緒に車に乗ったのだった。

「ガミ君もそう思う?」と嶋が訊いた。堂島新之助のことである。

「ええ、思います。シマさんもでしょう」

「まあね、どうもしっくりこない。津由木さんを見てると、ますますそう思う」

「確かに解剖結果も自殺ですよね。でも、解剖結果はあまり……」

田神はそこで口をつぐんだ。

津由木は、田神の言い方におやっと思ってその顔を見た。ずいぶん大胆な発言だと思ったのだ。津由木も嶋と同様に、しっくりこないとは思うものの、真っ向から自殺を否定しているわけではない。動機こそはっきりしないがその他は自殺としての条件が揃っている。解剖結果も重要な条件のひとつだった。

それ以外の死因——つまり、事故、事件は考えられない。強《し》いて言えば、遺書がないことだが、遺書のない自殺は多い。

ところが、今の田神の言い方には、『自殺ではないと思う』という、はっきりとした考えを感じたのだ。

「ガミ君は、自殺ではないと思っているのか?」

「え? 津由木さんは違うんですか」

津由木は、田神のまっすぐな言い方にますますびっくりして、思わず周りを見回した。斜め後ろにいる田中武治課長が俯いて本を読んでいる。さっきから同じ姿勢を崩さないところを見ると、居眠りをしているのかもしれない。

部屋の中央あたりに三人の若い刑事がいた。

津由木は田神に目を戻した。田神はきょとんとした顔をしている。

自殺として処理されてから一週間も過ぎた案件を、『実は自殺ではないと思っている』、などと発言することが、警察官としてどれほど重大なことか分かっていない。

こういうところがまだまだ若いのだ。

「ガミ君、そういうことはあまり大きい声で言わないこと。自殺としてカタがついているんだからさ」

嶋が声を落としたので、田神は「はあ」と、とぼけたような声で返事をし、それから周りを見回した。

「席を移ろう。応接室、空いてるだろ」

津由木は言い終わらないうちにコーヒーを持って立ち上がった。三人は何食わぬ顔をしながら応接室に向かった。田中課長はやはり居眠りをしているらしい。津由木がそっと見ると、田中の頭がカクンと動いたところだった。

応接室は入り口の脇にある。入り口のドアの前には幅の広い衝立《ついたて》があるので、応接室に入ってしまえば、刑事部屋からは見えないし、普通の声で話す限り、人に聞かれる心配はなかった。

狭い応接室だ。飾り物などは一切ない。それでも、木製のテーブルを挟んで、布張りの椅子が二つずつ向かい合っている。三人は大事に持ってきたコーヒーをテーブルに置くと、なんとなく大きく息を吐いて顔を見合わせた。

まず、津由木が報告という形で言った。

「堂島新之助の顧問弁護士が来たよ。つい、さっきだ」

「ああ、生命保険ですね。で、どうでしたか?」

嶋謙一が酒を飲むようにちびりとコーヒーを飲んで津由木を見た。

「まあ、普通かな。いや、建設会社の社長としては安いかな。俺の契約金とちょぼちょぼだ。ただ、契約している会社の数が違う。俺は一社だが、堂島新之助は四社だ」

「四社? 子どもの数ですね」

これも、コーヒーを一口飲んで田神が言った。

「その通り。受取人はD生命が大輔、M生命が貴和子、Y生命が苑子、T生命があかりだ」

「で、内容はどんなです?」と、嶋謙一。

津由木がポケットから、メモを書いた用紙を出してテーブルに置いた。

「大輔が三千万、貴和子が三千万、苑子が二千万、あかりが六千万だそうだ」

田神と嶋がメモを見て揃って「へえ」と言った。

その反応は、確かに高額ではないということだろう。

「交通事故や不慮の災害時には倍額となる商品だが、自殺だから額面通りだ」

「他の子供に比べると、あかりだけ多いですね。逆に苑子は少ない」

嶋の疑問に津由木が答えた。

「あかりはもともと五千万の受取額だったそうだ」

これにも二人は納得した顔で頷いた。

「苑子も結婚前は三千万だったが、結婚と同時に契約を変えた」

「ああ、その差額があかりにいったわけですね」

「そういうことだな。あの日、大輔が言ったように、新之助という人は保険嫌いだったそうだ。だが、妻が病死した際、考えが少し変わったようで、今のような契約をしたらしい。新之助ははっきりした性格で、子どもが結婚したら保険の契約をし直す。つまり、親の義務を果したというわけだ」

「そのぶん、結婚してない子どもの契約額を増やす。この場合、あかりですね」

「そうだ。子どもが結婚するたびに、結婚していない子どもの受取額が多くなる。新之助はそんな風に考えていたらしい」

「新之助はよほどあかりを大切にしていたんですね。まあ、末娘ではあるし、当然といえば当然ですが」

嶋謙一の少ししんみりした口調に、今度は津由木と田神が頷いた。

「大輔が言っていた通り、子どもたちは誰も保険のことは知らない。これは、有賀という弁護士が断言していたよ」

堂島新之助の、生命保険についての津由木の説明が終わった。保険金と新之助の自殺には因果関係はないと思っていいだろう。三人がコーヒーを飲み干し、気持ちを切り替えた。


さっそく嶋が口火を切った。

「ところで、ガミ君は、何がどう気になるの？」

「それは——お二人が思っていることと同じだと思います」

「そう言われても、俺も津由木さんも何かを話し合ったわけではないよ」

「ガミ君」

津由木は思い切って言った。

「確かに、俺にも腑に落ちないことがある。知っての通り、カタがついた案件を蒸し返すことはタブーだが、ここだけの話ということで、意見を出し合ってみないか。三人が三人とも不審を抱いたままやり過ごすということは、間違っていると思う」

津由木は話しているうちに心からそのように思えてきた。今までは自分だけの思い込みと考え、なるべく忘れようと努力していたが、そんな状況ではないような気がするのだ。

それに、漠然とした疑問点が、三人で話し合ううちに、別の形ではっきりしてくるかもしれない。その上で、思い過ごしだったと納得できれば、それに越したことはない。

「どうだろう、自殺の条件は揃っている。動機は不明だが、理由の判然としない自殺者は多い。その上で、堂島新之助は自殺に間違いなしと判断され、処理された。それが事実だ。だからここでは、『自殺と結論付けたのは早計ではなかったか？』、そう感じていることを出してみないか。そのあと、その件についてお互いに意見を言おう」

嶋と田神が顔を見合わせて、頷いた。

「ガミ君、まず君からどうだ」と、津由木は田神を見た。

田神は津由木を見返したあと、軽く頷いた。

田神の表情は、疑問点が複数あるかのように見える。その中の何から話そうかという風に、いっとき目が宙を見据え、

「はい、じゃあ、言います」

素直なものだ。その歯切れのいい話し方にも、癖のないまっすぐな性格が表れている。

「自分は——やはり、電話を切ってから投身するまでの時間です」

「衝動的すぎる、ということだな」

「そうです」

「うむ。シマちゃんは？」

「はい、自分は、二階からの落下で確実に死亡できると思ったのかな、という点です。もちろん、堂島新之助本人がです」

津由木は、はっとした思いで嶋謙一を見た。田神も思いがけないことを聞いたという顔つきで隣に座る嶋を見た。そのあと、何か意見がありそうに口を開きかけたので、津由木がそれを制した。

「意見はあとで出し合おう。その他にないかな」

しばらくの沈黙の後、再び田神が言った。

「松浦郁夫が一日早く帰ったことが、やはり、ひっかかっています。あの翌日、津由木さんは松浦に直接会い、例の手帳の件、『松浦に300万』について訊いているわけですが、どうしても不自然な印象がぬぐえません。松浦は、思い当たることはないと言ったそうですが、でも、堂島新之助が書き残したあの文言は、重い気がします」

「自殺の原因がまったく不明、という点も気になります。会社経営も順調のようだし」

と、嶋謙一。

「津由木さんは、何を不審と思っているんですか」

田神修司が、真剣な顔つきで津由木に目を移した。その目は子どものように意欲的で、まるで、津由木の口から大好きなおもちゃが飛び出すのを待っているように興味深げだった。

こういうところが、今までのキャリア組とは違う。そんなことを思いながら、

「俺は、堂島新之助が着ていた衣類なんだが」

「衣類？　紺のスーツですか？」

「そう、そのスーツがずぶ濡れだっただろう。スーツだけではない。ベストもシャツも、下着にまで雨が染み込んでいた。スーツの、左の腕の付け根と、ズボンの左足の付け根のしわの間には、僅かだが雨が溜まっていた——」

嶋と田神がいっとき顔を見合わせていたが、嶋が言った。

「自分は、そのときに何かを感じたわけではないですが、スーツがびしょ濡れだったことは覚えています」

あとを追いかけるように田神が言った。

「自分もそのように記憶しています」

そのあと二人は瞬きも忘れたように津由木を見ている。津由木は、二人の真剣な顔つきに多少面映《おもはゆ》いものを感じながら、矛先《ほこさき》を変えた。

「今のところ、俺が気になっていることはその一点だけだ。もちろん君たちの不審点に同意する

箇所もある。そこでだ。これからは、その不審点について意見を出し合おうじゃないか」

そこで津由木は冷めたコーヒーを飲んだ。

嶋も田神も、濡れていたスーツの話が続けられると思っていたらしく、肩透かしを食ったような顔をしたが、津由木につられたようにコーヒーを口に運んだ。

三人が同時に紙コップをテーブルに置いた。

「まずはガミ君の、電話を切ってから投身するまでの時間についてと、運転手の松浦郁夫が一日早く帰ったことへの不自然さ。シマちゃんはこの点についてどう思う?」

嶋謙一は、津由木の話を聞いているのかいないのか微動だにしない。何かを一心に考え込んでいる様子で、目は草木染のテーブルクロスに当てられている。そんな嶋を見ながら、津由木も田神も、嶋が口を開くのを待っていた。

応接室に落ち着きのない沈黙が流れた。待ちかねたように田神が、「シマさん」と促した。嶋謙一は思い切ったように顔を上げると、

「自分の不審点も、ガミ君の不審点も、津由木さんの出した疑問点に帰納すると思うのですが……」

「どういうことだ?」

「われわれ二人の疑問や不審は印象に過ぎませんが、津由木さんのスーツの件は事実だからです。まだ、うまく考えが纏まりませんが、スーツの一件を究明していけば、われわれの不審点は、その中に溶け込んでいくように思うのです」

津由木は田神を見た。田神は軽く顎を引き、

「自分もそんな風に思います。それに、われわれの出した不審点をいくら話し合っても、想像の域を超えることはないと思います。想像だけではなんの解決にもなりません」

　実は、津由木もそう思っている。今、二人が出した不審内容の大部分は、新之助の親族誰もが同じように感じ、警察側に訴えていたことだった。肉親であるから当然といえば当然で、それは十月五日の夜、堂島家の居間で、新之助の死因が自殺らしいと報告されたときから、全員が力説していたのだ。

　主な理由は、新之助には自殺をするほど切迫した事実が見当たらないことと、電話を切った直後の投身はあまりにも衝動的すぎること、この二点に集約された。

　では、家族は何を想像しているのか。自殺以外となると、事故か事件、ということになる。しかし、現場の状況から事故は考えられない。事件となればなおさらである。

　遺族も内心ではそれを承知しているから、自殺ではない具体的な理由を追及すると、皆黙り込んでしまう。ただ、新之助には自殺の原因がない。そのことだけを主張する。要するに、肉親の自殺を受け入れかねているだけなのだ。

　だがそれは、家族が新之助の心情を勝手に想像しているだけで、実は、人には、親子兄弟にも分からないように振る舞いながら、心に深刻な悩みを抱えていることがある。

　そして、自殺者の肉親の多くが、真の理由を分からないままに、自殺を認めざるを得ない状況を受け入れ、いつしか納得していくものなのだ。

　あのときは津由木自身も、世間によくある悲劇のひとつとして、なんの抵抗もなく、堂島新之助の死を自殺と判断していた。

結局、自殺の原因は《ヒツウチ》で掛かってきた電話の内容、と結論づけられたわけだが、危《き》惧《ぐ》した通り、《ヒツウチ》の発信者の追及は不可能だった。

事件性がはっきりしていれば別だが、それ以外でヒツウチが公開されることはない。それは法律で保護されているのだ。自殺は悲劇ではあるが事件ではない。

警察の調査はそこで終わった。

事情はともかくとして、あのときの状況は自殺以外のなにものでもなかったからだ。そして、明らかな自殺の場合、その判然としない理由を探るのは、警察の業務の範疇《はんちゅう》ではない。

「ですが」と、田神が続けた。

「不審点はぬぐえませんでした。印象や想像だけでは判断価値がないことは分かっていましたから、今まで黙っていたんです。しかし、生意気なようですが、印象も大切だと思います。自分にはまだ分かりませんが、熟練の刑事の間で言われる『カン』に通ずることにもなるのではないでしょうか」

嶋が黙って頷き、顔を上げた。

「自分もそう思います。津由木さんのスーツの件、詳しく聞きたいと思います」

津由木はしばらく黙っていたが、気持ちにふん切りをつけて、頷いた。

僅かの沈黙は、少しばかり後ろめたい気持ちがあったからだ。

若い二人に大いに気を持たせていることに、気が咎《とが》めている。それは、ここで数十分かけて話し合う内容は、誰からも評価されず、捜査に反映されることもない。つまり、話の内容全てが、単なる雑談で終わるということだ。そうなれば、時間の浪費以外のなにものでもない。

だが、津由木の心のどこかに、自分を悩ます疑問点にケリをつけたい気持ちと、それとは別に、今回のような事例を取り上げ、田神修司に実務経験を与えたいという、親心のような情が働いていることも認めていた。

疑問と思うことは納得するまでとことん追究する。それが警察官の基本精神であり、捜査の鉄則である。たとえ結果がどうであろうと、頭を使い、手足を使い、時間をかけて執着したプロセスは決して無駄にはならない。後に出会う事例で必ず生きてくる。

警察官の仕事はデスクワークではないのだ。

田神修司はまもなくこの署を去って行く。たぶんあと一カ月か二カ月でその日がくるだろう。そして近い将来、どこかの警察署の署長に就任することは明らかだ。二十六、七歳でそうなる。そのときそこの署員から、今度の若いエリート署長は今までとは違う、と思わせたかった。

これを親心と言わずして何と言おうか。

俺も人がいいな、と思いながら、津由木はこれから話すべき内容を纏めていた。


津由木の、頭の襞にこびりついている瘡ぶたの正体は、堂島新之助の衣類だった。

あの夜、新之助の体に強烈なライトが当てられたとき、まず目に飛び込んだのはぐっしょりと濡れたスーツだった。しかし、その直前まで大雨が降っていたわけだから、さほど気にせず、大きな屋敷のシルエットと、その前に広がる庭を見ながら検視の終わるのを待っていた。

少し離れた場所に遺体の関係者である、堂島大輔、桐生直明、加納拓真、それに、第一発見者の宮本茂が立っていた。もちろん、その人たちの名前は後になって分かったことだ。

その後の検視報告で、死亡推定時刻が十八時から十九時三十分と分かり、家族から得た情報により、新之助が投身したと思われる時間が明らかになった。

それは午後七時頃。

この時間は、検視報告の死亡推定時間帯に含まれるから、なんら不審点はない。津由木自身、それを聞いたとき違和感はなかった。

居間で行われた事情聴取の印象は、家族は皆自殺を否定していた。これもよくあることで、家族の感情をいちいち取り上げていてはきりがない。

あの夜、帰りの車の中で、津由木はすでに別の事件のことを考えていたと思う。それほど、堂島新之助の死因は自殺としてなんら不審な点はなかったのだ。

そんな津由木の頭の中に『何か変だ』という、気になる瘡ぶたができ始めたのは、翌十月六日の夕刻、新之助の遺体に付き添い、再び堂島家を訪れる車の中だった。

解剖は、玉堤《たまづつみ》にあるM大学の法医学教室で行われた。遺体はきれいに縫合され、棺に納められていたが、その脇に、死亡時に新之助が着ていた衣類が置かれていた。衣類はビニール袋に入っていた。

津由木はビニール袋を持ち、別の車に乗った。

衣類は重かった。ビニールのファスナーを開けてスーツを取り出してみた。遺体が運び込まれたときから、解剖室の隅にでも放置されていたのだろう。事件性のない解剖だから誰も着衣などに注目しない。

　そのため、二十時間近くたっているのに、衣類はほとんど乾くことなく、持ち重りのするくらい手ごたえがあった。その感触を掌で受け止めたとき、不意に、ずぶ濡れで倒れていた新之助の姿が目に浮かんだのだ。

　だが、そのときは、針の先ほどの関心事だった。

　毎日、なんらかの事件に追われているし、仕事の性格上、かなり集中し神経も遣う。だから、針の先ほどのちっちゃなことなど、仕事中はきれいに頭から飛んでいる。

　だが、仕事の区切りがついたとき、あるいは自宅で風呂に浸《つ》かっているときなどに、突然、濡れたスーツ姿の堂島新之助が目の前に浮かぶのだ。とたんに落ち着かなくなる。それこそ、脳内にこびりついた瘡ぶたのように気になって仕方がない。

　まるで、『忘れては駄目だ！』と、誰かに叱咤されているような気がするのだ。

「まあ、さっき言ったように、確かに、あの日は夕刻から大雨だった。実は気になっていたから気象庁に問い合わせてみたんだがね」

「ええ」と、嶋と田神が大きく頷いた。

「この付近の、十月五日の午後六時から七時までの一時間の降雨量は、40ミリだったそうだ。だが、最も強く降った時間帯は六時二十分から六時五十分までの三十分間。その前後の降り方は、それほどではなく、六時五十分以降は急速に雨脚が衰え、堂島が投身したと思われる七時過ぎにはすでに小雨程度で、七時三十分にはやんでいた」

「確かにそうでした。ちょうど雨がやんだ頃、電話が入ったんです」

と、嶋が同意した。

「そうだったな。つまり、堂島は午後七時五分頃から、我々が堂島家に着いた七時四十五分まで、あの場所に倒れていたわけだろう。時間にして約四十分。七時半過ぎに加納拓真が遺体に毛布を掛けたそうだが、七時半には雨はやんでいたのだから、実質、雨に打たれていた時間は二十分から二十五分。それも小雨だった。それに――」

「それに？」と、嶋と田神。

「鉄平石は二メートルの幅で敷かれ、上のベランダの幅とほぼ同じだ。ベランダが屋根の代わりをしているから、雨の日でもテラスにいれば濡れることはない。大風でも吹いていれば別だがね」

「あの日は無風状態でした」

田神がそう言って、同意を求めるように嶋を見た。嶋が深く頷いた。

「確かに風はなかったです。雨はほぼ垂直に落ちていました」

そのあと、若い二人はさらに津由木を注視した。津由木は続けた。

「堂島が落下した場所は鉄平石のテラスの端。鉄平石と、コンクリートで固めた駐車場との境目だ。落ちた場所に不審はない。二階のベランダの、手すりの真下にあたる場所だからな。二階の屋根は、当然ベランダより突き出ている。一メートル足らずだったと思うが、ベランダの雨よけには充分だ。そのため、揃えて置いてあったスリッパはしっとりとはしていたが、濡れているというほどではなかった」

二人の署員は固唾を呑んで聞いていた。

「といって、二階の屋根やベランダが、鉄平石の上に落ちた堂島の雨よけになったとも思えない。だが、風がなかったのだから、多少は影響があったはずだ。ほぼ全身が鉄平石の上、両足の先が駐車場のコンクリートにかかっていた。一メートルと離れていない場所には車が並んで駐車されている。そういう条件を加味すると、少なくとも、野原の真ん中に倒れていた場合とは違うと思う」

津由木はそこで言葉を切り、目の前の二人を見た、二人とも真剣なまなざしで津由木を見ている。いつの間にか田神は手帳を出して、メモしていた。

「それでだ。――七時五分に投身したとして、宮本茂が発見したのが七時二十五分。すでに息絶えていたので、遺体には触れず、加納拓真が警察に通報した。つまり、投身したと思われる七時五分から、宮本茂の遺体発見まで二十分だ。――どうだろう。投身した時間、発見までの雨の降り方、遺体の衣服の濡れ方、このあたりで何か感じることはないかね」

「津由木さんは、投身した時間に不審を持っているわけですね」

田神が目を丸くして、先走った。

「そう簡単に結論を下しては駄目だ。大切なのは、現場で何を見て何を感じたか、ということだ。君たちも悟ったようだが、さっき出した不審点は、実際に見て、触れて感じたことではなく、自殺の条件に対する不審だ。だから、そのことはひとまず棚上げしておく。――それから、ここで話し合うことを、無理やり事件に繋《つな》げようと思わないこと。あくまでも自殺として処理されたのだからな」

津由木は、若い二人が血気に逸《はや》るのを恐れて釘を刺した。


田神は丸い目をいっそう丸くし、嶋は細い目をそれなりに見開いて津由木を見ていた。

「それでだが……」

と、呟くように言って、津由木は顎を撫でた。二人が、「なんですか?」というような目を津由木に当てている。

「――濡れていた衣類について、反論を出し合おうと思っている」

「反論、ですか?」と、田神が甲高い声を出した。

「ああ、反論だ。さっきも言ったが、聞いた話を鵜呑みにして結論を急いでは駄目だ」

田神はしばらく俯きかげんで口をつぐんでいたが、やがて、津由木を見た。

「つまり、こういうことですね。スーツがずぶ濡れだった。その状態は、雨の降っていた時間帯や雨量と合致しない。だから、投身した時間に誤りがある。――このように直線的に考えるのではなく、スーツが濡れていても不思議ではない材料を探す」

「そういうことだ」

「一つの消去法ですね。裏を取って疑問を解消する」

と、嶋謙一。

「まあ、そうも言えるな。一つの事象を正面からだけ見るのではなく、反対側からも見る。その上で、衣類が濡れていたことが納得でき、すっきりした気持ちで堂島新之助の自殺を認める。――ゴールは自殺でなければならない。そのことを忘れては駄目だ」

津由木は偉そうに言っている自分を内心厭《いと》わしく思っていた。話していることに矛盾があることを承知しているからだ。

三人揃って堂島新之助の自殺に不審を抱いていることは確かだ。その起因ともいえる疑問点を、津由木が自らひけらかし、二人を充分刺激しておきながら、口では、自殺でなければならないと、釘を刺している。それには理由があった。警察という組織は、一度終結した案件を蒸し返すことはまずない。それが警察という組織の性格なのだ。堂島新之助が自殺ではなく、事故や事件とするならば、それを実証する不動の物証を示さなければならない。今の時点で、津由木にはその自信がなかった。

そう思うと、なんだか若い者の気持ちを上げたり下げたりしているようで気が引けるのだ。

たぶん、目の前の二人は、予想外の展開を期待して興奮しているだろう。

投身した時間に間違いがあれば、そのまま、死亡時間が変わり、新之助の家族から聞いた話の重要な一点が、根底から崩れる。

新之助が、《ヒッウチ》の発信者を相手に、六時五十五分から約五分間通話したという、家族を含む関係者全員の証言が怪しくなってくるのだ。

そうなると俄然《がぜん》、事件性が強くなる。それは、堂島新之助の午後七時生存説に、偽装性が浮上してくるからだ。

「津由木さんの考え方は立派だと思うのですが」

田神修司がその目をぴたりと当てて津由木を見た。

びっくりした顔で、嶋が田神を見た。田神もちらりと嶋を見たが、そのまま続けた。

「津由木さんの望む材料は出ないと思います。確かに自分は、足元の現実を見逃し、印象だけで自殺に不審を抱いたことは軽率でした。でも、先ほどからの津由木さんの話を聞いたあとでは、どう考えても、反証となるものは思いつきません。雨の強く降っていた時間帯は動かしがたい事実です。午後七時には小雨になっていたことも事実です。誰かが、遺体に水でもかけたのなら別ですが」

「自分も、ガミ君と同じ考えです。ただ、小雨という概念がそれぞれ微妙に違い、実に曖昧だと思います。もしかしたら、小雨といわれる雨の量でも、堂島新之助が発見されたときと同じくらい着衣が濡れるかもしれませんから」

「そうですね。雨の降り方はそれぞれに、いろんな表現をしますからね」

田神が嶋の意見に同意した。

田神修司は本当に素直な態度だ。こんなに素直な性格で順調に出世ができるのだろうか。津由木はちらりと場違いなことを考えたあと、二人に大きく頷いてみせた。

「まったくその通りだ。雨量の概念や感覚は人によってまちまちだ。それと、今、ガミ君が言ったことだが、確かに俺の考え方は屈折していると思う。それは、自殺でカタのついた事項を掘り返すことに抵抗があるからなんだ。そのことが邪魔をしてへんな理屈をつけている。だが、このことは何日も前から気になっていた。今日こうして話す気になったのは、自分の思い過ごしであることを期待すると同時に、妙なことだが、自分の疑問に同意されることも期待していたように思う」

「反対される期待と、同意される期待ですか？」と田神。

「そうだ、人間というのは厄介だな」

そう言って、津由木は苦笑し、ポケットから用紙を出して、テーブルに広げた。二枚綴りの用紙だった。

「気象庁へ問い合わせたときに、ちょっとした知識を得たのだがね」

「ええ」

「我々が日常、小雨と呼んでいる雨量だが、数時間降り続いても1ミリに達しない雨。具体的に言えば、傘がなくてもそれほど濡れない。傘を持つのを嫌う人は、面倒くさいから傘はいらないという。その程度の雨量だそうだ。それを気象用語で小雨という」

「へえ」

「そこでだ。十月五日の午後七時から、雨のやんだ七時三十分までの雨量だが、小雨だったと思うかね」

「いいえ」

これは、二人が即座に否定した。

そうなのだ。あの夜、七時から降った雨は小雨とは言わない。

津由木も気象庁に問い合わせて、改めて考えさせられたことだが、日頃、何気なく言ったり、聞いたりしている雨の降り方には、細かいランクとそれを表す用語があり、ひとつひとつに数字で示された定義があった。

その用語は、毎日の天気予報のたびに、予報士の解説で何回も耳にするが、一般の人は、気象用語や定義などには深くこだわらず、自分なりの解釈で予報を聞く。日常的に使う言葉も、人によって様々で、実に曖昧なのだ。

ザーザー降りという人もいれば、どしゃ降りという人もいる。バケツをひっくり返したようだというときもある。ポツポツ、パラパラ、シトシト、いろいろだ。だからといって日々の生活になんら不都合はない。

《気象庁　降水雨量の用語》

小雨	数時間続いても雨量が1ミリに達しない雨
弱い雨	1時間の雨量　3ミリ未満
やや強い雨	1時間の雨量　10ミリ以上20ミリ未満
強い雨	1時間の雨量　20ミリ以上30ミリ未満
激しい雨	1時間の雨量　30ミリ以上50ミリ未満
非常に激しい雨	1時間の雨量　50ミリ以上80ミリ未満
猛烈な雨	1時間の雨量　80ミリ以上

《十月五日午後、東京都大田区田園調布付近の雨量》
午後4時～5時　10ミリ　やや強い雨
午後5時～6時　20ミリ　強い雨
午後6時～7時　40ミリ　激しい雨
午後7時～8時　10ミリ　やや強い雨（7時半にやむ）

そんなわけで、あの夜、七時から七時三十分までに降った雨は、正確に言えば、小雨ではない。気象用語では『やや強い雨』のランクに入る。

「やや、強い雨、ですか」

津由木の話を聞いて、二人が感心したような声を発した。

「そうだ。用語としてはなんだか説明的に思えるが、とにかく、一時間に10ミリから20ミリの雨量を、『やや強い雨』と言うそうだ。そして、十月五日の午後七時から七時三十分までの、現場付近の雨量は、10ミリと記録されている。10ミリになると傘が必要になる。よほどのへそ曲がりは別として、傘を持っていない人はコンビニで買う気になるほどの降り方だ」

「そういう雨量の状況下で、堂島新之助の遺体は約三十分間、ベランダの下のテラスに放置されていたわけですね」

「そういうことだ。そこでだ、そのことを頭に置いて、当日の堂島氏の衣類の濡れ具合を考えてみないか」

田神がじっと考え込んだ様子で、津由木と嶋の話に耳を傾けていたが、ふいに顔を上げた。

「その程度の雨が、おとといの昼頃降りましたね。ちょうど、十月五日の午後七時過ぎから降った、やや強い雨。そのときと同じくらいの降り方だったと思います。風もなかったし」

津由木は思わず笑った。自分がこれから持ち出そうとしていた話がそれだった。

「なんですか？」

津由木は笑いが収まらないので、軽い咳払いをしてごまかした。嶋と田神が不思議そうな顔を津由木に向けていた。

「その雨で試してみたんだ。おととい」

「試した？　何をです？」

十月九日の昼過ぎ、予報通りに雨が降った。

そのとき津由木は、たまたま二階の刑事部屋にいた。窓から何気なく雨脚を見たとき、条件反射のように堂島新之助の姿が目の前に広がった。津由木はロッカーへ走った。ロッカーの中に入れっぱなしにしてあるトレーナーを思い出したのだ。

トレーナーはロッカーの、上の棚の隅にあった。津由木はそれを持ち、一階に下りた。

交通課の横手に免許更新の人がビデオを視聴する部屋がある。その部屋の脇が廊下になっており、廊下の向こうに、建物の裏手へ通ずる署員専用の出入り口がある。

津由木は上半分がガラス張りのそのドアを開けて外を見た。

雨は同じ量で降っていた。『やや強い雨』だった。

ドアの外は一畳ほどのコンクリート敷きになっている。コンクリートの端が、十センチほどの幅で濡れていた。

津由木は上を見た。頭の上に足元のコンクリートと同じ幅の屋根が、雨よけのために突き出ている。

津由木はコンクリートの端へトレーナーを置き、三十分放置しておいた。

「それで、どうでしたか？」

嶋が急き込んだように聞いた。

「うむ。三十分たってから取りに行ったんだがね、もちろん、濡れていた。なんというか、湿っている、では弱いが、といって、びしょ濡れでもない。言葉ではうまく言えないが、そんなような濡れ方だった。……少なくとも、堂島氏を初めに見たときのスーツの濡れ方とは違っていた」

そうなのだ。あの夜、初めて堂島氏をライトの中で見たとき、まるで、水の中で死んでいた遺体を引き上げたようだ、と思ったことを覚えている。だが、そのときはその状態をなんの不審もなく受け入れた。それ以前の雨の降り方が尋常ではなかったからだ。

だがその後、気象庁からあの日の正確な雨量と、降った時間を知り得た。そして、『やや強い雨』の降る軒先に放置したトレーナーを手にしたとき、津由木の不審感が、現実のものとして重くのしかかってきたのだった。

「津由木さんのおっしゃろうとしていることはよく分かります。われわれが普段の生活でしょっちゅう経験することですから」

「そうです。濡れてはいるけど、絞るほどではない。そういう程度ですよね」

嶋の言葉に、田神がそんな言い方で同意し、

「それで、また、気象庁に訊いたんですか？」

「ああ、夕方になってから、訊いてみた。十二時から一時までの雨の量は、『やや強い雨』だったそうだ」

嶋と田神が、同時に唸《うな》るような声を発した。その後で、津由木が案じていた通りのことを田神が言った。

「このままにしておくことは間違いだと思いませんか。津由木さんの疑問点と検証結果は、堂島の投身時間を変えることになります。はっきり言えば、遺体の濡れ方から判断すると、その時間は、午後六時から七時までと考えるのが最も状況に合っています。つまり、『激しい雨』の降った時間帯です。そうなれば、われわれ二人の疑問にも直接関わってきます。投身時間が変われば、何もかもが変わってきますから」

そこまで言って、田神は津由木と嶋を見た。二人は口をつぐんだままだった。

「改めて見直さなければならないと思うんです。それから、自分が述べた松浦郁夫の一日早い帰京云々《うんぬん》はともかくとして、シマさんの疑問点が気になっています」

「何？」と嶋。

「自殺を決意した堂島新之助が、二階からの落下で確実に死亡できると思ったのか、という点です」

津由木は、はっとして田神を見た。

そうだった。田神はさっき、嶋のその話に強い反応を示した。即座に何かを言いかけたが、話の進行上、津由木はひとまずそれを制した。だが、実は津由木も、嶋謙一が疑問と思う素朴な内容に、脳を軽く叩かれたような衝撃を覚えたのだった。

「シマちゃん、もう一度話してくれないか」

津由木に促され、嶋謙一は少し戸惑いの表情を見せたが、

「そんな大げさなことじゃないんです。ただ、二階から飛び降りて自殺したという話はあまり聞いたことがないので、ふと、そう思っただけです。建物からの飛び降り自殺といえば、だいたいビルの屋上とか、マンションなら、高い階のベランダが多いですから」

「そうだな。もし、自分が自殺を決意したとして、自宅の二階から飛び降りることはしないな。大怪我をして、死ねない可能性が高い……。しかし、絶対死ねないとも言えない」

「そうですね。それに堂島家は他の住宅よりも天井が高かったです。ということは、二階も普通より高いということです」

三人が沈黙した。室内が急に静かになった。

津由木は、あの夜、堂島家の居間に集まった人たちの顔を思い出していた。

今頃は、初七日の法要も終わった頃だろう。

もし、堂島新之助の死に事件性があるとすれば、あの夜、あの古めかしい居間に集まっていた人たちの中に、事件の関係者がいたのかもしれない。そして、今日、全ての人が堂島家に揃っている。

まるで、テレビドラマだな。

津由木は内心苦笑しながら、頭の中に一人ひとりの顔を思い浮かべた。生前の新之助を知らないが、二度目に堂島家を訪れたときは、既に遺影ができていた。新之助は目も口も大きい人で、一目見たとき、二女の貴和子と三女のあかりが新之助に似ていると思った。息子の大輔と長女の

苑子は母親に似たのだろう。新之助とは顔の造作が違う。

子どもたちの母親である新之助の妻雪江は、十五年前他界したことを大輔から聞いていた。新之助の部屋で遺書を探しているときだった。

確かに事件の臭いがしないわけではない。

特に、若い田神は強く感じているようだ。津由木にしても、三人で話し合ったからといって、頭の中の瘡ぶたが剝がれたわけではなかった。

だが、あまりにも心もとないデータだった。データというよりも、ここで出し合った不審点は、単なる印象を語ったに過ぎない。印象だけで事件扱いはできない。警察組織が稼動するということは、そんなに簡単ではないのだ。

田神修司は、トレーナーの実験を、検証結果などと大げさに言ったが、あんな実験を材料に上層部に説明しても、捜査の許可は下りない。

そのことを嶋謙一は分かっていると思う、だが、田神修司には分からない。現場には、学校で学んだことだけでは分からない現実がいくらもあるのだ。


そのことをもう一度、話そうとしたときだった。急にドアの向こうが騒々しくなった。

三人が顔を見合わせた。嶋謙一が耳を澄ませるようにしたあと、

「津由木さん、田中課長が呼んでるようです」と言って立ち上がった。

津由木を先頭にして、三人は応接室を出た。衝立の前を通り、刑事部屋に入ると、田中課長が

早足で歩いてきた。田中が興奮した丸い顔を津由木に向けて言った。

「田園調布三丁目の堂島家で変死体が発見された」

三人が棒立ちになった。

津由木が泡を食った口調で訊いた。

「誰なんです？　死んだのは」

津由木は田中課長からその名前を聞いたとき、とっさには誰のことか分からなかった。

隣の田神が慌てて手帳を開いている。

津由木は時計を見た。午後四時だった。

初七日のあと

十月十一日、午後一時に堂島家の初七日の法要が始まり、一時四十分に終わった。金曜日なので、仕事のある人は午前中で早退して参列したのだった。

堂島新之助の遺骨と遺影は、新之助の自室に作られた祭壇に置かれていた。

住職が帰り、一時五十分から食堂で会食だった。

桐生親子、堂島大輔、貴和子、あかり、加納拓真、水谷香苗、平田小枝子、宮本茂、松浦郁夫の十一人がテーブルを囲み、仕出し弁当を食べた。

清めの酒が出たが、宮本茂は運転があるからと言って、コップに口をつけただけだった。

一週間前まで堂島新之助の席だった場所には、白いカトレアが花瓶に挿され、置かれている。

誰もが無口だったが、弁当を食べ終わり、お茶になると、ぽつぽつ口を開く人が出てきた。

「早いものだわね、もう一週間。あの日は大雨だったわ。今日は秋晴れ」

苑子が後ろを振り向いて言った。

食堂も居間も窓のカーテンは開けられている。雲のかけらもない空が、カーテンに縁取られた形で見えていた。

臙脂色のカーテンが両サイドに絞られ、細長い窓が等間隔に並ぶさまは、古典的で、お洒落ではあるが、窓の機能としてはあまりよくない。採光が悪いから昼間でも照明が必要なのだ。

「お父さまの一周忌が済んだら、窓を開放的にしたほうがいいわ。いずれ、大輔たちが住むことになるんでしょう。これでは若い人向きではないもの」

「僕たちが住むときは全部壊して建て直すさ。ね、香苗さん」

水谷香苗は微笑んで大輔を見たが、何も言わなかった。

「お母さん、外見ていい？」

あかりの隣に座った弘樹が椅子を立ちかけて訊いた。

「もう少し待って。まだ皆さんお茶をいただいているでしょう」

弘樹は浮かしかけた体を元に戻すと、テーブルに置いたゲーム機に手を伸ばした。

「僕たちの結婚、予定通りでは駄目かな」

大輔が誰に言うともなく言った。

「まだ、そういう話は早いでしょう。納骨が済んでから、どうするか話し合いましょうよ。ね、あなた」

「僕は別にいいと思うがね。お義父さんは、大輔さんと香苗さんの結婚を楽しみにしてたんだから」

「それはそうだけど、世間体が悪いわ。一周忌も済まないうちにお祝い事なんて。第一、香苗さんのご両親だって賛成なさらないと思うけど、どうかしら？　香苗さん」

「……まだ家族と、そういう話はしておりません」

香苗がつつましく言った。香苗はフォーマルな黒のスーツに、一連の真珠のネックレスをしている。化粧を控えめにしているせいか、いつもよりずいぶん清楚に見えた。

平田小枝子とあかりが黒のワンピース。あかりは絹の黒いストールを巻き、肩の辺りを黒アゲハのブローチで留めていた。それは黒い布の中に溶け込み、見落としてしまうほどだが、ときどきあかりの上半身が動くと、布の間から鈍い光を放った。

貴和子はフォーマルではなく、普段着の黒の上下。苑子は藤色の無地の和服に帯だけ喪服用の黒帯を締めていた。

女の衣装に比べて男は皆同じ。黒のスーツに黒のネクタイ。弘樹は幼稚園の制服を着ている。

「松浦さんの故郷は赤湯《あかゆ》ですよね」

加納拓真が湯飲み茶碗を両手でくるむようにして話題を変えた。松浦はテーブルの一番端に、宮本茂と向かい合って座っている。拓真の斜め前だった。拓真は子どもの頃から堂島家に出入りしているが、松浦郁夫と顔を合わせることはほとんどなかった。今度の一件で何回か言葉を交わし、真面目で控えめなその人柄に好感を持っていた。

松浦郁夫と堂島新之助が同郷だということは以前から聞いて知っていた。

「そうです、赤湯です」

「前に聞いたことがありますが、赤い色をした湯が湧き出るから赤湯と言うそうですが、そうなんですか?」

「さあ、どうですか。地元では、戦いで傷ついた家来の血で深紅に染まった温泉を見て、武将が赤湯と名づけたと言われています。九百年ほど前の話だそうです。実際に湯の色が赤いわけではないです」

「へえ、兵士の血ですか。赤湯という名の駅がありましたね」

「ええ、今もあります」

「行かれるときは車ですか？」

「いいえ、車ではとても。もう歳ですから疲れます。それに、新幹線ができましたから便利になりました」

ぽつりぽつりと話す様子もどこか朴訥で、東北の匂いがするような気がする。それはたぶん、言葉に微かな東北なまりがあるからだろう。そういえば、死んだ新之助にはまったくなまりがなかった。

松浦郁夫は小柄だが整った顔立ちをしている。だが、六十五歳という年齢が、その顔にしわを刻み、耳の辺りには老人特有のしみが浮き出ていた。

ここ数日、ときどき思うのだが、松浦郁夫に似た顔をどこかで見たような気がしてならない。それも何回も見たような気がする。だが、思い出せない。その都度、思い出そうと努力するのだが駄目なのだ。それに、さほど重要なことと思わないせいか、努力することをすぐやめてしまう。

だが、こうして顔を合わせ、会話をしていると、やはり誰かに似ていると思うのだ。

松浦の顔は個性的ではない。目が丸いというだけでどちらかといえば目立たない顔立ちだ。だが、何かの拍子に、例えば顔を僅かに横に向けたときとか、俯いたときに、おや、と思う。

拓真は今も、勤め先の教師の顔を順番に思い浮かべてみた。だが、誰にも当てはまらなかった。つぎに、教室に並ぶ学生を思った。こちらは人数が多いので混乱するばかりで収拾がつかない。

結局、これだという人物は思い当たらなかった。

「拓真、君知ってた？　宮本さんも親父と同郷だということ」

大輔が、拓真と松浦の会話に言葉を挟んだ。

「いや、知らない。そうだったんですか」

拓真は、隣の貴和子の横にいる宮本へ顔を伸ばした。

「ええ、堂島さんと、ここにいる松浦さんと私は中学まで学校が同じです。同じ赤湯中学校の卒業生です」

宮本茂は拓真にそう答えた。

料理人の宮本茂とは、今回以外には一度しか会っていない。まだ、宮本が赤坂のTホテルのレストランで働いているとき、大輔に連れて行かれたのだ。宮本は、新之助に贔屓《ひいき》にしてもらっているということで、テーブルに挨拶に来た。そのときに、宮本と大輔の父新之助が友人関係だということを聞いたと思う。もう十年近く前のことだ。

それ以来、大輔との間で宮本の話題が出ることはなかったし、宮本の顔も名前も忘れていた。今日、この席に彼がいるのは、たまたまあの日の悲劇に居合わせ、新之助の第一発見者でもあるから、義理を果たしているのだとばかり思っていた。

宮本も、新之助の死はそうとうの打撃だったらしく、会うたびに寂しげにしていた。それに、何か屈託があるように、いつも沈痛な顔をしている。拓真にはそんな風に思えた。

それから少しの時間、山形県の名湯、赤湯温泉の話題になった。それでも、話が弾むわけではない。あまりにも意外だった新之助の自殺は、まだ、皆の心を平常にはしていなかった。話題は途切れがちで、そのたびに重苦しい空気が室内に停滞した。

そんな空気を打ち破るように大輔が言った。

「しかし、苑子姉さんには驚いたよ。あの翌日、弘樹の模擬試験に行ったんだからな」

「行きたくて行ったんじゃないわ。お父様は夜でなければ帰ってこないというし、ここにただ黙っているのが堪《たま》らなかったのよ。それに、お昼には帰ってきたわよ」

「一カ月に一度のチャンスだしね。あの日を逃したら、あと一カ月、模擬試験はない」

大輔がそう言って笑った。

「そんなこと言うんなら、あかりだって仕事に行ったわ」

あかりが、寂しそうな、恨めしそうな目を苑子に向けた。

「私の場合、急には代わりがいないのよ。日曜日に出るのが条件なんだから。それに、土曜日に休みをもらった翌日なんだもの。それでも、館長が理解してくれてお昼には帰してくれたわ」

「そうだね。美術館は休日が忙しいんだから、他の職場とは違う」

そんな風に桐生直明がとりなし、

「そういえば美術館の休館日はいつなの？」と平田小枝子に訊いた。

「P美術館は火曜日です。——私が代われるとよかったんですけど、私とあかりさんの仕事はまったく違いますから、休日に突然私が行っても、役に立たないんです。すみません、お役に立てなくて」

「そんなこと小枝子が気にすることないわ」

あかりが隣に座る小枝子に小声で言った。

苑子もあかりもあの夜、ひどく取り乱した。もちろん二人だけではない。誰もが動転し悲しんだ。だが、死者の出た家にしてはやはりどこか違っていた。遺体がないからだ。事件性がないから、警察からの報告は簡単なもので、署員が帰ってしまうと、残された人は何をどうすればいいのか分からず、誰もが手持ち無沙汰だった。

結局、十一時には遺族だけが残り、その日招待されていた人たちは皆帰って行った。

翌日は全員が九時頃訪れた。すでに、会社関係の人には連絡がいっており、数十人の社員が詰め掛けていた。そのとき、苑子と弘樹、それからあかりがいなかった。

苑子は一カ月前から申し込んでおいた弘樹の模擬試験のため。あかりは、勤め先のP美術館の仕事のためだった。美術館は休日が忙しい。

あかりの本来の仕事はイラストレーター。主に草花、虫類、特に蝶を描くのを得意とし、小さな出版社からの依頼が結構ある。子ども向けの図鑑に昆虫を描くこともあれば、雑誌の挿絵を描くこともある。イラストカット集に採用されることもあった。注文によって、漫画っぽくに描くこともあるが、あかりは写実的に描くことを得意としていた。

P美術館に勤め始めたのは四年前。

家の中だけの仕事に息が詰まりそうになり、求人広告に応募した。休日勤務を希望したせいか、すんなり採用が決まった。あかりにとって、休日勤務は都合がいい。休日は自宅に来客もあるし、普段は家にいない人が家にいて、なんとなくばたばたしている。そういう日は外に出て、ウイークデーの静かな日に、自宅で制作活動をする。これは、都合のいいサイクルだった。

P美術館の業務内容は受付係で、パンフレット渡しなどの単調な仕事だが、それでも、目的を持って外に出ることは心弾むことだった。それに、開館前や閉館後には、好きな絵や芸術作品が無料で見られるという役得つき。それが何よりも嬉しかった。

あかりはあの夜が明け、朝八時に上司に連絡を取り、休暇願いを申し出たが、急なことであり、あかりが父親の死亡を言い淀んだこともあって、上司から午前中だけでも出てくれるように懇願されたのだった。

そのため、あかりは八時半に家を出て、勤務先である目黒のＰ美術館に行き、午後一時に戻ったのだった。

気まずい空気を読んで拓真が話題を大輔に転じた。

「会社のほうは支障ないの？　僕がそんなこと心配しても仕方がないんだけど」

「今のところはね。佐竹常務がいるから」

当然ながら、葬儀は社葬だった。

斎場で、葬儀一切を取り仕切っていた佐竹成明常務は、頭の切れそうな、一目でやり手と思えるきりりとした顔をしていた。それでいて、これはと思う人にはいつでも笑顔の準備をしているという、いわば、抜け目のない雰囲気を備えた人間のようだった。

確かに佐竹常務がいれば当面会社は回っていくだろう。堂島建設は同族会社というほど身内で固めているわけではない。役員も親族以外の者が多く、世襲制が定着しているわけでもなかった。だが、将来的には大輔を社長の椅子にと、新之助は希望していたと思う。だからこそ、他の企業に勤務していた大輔を、五年前に呼び寄せたのだ。しかしそれは、まだ何年も先のことだったはずだ。新之助は、まだ充分社長職を担うパワーを感じさせていた。

「では、私たちはこれで失礼します」

松浦郁夫がそう挨拶して腰を上げると、宮本茂も一緒に立ち上がった。仕事関係の話に同席することを遠慮するかのようなタイミングだった。


大輔と直明が二人を玄関で見送った。

二人いなくなると、なんとなくぽっかり穴が空いたようになる。

野村清美の淹れた紅茶を飲み終わると、何もすることがなく、見慣れた顔ばかりだから話題もなかった。貴和子が、ひとつため息をつくと言った。

「私、プログラムを仕上げてから少しレッスンするわ。ここ二、三日弾いてるんだけど、思うように指が滑らないの」

「発表会で君が弾く曲？」と、加納拓真。

「ええ」

「曲は？」

「ショパンのワルツ7番に決めたわ」

「小作品だね」

「それはそうよ。私が主役じゃないもの。主役は生徒。中学一年で、『英雄』を弾く子がいるの。すごいでしょう。もうすぐ、私の手には負えなくなる。——プログラムだけど、やっぱり一人順番を替えることにしたわ。これですっきり。今日中に渡せるわ」

拓真が頷いた。プログラムの原稿が完成したら、印刷は拓真の知り合いに頼むことになっている。以前はパソコンでプリントしていたが、ここ数年は作る枚数も多く、なにより、原画により近く仕上げるにはプロの印刷業者へ、ということで、いつの間にか拓真が印刷の担当のようになっていた。

「拓真、夕飯食べて行けよ。初七日だし、急にみんながいなくなったら、親父が寂しがる。小枝子さんもいいでしょう。香苗さんも残るし」

「そうね、そうしてください。お夕飯はお寿司でも取りましょうよ。次の法事まで間があるし、今日はゆっくりしてらして。私たちも、今夜は泊まるのよ」

苑子がみんなの顔を見回しながら勧めた。遺族は誰もが寂しいのだ。人が大勢いるときは何かと取り紛れているが、客が帰ると途端に力が抜けて寂寥感《せきりょうかん》に襲われる。

「小枝子、そうして」

あかりが心細そうな声を出した。

「では、今夜はここでご馳走になることにしよう。平田さん、あなたもいいでしょう。あかりさんが寂しがる」

小枝子が拓真の誘いに、「ええ」と頷いた。

「ああ、よかった。久しぶりに賑やかね。私、夕飯のこと、野村さんに伝えてくるわ。それに、弘樹が眠そう。着替えをして、少し休みましょうよ」

あかりの隣に座る弘樹が船をこぎ始めていた。ときどき頭がかくんと椅子の背にぶつかる。それでもゲーム機はしっかり握っていた。あかりが弘樹の首の下に自分の腕を差し込んだ。

「よし、今夜は飲もう。親父の大事にしていたワイン、全部、飲んじゃおう」

大輔が少しはしゃぎ気味に言った。

直明が席を立ち、眠り込んだ弘樹を抱き上げてゲストルームへ引き上げた。

苑子が台所から戻り、弘樹がいないのを見ると自分もドアへ向かった。ドアを出るとき振り返り、

「皆さんも休憩して。疲れていないようで疲れているのよ。私は弘樹と一緒に、少しお昼寝します。お清めのお酒が効いたみたい」

そう言って、ドアを閉めた。

「少しお昼寝だってさ。よく言うよ。苑子姉さんて、子ども並みに昼寝するよな。弘樹が昼寝しているときは、ほとんど自分も寝てる」

拓真、香苗、小枝子、あかり、貴和子が笑い、そのあとで再び大輔が、

「拓真、俺は着替えたら親父の部屋に行くけど、君も付き合えよ。ほら、俺はいちおう長男だし、今日は初七日だしさ。親父一人では寂しがる」と言って誘った。

「ああ、そうしよう」

拓真が応じた。

「小枝子、私たちはあとで庭に出てみない？　居間のコスモスを活け替えたいのよ。お天気もいいし、散歩がてら手伝ってほしいの。ここ一週間、ばたばたしていて、花を活け替える余裕がなかったから」

今度はあかりが小枝子を誘った。

「ええ、いいわ。何時頃にする」

「三時半でどうかしら。今からなら少しは休めるでしょう。昼寝の時間には足りないかもしれないけど。私はそれまで仕事をするわ。締め切りの迫っているのがあるの。もう少しで仕上がるから」

小枝子が笑って頷いた。

「香苗さんもどうかしら？」

あかりの誘いに香苗も微笑みながら、「ご一緒します」と言った。

あかりが明るい顔で頷き、貴和子と一緒に食堂を出て行った。

小枝子と香苗もゲストルームに引き上げた。

一階のゲストルームのひとつに桐生親子。もうひとつに香苗と小枝子。この部屋割りは悲劇のおきたあの日と同じだった。


あかりと貴和子は一緒にあかりの部屋へ入った。

「私が持っていったのに」

「うん。でも早く見たいから」

あかりはストールだけを取り、椅子の背に置くと、制作机にある作品を貴和子に渡した。

貴和子は一目見て、「ワッ」と、歓声を上げた。

「綺麗！　さすが、あかりちゃん。生徒たち喜ぶわ。講師仲間もね。どうもありがとう」

「気に入ってもらえてよかった」

貴和子が部屋の隅からパイプ椅子を持ってきて、あかりの横に座った。

絵に見入っている。

「A4判で仕上げたから縮小で印刷することになるんじゃない？　A3の見開きでは大きすぎるでしょう」

「そうね。B4の見開きのつもり」

「裏表紙の会場付近の地図と交通案内は、どうするの？」

「それは拓真さんに頼んであるの。資料だけ渡せばパソコンでできちゃう。そのまま印刷所に送信すればいいんじゃないかしら。大事なのはこの絵よ」

貴和子はよほど気に入ったらしく絵から目を離さなかった。

「お父さまのことがあったのに、悪かったわね。集中できなかったでしょう。どのくらいかかった？」

「複雑な絵ではないから、二日くらいかな。かえって仕事をしていたほうが、気持ちがまぎれたわ。貴和子姉さんだってそうでしょう？」

「そうね。初七日も済んだし、そろそろ気持ちを切り替えなくちゃね」

そう言って、貴和子が顔を上げた。

いつものことながらよく似ている、とあかりは思う。貴和子と自分の顔である。二人は新之助に似ている。あかりは自分の顔を好きではない。特に目が嫌いだった。大きすぎる目は印象的ではあるが上品ではない。特に日本人の場合はそうだと思う。あかりは、苑子や小枝子の顔が好きだった。

「それにしても納得できない」

貴和子が呟くように言った。

「え？」

「お父さまのこと。――四人も子どもがいるのに遺書も書かない。有賀弁護士に遺言も預けていない。お父さまは堂島家の主人であると同時に堂島建設の社長よ。それなのに、あと先考えずに自殺するなんて。……お父さまって、責任感の強い人だと思っていたのに」

「――そうね」

「あの、ヒツウチの電話だけど、やっぱり変よ。あの夜、拓真さんが刑事さんに言ってたこと、あとであかりちゃんにも話したでしょう。家族は動転するばかりで判断力がなかったけど、さすがは拓真さんだわ。そう思わない？」

「ああ、電話のあとで、すぐ投身したことに拓真さんが疑問を持ったということね」

「そう。本当にその通りだと思う。私、ヒツウチの相手が分からないことも悔しいけど、別のなにかが釈然としないの」

日頃、おっとりしている貴和子だが、今は話し方に力が入っている。

あかりが「どんなことが？」と、訊いた。

「それは、分からない。ただ……」

「何？」

「ヒツウチの電話とお父さまの自殺、関係あるのかしらって」

あかりはびっくりして貴和子を見た。

「どういうこと?」

「ヒツウチの電話は単なるいたずら電話。それとは別に、やっぱりお父さまには深刻な悩みがあった。ほら、あの直後、みんなでちらっと話したでしょう。――それでお父さま、親しい人が集まる自分の誕生日に生涯を閉じる決心をしていた。いわば、悲しいパフォーマンス。こういうのってどう?」

あかりは思わず笑ってしまった。

「いたずら電話を相手に五分間もしゃべるはずないでしょう。第一、パフォーマンスなんてお父さまらしくないし、それに、遺書がないことの説明にはならないわ」

「それは、そうだけど」

「それに、お父さまに深刻な悩みがあったとは思えない。あのあと苑子姉さんから聞いたんだけど、夕方ここに着いてすぐに、ヒロ君を連れて挨拶に行ったとき、お父さま、元気にパットの練習をしていたんでしょう」

「ええ、苑子姉さん、そのことをしきりと刑事さんに訴えていたわ」

「そうだったんですってね。でもそれは事実よ。あのとき、電話が終わったのにお父さまがなかなか来ないので、私とヒロ君が探しに行ったでしょう。そのときも部屋の中央にゴルフの練習道具があったもの。死ぬほどの悩みを抱えた人が、死ぬ直前に元気にパットの練習をするなんて考えられない」

「それはそうだけど、じゃあ、あかりちゃんは、原因はやっぱりヒツウチの電話だったと思っているわけ？　その電話の内容が原因で衝動的に？」

「私だって納得しているわけじゃないけど、それ以外に考えられないでしょう。それよりも、警察がヒツウチの追跡をしてくれなかったことが悔しいわ。犯罪性がなく、自殺と決断が下されたので、私たちには追及ができなかったじゃない」

「そうね」

貴和子の体から急に力が抜けたようだった。

思えば、新之助が亡くなって以来、貴和子と、新之助の死について語り合ったことはなかった。貴和子とだけではない。家族全員がそのことを避けていたと思う。全員が夢中になったのはヒツウチの相手の追跡だった。追跡が不可能と知ったあとでは、誰もが無口で無気力だった。

やはり、初七日を済ませたということが、ひとつの区切りになったのかもしれない。貴和子は机に置いてあった絵を持ち、気持ちを切り替えたような顔つきになっている。

あかりがそんな貴和子に目を当てながら言った。

「いろんなことが納得できないけど、貴和子姉さんは、お父さまに大切な話ができなかったことが一番残念だったでしょう」

「え？」

「誕生祝いの日に、みんなの前で話すつもりだったんでしょう」

貴和子がびっくりしたようにあかりを見た。貴和子の目はびっくりするといっそう大きくなる。

「あかりちゃん、知ってたの？　拓真さんから聞いた？」

今度はあかりがびっくりして貴和子を見た。

「どうして拓真さんに聞いたと思うの？」

貴和子が瞬きを繰り返しながら絵を胸に抱いたままあかりを見ている。やがて、絵を机に置いた。

「──実はね、お父さまの亡くなったあの日、拓真さんと最終打ち合わせをしたの。そのとき拓真さん、みんなに話す前に、あかりちゃんには先に話すべきだって言ってたの。だから、拓真さんがあかりちゃんに話したんだと思って」

「そうだったんだ。──でも、拓真さんから聞いたわけじゃないわ。最近の貴和子姉さんを見ていれば察するわよ」

「そうなの？　勘が鋭いのね」

「そんな大げさなことではないわ。そういうことって、なんとなく分かるものでしょう」

「そうかしら。で、あかりちゃん、賛成してくれる？」

「もちろん！」

貴和子が顔をほころばせた。あかりも笑った。

あかりは外を見た。真っ青な秋の空だった。

その青い色を裂くように、鳩が真横に飛んで消えた。

「それで、いつみんなに話すの？」

「初七日も終わったし、発表会の準備が済んだら、と思っているわ。お父さまのことがあったあとだから、気が引けるんだけど、そんなこと言っていたら、どんどん遅くなっちゃう。だから、話だけはしておくべきだと思って」

「拓真さんも、そう思っているんでしょう？」

「ええ、それがいいと言っているわ。ずっと前から」

「そう。——この家も、寂しくなるわね。お母さまが亡くなり、苑子姉さんが嫁ぎ、お父さまが亡くなり、大輔兄さんが結婚して家を出て行く。そして貴和子姉さんも……。ねえ、どこかで聞いたような気がしない？」

「何？」

「……あ、そうだ。アガサ・クリスティの『そして誰もいなくなった』」

「やあね、そんなことないわよ。私が出て行けば、大輔兄さん夫婦がこの家に住むわよ。拓真さんが兄さんを説得すると思う。でも、誰に言われなくても、兄さんはここに住むわよ。私のことが分かれば」

「それは、そうかもしれないわね」

「やがて、兄さん夫婦に赤ちゃんが生まれて、また、だんだんに賑やかになっていくわ。誰かが死んで誰かが生まれる。そういうの、輪廻転生って言うんじゃなかったかしら」

あかりは貴和子の話に頷きながら、空の青さを見ていた。

さっきからしきりに鳩が飛んでいる。一羽が飛ぶと、決まってそのあとを追うようにもう一羽が飛ぶ。何回も繰り返している。どうやら二羽とも同じ鳩のようだ。

貴和子が言った。

「この家を壊して、新しく建て替えるといいわ。もっと近代的で明るい家に」

「そうね、それもいいわね」

貴和子が絵を持って立ち上がった。

「ありがとう。これ、すぐに拓真さんに見せるわ。今日中に、彼に渡すことになっているのよ。あと一歩でプログラムも完成だし」

「ええ、頑張って。私も三時半までに仕上げなきゃいけない挿絵があるの」

「そんなこと言ってたわね。私もプログラムが完成したら、夕食までレッスンするわ。今夜は久しぶりに賑やかな食事になるわね」

貴和子が部屋を出て行った。

あかりは着替えるためにクローゼットに向かった。

春とは異なり、秋の空はどこかきりりと締まっている。

そんな午後の時間が静かに流れていった。


大輔が残っていた紅茶を飲み干して腰を上げた。拓真も立ち上がり、二人で食堂を出たのは二時四十分を少し過ぎていた。

食堂も居間も無人となった。

野村清美は台所で後片付けをしている。

大輔と拓真が二階へ上がると、すぐに貴和子の部屋のドアが開いて、貴和子が顔を出した。

「拓真さん、ちょっといいかしら。今、あかりちゃんから絵をもらったの。見てくれない。いい出来だと思うわ」

拓真が頷くと、隣の大輔が意味ありげに笑い、拓真の背中を叩いた。

「着替えてから、親父の部屋に行ってる」

大輔はそう言うと自室に入った。

拓真は、貴和子の部屋に入った。

秋の午後の時間が静かに流れていく。


拓真は新之助の部屋をノックし、返事を待たずにドアを開けた。三時ちょうどだった。

大輔がソファに座り、新之助の祭壇をじっと見つめている。拓真は大輔と斜めに向き合う場所に座った。

「遅くなってすまん。絵を見せてもらってからシャワーを浴びた。今朝は早くに家を出たので浴びる時間がなかったんだ。いい絵ができていたよ。さすがあかりさんだ」

大輔が軽く笑いながら、立ち上がった。

大輔はキャビネットの上にある冷蔵庫を開けている。木目の家具調なので知らない人が見たら、冷蔵庫とは思わないだろう。冷蔵庫の横のスペースとキャビネットの中には、ゴルフで獲得したトロフィーが隙間なく並んでいる。

大輔は缶ビールをふたつ出し、ひとつを拓真に渡した。

「おじ様、ビール好きだったっけ」

「いや、ウイスキー専門。これは僕が入れたんだ。夜、寝る前にこの部屋で飲むんだ。少しの時間だけどね。——これでも、参ってる」

拓真は何と言っていいか分からず、黙って頷いた。

大輔が音を立てて缶ビールを開けた。拓真も開けた。二人が同時に新之助の祭壇に向かってビールを差し出し目礼した。その偶然の一致にお互いが小さく笑い、一口ずつ飲んだ。

「親父がよく言ってたよ。今でこそローヤルを飲むけど、昔はシロ専門だったって。酒は十代の頃におぼえてよく飲んだが、そのシロというのが、独特の匂いがして飲みにくかったそうだ。飲み屋に行けばハイボール。どこに行っても、注文するのはハイボール。そんなことを言ってた」

しんみりした口調で述懐しながら大輔が喉にビールを流し込む。

ウイスキーにランクがあることは知っているが、あまり酒好きでない拓真には知識がない。ローヤルがどの程度格が高く、シロとはどの程度なのか知らなかった。そもそも、シロという名を初めて聞いたような気がする。

「君は、ハイボールって飲んだことある?」

「いや、ない。確か、ウイスキーを炭酸で割るんだよね」

「そうらしい。想像しただけで胃の辺りが変になる」

大輔はそう言って顔をしかめてみせた。

祭壇は新之助の机があった場所に設けられている。そのため、机がベランダ側の窓際に移動し、その上には雑多なものが積まれていた。必要のないソファが壁に押し付けられたりしていて、部屋全体がなんとなく落ち着かない。法要のためにできるだけスペースを作ったためだ。

窓際の机の上をよく見ると、手前の隅っこに青い小さな籠があり、中にゴルフボールが入っている。その籠の向こうに電話の子機がのぞいていた。

拓真は祭壇の新之助の遺影を見た。五、六年前の写真らしい。だから、正面を見つめる新之助はいくぶん若々しく見える。髪の毛も多く、肌全体に張りがあった。新之助の顔の特徴は造作が大きいことだ。特に目が大きいためか、生前は、ときに凄みを感じることがあったが、遺影の顔は柔和に写っていた。

「貴和ちゃんとあかりちゃんは、おじ様似だね」

「そう、二人とも親父そっくりだ。特にあかりは、目と口が親父のコピーのようだろう」

「うむ。それに二人とも芸術家だ。音楽家と絵描き」

「その点は親父に似ていない」

そう言って大輔は笑い、

「僕と苑子姉さんは母親に似た。僕が言うのも変だけど、お袋は綺麗な人だったよ」

「ああ、知っている」

十五年前に白血病で死んだ堂島雪江は、その名前の通り、ふくよかな色白の美人だった。切れ長の目と細い鼻が上品で、引き締まった口元にはいつも笑みが浮かび、その唇は、小鳥がさえずるように絶え間なく言葉を発していた。

平たく言えば美人でおしゃべりで闊達、そして誰にでも親切で世話好きだった。苑子が顔も気性も母親にそっくりである。

その雪江が、ほんの二カ月ほどの闘病生活であっけなく死んだときは、堂島一家は呆然としたものだ。拓真も同じ思いだった。子どもの頃から親しんだ雪江の死は、拓真にとっても衝撃的であり、身近な人の死を初めて経験したということでも、多感な年頃の彼にとっては大きな出来事だった。

　拓真はそれからまもなくして八王子へ越している。

　拓真は机の上の、青い籠の向こうにある子機に目を戻した。

「あの夜、おじ様がいなくなったということで、みんなで探しただろう。確か、初めにおじ様の部屋を探したよね。僕は君のあとに続いてこの部屋に入ったと思うけど」

「そう、まず一番にこの部屋を探した」

「そのとき、あの電話の子機、今のように充電器に納まっていたよな」

　大輔が拓真の目の先にある子機を見た。

「うむ、そうだった。子機は充電器に納まっていた。そう言えば、ここに入ってすぐに机の上の子機を見たと思う。たぶん、親父がついさっきまで電話をしていたという意識がそうさせたんだろうな。まずあの子機を見たのを覚えている」

「そうだったよな。僕もそうだった。で、ヒツウチの主は、分からずじまいだったということだろう」

　大輔が「ああ」と、頷き、

「関根さんにはあの夜のうちに確かめたこと、君も知っているだろう」

「うむ。関根さんは札幌に出張中だった」

「そうだった。――葬儀のあと数日かけて、これはと思う人に当たってみたんだ。社内の人間、取引関係、父の友人。だが、五日のあの時間、父に電話した人は一人もいなかった。誰かが嘘をついているということも考えられるが、感触的にそれはないと思う。電話局の応対は話した通りだ」

堂島家では、電話局に問い合わせ、ヒツウチ送信者の追跡を依頼している。だが、局のオペレーターから、追跡は不可能であると言われた。そのことを、拓真は大輔から聞いている。

「事件でないと駄目なんだな。僕も訊いてみたけど、同じだった。オペレーター自身が、追跡の方法を知らないと言っていたが、これは嘘ではないようだ。僕が問い合わせしたときのオペレーターは、そういう部署があるということは聞いています。などと、他人事のような言い方をしたよ。事件性が高く、警察の要請があって初めてその特別の部署が稼動するということだ。そういう仕組みになっているんだな」

「まあ、当然と言えば当然だ。簡単に追跡できて簡単に公開されたのではヒツウチの意味がない。しかし、あんなにガードが固いとは知らなかった」

「同感だ。といって、原因はヒツウチからの電話以外に考えられないだろう」

「そうとしか思えない。電話で五分間話し、その後すぐにああいう行動に出たわけだからな。

——あれからみんなで話し合ったんだ。あるいは親父には、僕たち家族の知らない、別の世界というか生活というか、そういうものがあって、そこで何か絶望的なことが起きた。現実離れしていてしっくりこないんだけどね。だが、もし、そんなようなことがあったにしても、ヒツウチの電話が直接の原因であることに変わりはないだろう」

「まあ、そうだな」

「その電話のために、突然精神的に追い詰められたとか、うつ病になったとか、そんなことはなおさら信じられないし――まったくわからん」

うつ病に関しては拓真も大輔と同じ考えだった。

堂島新之助は胆勇の人だったと思う。経営者としての重責に耐えかねて精神を病む人間ではない。親子ほど歳が離れているから、それほど踏み込んだ付き合いをしたわけではないが、拓真は新之助にそのような印象を持っていた。それに現時点で、堂島建設の経営状態は安定していると聞いている。

また、大輔も初めから否定しているように、新之助が、自殺に追い込まれるような、切羽詰まった付き合いをしていた世界があったなど、確かに現実離れしていて考えにくい。

「保険のことだけど」

「え？」

「ほら、あの夜、刑事がちらっと言っただろう。親父の個人的な保険」

「ああ、そう言えば、そんなこと訊かれていたな」

「顧問弁護士の有賀さんからすぐに話があり、家族全員が聞いた。苑子姉さんも、義兄さんもだ。義兄さんは遠慮したいようだったが、結局そばにいた。親父が保険嫌いのことは知っていたけど、それにしては、いくつもの保険会社に加入していたよ」

拓真はこういう話はあまり聞きたくなかった。いくら親しいとはいえ、お金に関わることである。軽く頷いただけで話題を変えようとしたとき、その気持ちを察したかのように大輔が笑いながら続けた。

「心配するな、金額までは言わないよ。それに、今の時代にしては、どの会社の契約金も決して高額とは言えない。そのあたりに親父の保険嫌いが表れている。それが実に分かりやすくてさ、四つの会社と契約していて、それぞれ受取人は四人の子ども。お袋が亡くなったとき、少し意識が変わったようだ」

「じゃあ、雪江おば様が亡くなったあとで加入したわけだ」

「ああ。もちろんその前も、ゼロではなかったと思うけど、それまでの契約を一度整理して四つに増やしたのは、お袋が亡くなってからだそうだ」

「そうなのか」

「そのあと、苑子姉さんが受取人だった保険会社は、姉さんが嫁いだとき、契約をし直し、掛け金を少なくしている。親父らしいだろう。苑子姉さんには新しく保護者ができたのだから当然というわけだ。そのぶん、親父の保護を必要としている子どもの取り分を増やしている」

拓真は大きく頷いた。

四人の子どもの保険金の受取額がいくらなのか、見当もつかないが、いくら高額でないとはいえ、今時、死亡時の受取額が百万単位とは思えない。少なくとも数千万だろう。

それにしても、新之助ははっきりした性格だ。苑子が結婚すると、即座にその保険内容を変更し、そこから生ずる差額を他の子どもに充てる。つまり、子どもが結婚した時点で、親の保護義務は果たし終えた、ということなのだろう。

苑子は他家に嫁ぎ、配偶者ができたのだから、当然といえば当然だが、それにしても、親子の間でずいぶん事務的でそっけない対応だとも思えてしまう。そのことに対して、苑子はどのように思っているのだろう。

拓真が感じる限り、苑子にも直明にもなんら感情の変化はみられない。苑子は少しずつ、本来の明るさが戻ってきているし、直明はもともと穏やかな人柄で、あまり感情を外に出さない。新之助の死の直後こそ混乱していたが、今日は、普段の直明とほとんど変わらなかった。相変わらず心配りができており、堂島家の、女婿としての役割を万事そつなく果たしていた。

「で、問題なく支払われるの？」

「ああ、自殺でも七年から十五年、保険金を掛け続けていたわけだから、その点はまったく問題ない。すぐに支払われるそうだ。——これが不慮の事故だったなら倍額だったってさ」

そう言って、大輔が苦笑した。

「で、遺言は？」

「なかった。会社に関することもなかったし、我々家族に対してもなかった。今回のことに関しては、有賀弁護士もびっくりするばかりだったよ。自殺の理由がまったく分からないと言っている」

「そうか」

「我が社には本当にトラブルはなかったんだ。一時、マンションの手抜き工事が社会問題になっただろう。あのときだって親父は自信満々で、当時の関係者に対して、愚かなことをしたものだと嘆息していた。親父のポリシーは丈夫な家造り」

そこで、大輔は小さく笑い、

「うちの親父、業界でなんて言われていたか、話したことあるよな」

「うむ。カタツムリ経営者だろう」

「そう。親父は意外と慎重な人だった。だから、会社を受け継いでから、大きな改革というものはしていない。だが、基本的な精神を守りながら地道な努力は重ねてきたと思う。華々しい飛躍こそなかったが、それでも、少しずつ発展は遂げてきた。堂島建設に対する責任は、親父なりに果たしていたと思うよ」

「そうだな。カタツムリ経営。進み具合が分からないので、うっかり目を離している隙に、意外に前進している。――面白い譬《たと》えだ」

「それに、家族を大切にしていたとも思う。表現は無骨な人だったけどね」

拓真は、祭壇の新之助を見た。

遺影はあかりが撮ったものだと聞いている。場所は堂島家の庭で、桐生家に弘樹が誕生したとき、内々で祝いをした。その日、みんなで庭へ出て弘樹を中心に記念撮影をし、そのあと、あかりが新之助を写した。そのときの写真だということが、通夜の席で話題になっていた。新之助は四人の子どもの中でも、特に末娘のあかりを大切にしていた。

写真は遺影用に多少修整されているが、その顔は柔和で、今にも祭壇から立ち上がってきて、二人の会話に入り込んできそうなほど生き生きと撮れていた。

大輔が拓真の視線を追い、感慨深げに言った。

「あの写真、数年前あかりが撮ったんだ」

「ああ、聞いている」

「あかりは、他に気に入った写真があったようだが、みんなの意見でこれに決まった」

「よく撮れている。いい写真だ」

拓真は話題を変えた。

「さっきちらっと話に出ていたけど、君たちの結婚、延びそうだな」

「まあね。それは仕方ないと思っている。それより、僕たちは婚約が済んで、みんなが承知しているからいいことだけど、君たちのことが中途半端のままあんなことになって、親父は無念だったと思うよ。親父、ずいぶん喜んでいたんだ」

拓真は言葉に詰まった。

大輔と香苗の結婚が延期になる可能性が高くなっている。その心境を察して話題を転じたつもりだったが、矛先が、拓真が避けたいと願っている話題に向けられた。

「ほら、親父は誕生祝いなどくだらないと思っている人だろう。今回、例年になく機嫌よくしていたのは、自分の誕生祝いよりも、貴和子と君とのことをはっきりさせることに目的があったからなんだ。誕生日の数日前、貴和子が親父に、誕生祝いの席で大事な話があるって言ったらしい。親父ときたら、よほど嬉しかったらしく、興奮してみんなに言い回っていた」

拓真はビールの缶を両手の指で廻しながら言葉を探していた。

別に悪いことをしていたわけではないが、どんな理由にせよ、堂島家の人たちに秘密を持っていたという事実には後ろめたさを感じている。その秘密も、新之助の悲劇さえなければどうということはなかったのだ。ところが思いがけない変事で、急に事態が重いものに感じられる。

伏せていたことを新之助の誕生祝いの席で報告する、ひとつのチャンスであった。そのチャンスが流れてしまった今、実に言い出しにくい。ましてその理由が、新之助の死であったことが、拓真の気持ちを圧し、口を重くさせていた。

拓真さえそうなのだ。貴和子の気持ちはもっと深く重いものだろう。

「貴和子、そのことで何か言ってた？」

そう訊く大輔の口調は明るい。

拓真は、しばらく缶ビールを見つめていたが、思い切って言った。

「みんな、誤解しているよ」

「誤解？」

「おじ様が喜んでいたわけが、貴和ちゃんと僕の結婚、ということであるならね」

大輔がいっとき沈黙した後、声を出して笑った。

だが、拓真の真剣な顔つきを見ると、その表情が徐々に引き締まり、ひとつ首をひねった後、缶ビールをテーブルに置いた。

「冗談だろう？」

「いや、冗談じゃない、本当のことだ。こんなときに冗談なんか言えない」

「いったい、どうなっているんだ」

大輔は腕を組み、拓真を見据えるような目つきをしている。

拓真は苦いビールを喉に流し込み、大輔を直視した。二人の視線が空間でぶつかった。

曖昧な言葉でごまかすようなことをしてはならない。置かれた立場で言うべきことを言う。それが誠意というものだろう。拓真はそう決心していた。

「うちでは全員が、君と貴和子が結婚を前提に付き合っているると思っているんだぞ。そんなこと、君だって察していただろう」

「ああ、察していた。だから、心苦しかった。しかし、すべて誤解だ。そのことについて、おじ様の誕生祝いの席で、貴和ちゃんはきちんと話すつもりでいたんだ。もちろんその内容は結婚などではない。だが、あの騒ぎでそのままになってしまった」

大輔が拓真を見据えたまま、言葉を失っている。

「君、いつだったか、言ってたよな。僕と貴和ちゃんがホテルに入るのを見たって、あのとき言うべきだったんだが——」

「だって、君」

「ホテルの一件や、最近の貴和ちゃんと僕の行動を、君が桐生さんに言って、桐生さんが苑子さんに言って、苑子さんがおじ様に言ったんだろう。貴和ちゃんが笑いながら話していたよ」

大輔がもう一度、「だって、君」と言った。

「大輔、僕はそんな大胆な男ではないよ。そういう意味では貴和ちゃんだって同じだと思う。ただ、誤解されるような行動をした。それは認識している。この家に来ると、よく貴和ちゃんの部屋に入り込んでいたしね」

「ちょっと待ってくれ。今、貴和子も同じ気持ち、と言ったよな」

「ああ」

「ということは——君たち二人の間に結婚話はない。貴和子にも君にもその気はない、そういうことか？」

「そういうことだ」

大輔はしばらく沈黙したあとビールを飲み干した。空になったアルミ缶を指先で潰し、無残に変形した缶にじっと目を当てている。重苦しい空気が室内に流れた。

大輔は空き缶をテーブルに置くと立ち上がり、冷蔵庫へ向かった。冷蔵庫を開けながら拓真を振り返り、「飲む？」と訊いた。

「いや、いらない」

拓真の缶はまだ重い。もともと酒好きではないから、酒の勢いを借りるという経験がない。こういうときはいっそうビールが苦く、拓真としては、冷たい水をがぶがぶ飲みたい心境だった。

大輔がソファに戻り、音を立てて缶のタブを開けた。勢いよく一口飲むとふっと吐息した。

「どういうことなんだ。何がなんだか分からない。重大なことだぞ。全部話してくれ」

「それはいずれ、貴和ちゃんが家族みんなに話す。僕が言うべきことではないからね。今は貴和ちゃん、おじ様のことがあったあとだから控えているんだと思う。落ち着いたら、話があるよ、必ずある」

大輔が缶ビールを持ったまま拓真を凝視した。ビールのせいなのか、興奮しているのか、眼の縁が少し赤みを帯びている。拓真は息苦しくなり、自分から目を逸らした。

「貴和子の気持ち、知ってたよな」

「え？」

大輔は厳しいまなざしのまま言った。

「貴和子が君を好きだということ！　君だって察していたはずだ。僕からほのめかしたことだってある」

「――確かに、君はそんなことを言ったことがあった。だが、それは貴和ちゃんからじかに聞いたことではないだろう」

「それはそうだが、兄妹だ。ずっと一緒に暮らしてきた妹の気持ちくらい分かる」

「君の思い違いだよ。僕は貴和ちゃんからそんなこと言われたことはないし、彼女、そんな素振りさえ見せたことはないよ」

「貴和子は――遠慮して気持ちを抑えているんだ。我慢しているんだ。そのことも含めて、君は貴和子の気持ちを理解してくれていたと思っていたよ。だから僕は、最近の君たちを見て嬉しかった。ようやく貴和子が勇気を出した、と思ってね。全面的に協力するつもりだった。僕だけではない。これは家族みんなの一致した気持ちだ」

「期待に添えなくてすまん」

「……分かった。では、貴和子の気持ちはともかくとして、君はどうなんだ。君は貴和子をどう思っている？」

「それは――妹のように思っている、と言うのが一番ちかいだろうな」

「妹……」

「第一、貴和ちゃんに失礼だよ。本人の気持ちを無視して周りが勝手に騒ぎ立てている。そんなことより、貴和ちゃんには将来に向けて素晴らしい計画がある。本当は今ここで、その計画を僕から話したいくらいだ。おじ様の遺影の前でもあるしね。だがそれは貴和ちゃん自身のことだから、本人が直接言うべきことと思い、控えている。――実は、その計画のことで貴和ちゃんからいろいろ相談を受けていた。誤解が生じたのはその辺りからだろうな、きっと」

二人が沈黙した。

祭壇の新之助は穏やかな表情で前方を見つめている。

窓から見える空は青く澄んでいた。

屋敷全体がひっそりと静まり、秋の日の午後が過ぎていく。


ドアが大きく開かれたので、中に入った。

その部屋は十五畳ほどの広さだった。大きなベッドが壁際にあり、反対の壁にはデスク。その他に書棚がある。ほとんどが音楽関係の本。貴和子はあまり室内を飾り立てない。

貴和子は椅子に座ると、デスクの上に置いてある、プログラムの原画を手にした。

「ねえ、これ、本当によくできたと思わない？　きっと父兄にも好評よ。あとは演奏順だけど、もう今日で決まり。三人の講師で合議性なの」

貴和子の肩越しに覗いてみた。

原画は白紙に描かれている。そのデザインは優美さと可憐さを備えたものだった。

デフォルメされた、オオルリアゲハが、それこそ蝶結びのように羽を広げ、その羽に囲まれるように、第六回秋季ピアノ発表会とあり、下方に日時と会場が書かれている。

コバルトブルーに藍色の縁取りのオオルリアゲハが、白をバックに見事に映えていた。蝶の周りには、小さい天使が背に淡い色の羽を乗せ、それぞれの天使が、ひとつずつ楽器を持っている。

「表紙は薄いクリーム色に決めたわ。今は白の上に描かれているから蝶の色が強烈だけど、クリーム色をバックに印刷すると少しソフトになると思う。どうかしら？」

そう言って顔を向けた貴和子に、賛成だと応えた。貴和子が微笑んで頷いた。

「話があるんだったら、ちょっと待ってて、すぐ終わるから」

原画を机の端に置くと、貴和子はプログラムの草案を手元に引き寄せた。そこには生徒の名前と曲名がずらりと並んでいる。貴和子がひとりの生徒を赤いボールペンで囲った。

貴和子の真後ろに移動し、用意した物の両端を握り締めた。

目の前に、白くて細い首筋がある。それは漆黒のショートカットの下で無防備だった。

ひとつ大きく呼吸をし、その細い首筋にさっと手を伸ばした。

間髪をいれず、両手に渾身の力を込めた。


あかりは一階で用事を済ませると、平田小枝子と水谷香苗のいる部屋のドアをノックした。ちょうど三時半だった。

微かにピアノの音が聞こえている。貴和子が練習をしているのだ。レッスン室は防音設備がされているが、完全なものではない。廊下にいると、その音は邪魔にならない程度に聞こえてくる。

聞こえている曲は、ショパンのワルツ7番、作品64の2。あかりもこの曲が好きだった。

ドアが開き、白いブラウスに水色のカーディガンを羽織った小枝子が顔を出した。その後ろに香苗の姿も見えている。

「お待たせしました。行きましょう」

香苗は、卵色の襟のとがったシャツに、枯葉色のVネックのセーター姿だった。

三人がレッスン室の前を通ると、ピアノの音が少し大きく聞こえた。貴和子は納得できないのか、同じフレーズを何回も繰り返している。なんとなく三人は立ち止まり耳を澄ませた。

ようやく曲が先に進んだ。三人は顔を見合わせて微笑んだ。

香苗が言った。

「子どもの頃を思い出します。ピアノのレッスンのとき、間違えずに三回弾けたら次に進む。自分でそういう決まりを作ったんです。楽譜の端に正の字がいっぱい並びました」

「長く続けたんですか？」と、小枝子が訊いた。

「いいえ、三年ほどで挫折」

そう言って香苗は笑い、

「私、駄目なんです。好きな曲を好きなように弾くのは好きなんだけど、練習曲を楽譜通りに弾くのが苦手で、結局やめてしまいました。あの頃、練習曲ってほんとにつまらないと思っていました。小枝子さん、ピアノは？」

「私はぜんぜん、触ったこともないです」

「私は幼稚園の年長組まで、貴和子姉さんと一緒にピアノのレッスンに通ったのよ。小枝子に言わなかったかしら」

小枝子と香苗が顔を見合わせ、そのあと二人があかりを見た。あかりが微笑んでいる。

「そうなの？　初めて聞いたわ」と、小枝子。

「発表会も二回経験しているの。一回目はきらきら星。二回目が、ブルグミュラーのアラベスク。子どもの発表曲の定番ね」

香苗が手を打つような格好をし、そのあと、笑いながら言った。

「思い出しました。——私も一度だけ発表会に出たんです。そういえば、曲はアラベスクでした。あの曲、右手はなんとかなるけど、左の指が滑らかに動かなくて、音の粒が揃わないんですよね。さんざん注意されながら練習したのに、結局、うまく弾けなかったんです。小学校の低学年だったと思うけど、それがきっかけでやめたんじゃなかったかしら」

三人はロビーに出た。

ロビーと玄関には三十センチほどの段差がある。小枝子が玄関の扉を開けた。あかり、香苗、小枝子の順に外へ出た。

太陽は見えないが、空はまだ青く、明るかった。

内と外

堂島家の庭は広い。手入れも行き届いている。とにかく、松竹梅が揃っているのだ。塀に沿って五葉の松が並び、どの枝にも、大きなブロッコリーのような葉の塊《かたまり》が、互い違いに並んでいる。塀から少し入り込んだ場所には、黒松の大木があった。

門から玄関へ向かう通路の脇には紅梅と白梅がある。百日紅《さるすべり》も、石榴《ざくろ》も、桜の木もある。季節の花は途切れることなく咲き、鳩が藤棚に巣をつくる。そんな庭だった。

門を入って右手奥、東側の建物の端にあたる場所には池もある。横が三メートル、縦が七メートルほどの楕円形の池だ。水は澄んでいないが、鯉が数尾泳ぎ、時折、錦鯉の赤と白のまだら模様が水面に現れる。

東側の建物の前が駐車場。今日も車が何台も止まっている。たいへん高額だといわれる、あかりのブルーの車は、西端に駐車されていた。

三人は玄関を出て、右方向へ行った。建物の西側に当たる。こちらは奥行きがなく、右手が台所。台所の出窓がすぐそこに見えていた。

通路は全てコンクリートを敷き詰めてある。

三人が道なりに曲がろうとしたとき、目の前の木戸が開いて野村清美が入ってきた。自転車を押している。野村清美は自動車の運転はしない。買い物も、その他の用事も、外に出るときは全て自転車を利用する。自転車は清美にとって、なくてはならない愛車だった。

清美が三人に気づいた。

「お散歩ですか?」

三人が返事をすると、自転車の荷台にある白い袋を指差し、

「松茸と柚子を買ってきました。苑子様に土瓶蒸しをつくるように言われたのです。――だんな様もお好きでしたから」

清美はそう言うと自転車を台所の脇に引いて行った。

三人は、歩道を進んだ。右手は僅かだが竹林になっている。風が吹くと笹の葉が乾いた音をたてた。

そこから少し進んだ場所であかりが止まり、塀のほうを指差した。

「あそこに枝振りのいい松の木があるでしょう。子どもの頃、しょっちゅうよじ登って遊んだの。枝が太くて逞しくって、どんなに揺すってもびくともしなかったわ。松もあのくらいになると生長ぶりが分からないわね。あの頃と、幹の太さも高さもあまり変わらないみたい」

あかりが目を細めるようにして黒松の木を見上げていた。

五、六メートル進むと、左手に花壇があり、その中で黄色と薄紫の小菊が咲き乱れている。乱れている、という言葉通り、人の手で育てられたというよりも、自由奔放という感じで咲いていた。

「私、針金で添え木に縛られ、無理やりまっすぐに咲かされた大輪の菊よりも、こんな咲き方をしている小菊が好きなの」

あかりが、花壇の前で、小菊に目を当てながらそんなことを言った。

「今頃はあちこちで菊のコンテストが開かれていると思うけど、どれも同じ形をして整然と並んでいる菊を見ていると、息苦しくなる。ああいう菊には生命を感じないわ。綺麗に咲いている期間も、こういう小菊のほうがうんと長いのよ。ちょっと見ただけでは分からないけど、大きさも形もひとつずつみんな違うの。触ってみると、どんなに小さい花にも手ごたえがあって、ぬくもりがあって、生きてるって感じるわ。愛おしくなる……」

「私もそう思います。あかりさんのように感じる人って多いと思うわ。それから私、菊人形が大嫌いなの。子どもの頃、一度だけ本物を見て、そのときから嫌いになったんだけど、時期になるとテレビが菊人形のニュースを放映するでしょう。私、すぐにチャンネル替えちゃうんです。どう見ても悪趣味！」

香苗の本当に嫌そうな言い方に小枝子が笑って、「私も嫌いです」と言った。

「私も大嫌い！」と、あかり。

三人が声を出して笑った。声を出して笑うことなど、誰もが久しぶりだった。

「少し急ぎましょう。お夕飯までに活け替えたいの」

三人は幅二メートルほどの道を進んだ。青一色だった空にうす雲が出ている。西の空に日の入り前の強い陽光があり、刷毛《はけ》でひとなでしたような雲が金色に光っていた。

「香苗さん、兄との結婚、予定通り進めたらいいわ。姉の言うことは気にしなくていいのよ。大輔兄さん、たぶん、拓真さんに相談してるのよ、予定通りに結婚したいって。お父さまの遺影の前で」

歩を進めながらあかりがそんなことを言った。

香苗が無言で微笑んだ。

「それから兄が言ってたわね。この家を壊して新しく建て替えるって。さっき貴和子姉さんも同じようなことを言ってたわ。私も賛成。この家、そうとう古いの。改築を繰り返してなんとか保っているけど、もう建て替えどきよ。私も近代的で明るい家に住みたいわ」

あかりはそう言って、屋敷全体に目を遣った。


コスモスはちょうど庭の中央あたりで、群れて咲いているというような情景だった。それほど広い範囲ではないが、量が多い。色の種類も様々で、背丈が高く密集しているので圧倒されるようだった。

あかりが手元の箱を開けて花バサミを出すと、手近なコスモスを引き寄せて、ハサミを入れた。切り取られたコスモスを小枝子が受け取る。あっという間に小枝子の手がコスモスでいっぱいになる。

花バサミがあかりの手元で、パチンと小気味いい音をたてる。一週間前に悲劇のあったことが信じられないようなのどかな秋の午後だった。

「もう少し切るわ。お父さまにも、お供えしたいし」

「まだ信じられません。おじ様がもういらっしゃらないなんて」

小枝子が呟くように言い、香苗が「ええ」と頷いた。

ローズ色に縁取られた白いコスモスを受け取りながら、再び小枝子が言った。

「私、警察って、もっと細かい捜査をするのかと思っていましたけど、自殺と判断された時点ですぐに手を引いちゃうんですね。ちょっと意外でした」

「そうですね。私ももっといろいろなことを訊かれるのかと思っていましたけど、あっさりしていました。平田さんと私はすぐにゲストルームに引き上げたし、あかりさんだって二階へ上がったんでしょう?」

「そうなの。あんなことがあったあとなのに、私は弘樹のお守りだったのよ」

「ええ、あとで大輔さんに聞きました。私たちが居間に戻ったときには、もう、警察の人もいなくて、おじ様のご遺体もなかったでしょう。あんな悲しいことがおきたことが信じられなかったです。周りが普段と何も変わらず、ただ静かなだけでした」

小枝子の述懐に香苗も頷き、手を伸ばして、コスモスの茎をあかりの手元に引き寄せた。あかりが「ありがとう」と言い、ハサミの音を響かせた。

「事故とか事件だったらそうじゃないんでしょうけど、自殺と判断されたわけだから、事務的なんでしょうね。次の日に、お父さまの遺体に付き添ってきた中年の刑事さんが、大輔兄さんと桐生のお義兄様に挨拶をして、それで終わりだったわ」

「ええ、大輔さんから聞きました」

「あのあと家族で、電話業者に電話を掛けまくり、ヒツウチからの電話を追ってみたのよ。でも、駄目だった。事件性がはっきりしていて警察からの要請がなければ公開できないんですって。法律で保護されているって言われたわ。それはそうよね。簡単に公開されたのではヒツウチにはならないもの」

「結局、電話の相手は分からなかったそうですね」

「ええ。ゴルフ仲間の関根さん、もちろん会社の社員、父の知り合い、分かる限りの人に問い合わせたの。該当者はいなかったわ。まるで、幽霊からの電話のようでしょう。——あ、香苗さん、悪いけど向こうの青紫のコスモス、切ってくださらない。濃い色を少し混ぜると全体が引き締まると思うわ」

香苗があかりからハサミを受け取り、言われたコスモスに近づいた。あかりに言われた色のコスモスを切るには花の中に足を踏み込まなければならない。

ハサミを入れている香苗の様子を見ながら、あかりが言った。

「小枝子、コスモスの原産地って、どこだか知ってる?」

「あら、日本じゃないの?」

「違う。メキシコよ。百三十年位前に、イタリアの芸術家が日本に持ち込んだんですって」

「まあ、メキシコなんですか?」

小枝子が言う前に、香苗がびっくりしたような声を出して振り返った。

「それにしてはずいぶん日本に溶け込んでいますね」

「ほんと、私も日本だとばかり思っていたわ。なんとなく日本的よね」

小枝子が手に抱えたコスモスの茎を整えながら、感心したように言う。

「そうね、全体的な風情が日本的ね。でもこの花、見た目とはだいぶ違うのよ。台風なんかで倒されても茎の途中から根を出し、また、立ち上がって花をつけるの。一見、可憐で弱々しく見えるけど、かなり強い性質を持っているの――」

「あら、大輔さんと、加納さんだわ」

小枝子が、あかりの話の腰を折るようなタイミングで声を上げ、居間のほうを見た。

香苗がその声につられたように、居間に向かって軽く手を振った。

「二人ともまだ二階じゃなかったのかしら」

あかりが、香苗からコスモスを受け取りながら言った。

「そういえば、サッカーの試合があるから、テレビを観るって言ってました、大輔さん」

「そうなの?」

「――こんなこと言っていいのかどうか、分からないんですけど……」

香苗がコスモスを選ぶように目を配りながら、ためらいがちに言った。日頃の香苗とは違う歯切れの悪い口調だった。

「何が?」と、あかり。

「あかりさんもご存じなんですよね、加納さんと貴和子さんのこと」

「結婚のこと?」

「ええ」

「もちろん、知ってるわよ」

「それって、本当なんですか?」

あかりがびっくりしたように香苗の横顔を見た。

香苗の顔は彫が深い。過去に西洋の血が混じったのではないかと思わせるように鼻筋が高く、眉と目が迫り、少し窪んだ二重まぶたの眸には茶が混じっている。

香苗は腕を伸ばして薄いピンクのコスモスを引き寄せた。花バサミの音が響き、切り取られたコスモスがあかりに渡され、あかりから小枝子に渡される。

「本当って、どういうこと?」

「どういうことって言われると困るんですけど……」

「何?」

「私、そのことを最近になって大輔さんから聞いたんですけど……」

「ええ、それで?」

「なんとなくしっくりこないような気がするんです。たしかに親しくしていて、結婚することも不思議ではないんですけど、でも、なんというか、男と女というよりも……へんな言い方ですけど、もっと自然体でさらりとした、いわば、水みたい。私にはそんな風に感じるんです」

「理想的じゃないのかしら、そういう感じって。夫婦も長年連れ添うと水みたいになるって聞いたことがあるわ」

「ええ、私も聞いたことがあります。でもそれは、夫婦になってからのことだと思います。恋愛中のカップル、それも、結婚を前提としたカップルって、特別の時間を過ごしていると思うんです。言いすぎになるかもしれませんけど、加納さんと貴和子さんには、その特別、を感じないんです」

「香苗さん自身は今、その特別の時間を過ごしていると感じているわけね」

「ええ、たぶん、そうだと思います」

あかりが声をたてて笑った。香苗は物事をはっきりと言う。不躾というほどではないが、性格的に曖昧なことを嫌うらしい。初めは歯切れの悪い口調だったが、本来の香苗の性格に戻っていた。

「香苗さんの考えすぎじゃないかしら。私には、お似合いのカップルと思うけど」

「そうですね。確かにお似合いといえば、お似合いです」

香苗はなおも納得できない様子で、小枝子を振り返った。小枝子の意見を聞きたいように口を開きかけたが、小枝子は通路にしゃがみ込み、コスモスの色分けに余念がない。香苗は顔をコスモスに向けた。

そんな香苗にあかりが訊いた。

「そのこと、大輔兄さんに言ったの？」

「え？　ええ、言ってみました」

「兄はなんて？」

「笑ってました。子どものころから兄妹のように育ったからだろうって」

「私も、そう思うわ。それに、お父様の誕生祝いのとき、二人は正式に報告するつもりでいたのよ。それって婚約発表のようなものでしょう」

「そうですね、それも大輔さんから聞いていました」

「そうでしょう。何より父が大喜びで、何日も前からはしゃいでいたもの。ね、小枝子」

突然声を掛けられた小枝子が、手を止めてあかりを見上げた。

小枝子は香苗とは対照的に、典型的な日本人の顔をしている。小さな顔の中に、大仏様のような放物線の眉があり、その下に張りのある一重まぶたの目。鼻も口も小さい。その小さい唇から覗いている白い歯も小粒だった。

小枝子が、何？　というような目をしている。

「香苗さんがね、拓真さんと貴和子姉さんの結婚は本当かしら？　なんて言うのよ。お父さまが二人の結婚を子どものように喜んでいたの、小枝子も知っているわよね」

「――あかりから聞いてはいたけど、おじ様とはめったにお会いしなかったから、直接には分からないわ。ねえ、あかり、コスモス切りすぎ。持ちきれないほどよ」

「そうね。じゃあ、そろそろ行きましょうか。これだけあれば充分」

あかりが、香苗から花バサミを受け取り、手元の箱にしまうと三人はコスモスの花壇をあとにした。


コスモスの花壇から玄関に行くには、引き返すよりも一度門のほうへ向かい、梅の木が数本並ぶ角を左に曲がったほうが早い。梅の木は門から玄関に通ずる道の途中にあった。

梅の木の前の道を隔てた向こうに池があり、池の周りには、ところどころに竹垣がある。以前はなかったのだが、弘樹が大きくなり、堂島家に来るたびに池の周りを走り回るので、危険と思われる場所に、新之助が竹垣をめぐらせた。

竹垣はそれほど高くはないが、弘樹は池を見るときは竹垣越しに見る。弘樹が鯉にえさをやるときには必ず大人が付き添った。これは新之助が家族全員へ強く言いつけたことだった。新之助は弘樹が怪我をしたり、病気になったりすることにとても神経質で用心深かった。

その竹垣が近づいたとき、小枝子が突然立ち止まった。

「どうしたの？」

あかりが小枝子を見た。小枝子が顔を引きつらせながら、七、八メートルほど先の竹垣を指差した。

「小枝子、どうしたの」

小枝子は唇をわななかせるだけで、答えることができずにいる。左手にコスモスを抱え、まっすぐ伸びた右手が硬直したように動かない。指先だけが上下に揺れていた。

そんな小枝子の視線を追った香苗の口からいきなり悲鳴がほとばしり出た。

「何？　どうしたの？」

あかりの声に、香苗が小枝子と同じように指をさした。

あかりは急いで池に向かった。小枝子と香苗があとを追った。

あかりの目に黒い大きな塊が飛び込んだ。

黒い塊は池の端のほうに浮いていた。初めそれがなんだか分からなかった。目を凝らしたあかりの口から、香苗よりも大きな悲鳴が上がった。

あかりが両手で顔を覆った。

小枝子と香苗が玄関に向かって走った。

「加納さぁん！　来て！　加納さぁん！」

玄関の前で大きな声が響いた。

その声を聞いたとき、あかりは一瞬、周りの空気が薄くなったように胸が詰まった。やがて、頭の中で火花が散っているような、ひどい混乱が始まった。あかりは、その場所から動けずにいた。


玄関からいっせいに人が出てきた。

「君は中にいなさい。小枝子さんも香苗さんもです。弘樹は起こさないように」

そんな直明の声が、あかりの耳に途切れ途切れに聞こえた。初めに駆け付けたのは加納拓真だった。

拓真はあかりの隣に立ち、池の中を覗くと叫んだ。

「あかりさん、家に入りなさい！」

「誰？　誰なの？　黒い洋服を着ているでしょう。松浦さんじゃないの⁉」

あかりは顔を両手で覆ったまま、声を震わせていた。

そのときには、大輔も直明も駆け付けていた。二人は池の中を一目見ると、息を呑んで立ち尽くした。

「まだ、助かるかもしれない。とにかく引き揚げよう」

直明が池の周りを迂回して、竹垣のない物置の方向へ走った。

「あかりさん、とにかく君は家に入りなさい。一人で大丈夫だよね」

拓真はそう言うと、直明に続いて走って行く大輔のあとを追った。

「松浦さんだわ――松浦さんだわ」
あかりはうわ言のように呟きながら玄関に向かった。小枝子が走ってあかりを迎えにきた。

三人の男によって、池の中から黒い洋服の男が引き揚げられた。すでに死んでいるのは明らかだった。

宮本茂は靴を履いたままだった。

つい一時間半前まで、新之助の初七日に参列していた宮本茂は、灰色の顔をして目を閉じている。白髪交じりの頭髪が額に張り付き、池の縁に寝かされた頭の下から、赤い絵の具を流すように、血が細い線を描き始めた。

「警察に知らせてくる」

加納拓真が玄関へ走った。

大輔と直明が呆然として宮本茂の喪服姿を見下ろしていた。直明は深さ八十センチの池に入って宮本を引き寄せたので下半身がずぶ濡れだった。

「松浦さんに知らせてくる」

大輔が、物置の向こうの木戸へ走った。

池の中に浮いていたのが宮本茂で、すでに死んでいることを拓真から聞かされ、ロビーに集まっていた全員が言葉をなくしていた。そのときには野村清美も蒼白な顔をして加わっていた。清美は、一週間前の悲劇の日、新之助の誕生祝いの料理を作る宮本茂のアシスタントを務めたのだ。

「本当に松浦さんではないのね。――でも、宮本さんはだいぶ前に帰ったんじゃなかったかしら」

あかりが興奮の冷めない上ずった声で言いながら、拓真を見た。

拓真はあかりに頷き返したが、何も言わず電話機を取った。

拓真が電話に向かって何かをしゃべっている。だが、誰も聞いてはいなかった。新之助の初七日の日に再び死者が出るという、信じがたい事実を受け止めかねて、全員が体を震わせながら立ち尽くしていた。

「すぐ警察が来ます」

拓真が玄関に向かいながら言った。

「宮本さんはどんな様子だったの?」

苑子が拓真の背中に向かって訊いた。

「よくは分かりませんが、頭から血を流しています」

苑子が息を呑んで黙り込んだ。

拓真が靴を履き、玄関のドアへ行きかけてふいに立ち止まった。そして振り返り、ロビーに立つ女性たちを見回している。女性たちも、強張った顔つきで拓真を見た。

「貴和ちゃんは?　彼女はどうしてます?」

拓真に言われてみんながお互いを見回した。貴和子のいないことに初めて気がついた。

「ああ、そういえば、貴和子姉さんはレッスン室よ」と言うあかりに、

「そうです。私たちが外に出るとき、ピアノのレッスンをしていましたけど。ねえ」

香苗がそう言って、小枝子に同意を求めた。

小枝子が「ええ」と頷いた。

「うむ、僕が二階から下りてきたときもピアノの音が聞こえていた。この騒ぎを知らないのかな」

「レッスン室は防音がしてあるから、気がつかないのよ、きっと」と苑子。

「だったら知らせなきゃ」

拓真はそう言ったあと、得心のいかない様子でしばらく玄関にたたずんでいる。みんなが拓真の顔を見ていた。ロビーが静寂に包まれた。

「ピアノの音、聞こえますか?」

拓真に言われて、全員がはっとしたそぶりをし、耳を澄ませた。

屋内は森閑としている。

みんなの目が自然に、そして恐る恐る廊下の向こうのレッスン室を見た。

「聞こえません」

香苗の言葉に、拓真が慌しく靴を脱いでロビーに上がると、階段を飛ぶように上がって二階へ行った。ロビーに残された人たちに、別の緊張が加わっていた。

一分もしないうちに拓真が階段を駆け下りてきた。

「部屋にはいない。レッスン室だ!」

叫ぶように言うと、拓真はロビーの横から延びる廊下を、ピアノのレッスン室に向かって走った。全員があとを追いかけた。

拓真が、レッスン室のドアを強くノックした。

「貴和ちゃん、加納です。開けますよ」

拓真がドアを開けた。

「貴和ちゃん!」

拓真が叫び、部屋へ飛び込んだ。ドアが大きく開いたまま不安定に揺れている。全員が中を覗き込み、声なき声を上げた。

そこは十畳ほどの四角い部屋だった。中央にグランドピアノがある。入り口とは反対側の窓際に長椅子がひとつと、ガラス製の小さなテーブル。レッスンのためだけの部屋だから他には何もない。

ピアノの屋根が五十センチほど開き、鍵盤蓋《けんばんぶた》も開いている。

貴和子はグランドピアノと、窓際の長椅子の間に、頭を窓際に向けて倒れていた。ピアノの椅子のそばに、ページが開いたままの楽譜が落ち、スリッパの片方がピアノの足元で裏返っていた。

あかりが意味不明の声を上げ、体が硬直したようにその場に釘付けになった。そんなあかりを押し退《の》けるようにして、みんなが貴和子のもとへと走った。

あかりは、音をたてるほどに息を吸い込み、みんなのあとから室内へ突進した。まさにそれは突進だった。

加納拓真が、宮本茂の死亡を110番通報したのが午後四時。

田園調布東署の署員が堂島家に出動してきたのは、十月十一日の午後四時十五分だった。

前回の堂島新之助の場合と違い、今回は明らかに事件という通報だから、所轄署の署員のあとを追うように本庁の人間も駆け付けた。

署員が到着したとき、死者は宮本茂と堂島貴和子の二人になっていた。警察官全員が、そのことに仰天した。貴和子の死亡を通報する前に、警察官が駆け付けたのだ。

宮本茂の遺体は庭の池の縁に、堂島貴和子の遺体は屋内のピアノレッスン室に寝かされていた。

堂島家の内も外も、数十人の警察官と鑑識員でごった返していた。

宮本茂の死因は、外見では溺死と思われるが、後頭部に強い殴打痕があるので、解剖結果を待たなければ死因の断定はできない。

池のそばの物置の前に、毛髪と血のついたハンマーが落ちており、物置から池に向かって、小さな血痕が七カ所見つかった。死亡推定時間は、午後三時から四時の間。

片や、堂島貴和子の死因は明らかに絞殺だった。凶器は柔らかい布製と思われる。死亡推定時間は宮本茂と同じだった。


すでに犯人は推定されていた。

堂島家の隣に住居を持ち、一週間前に自殺した堂島新之助の運転手、松浦郁夫だった。

松浦宅の寝室の文机《ふづくえ》に、『全て私がしました。松浦郁夫』と、ボールペンで書かれた用紙が置かれていた。しっかりとした筆跡だった。殺したと書かれているわけではないが、その僅かな文言の中に、松浦郁夫の強い意思と覚悟が感じられる。それは、遺書に繋がる重さも含んでいるからだった。

玄関の鍵が書置きの横に置いてあった。

警察署員が到着する前に、堂島大輔が松浦家を訪ねている。宮本茂の死を伝えるためだった。だが、松浦郁夫はいなかった。玄関の鍵は掛かっておらず、自家用車のコロナがなかった。だが、そのときの大輔は、留守をしている松浦郁夫と、宮本茂の死亡を関係づけることなど夢にも思っていなかった。松浦はどこかへ買い物にでも出かけたと思い、急いで家へ戻った。だから、大輔は松浦家には入っていない。

寝室で書置きを見つけたのは捜査員だった。

室内は整然としていた。ダイニングキッチンの椅子は、きちんとテーブルの下に納まり、テーブルの上に、飲みかけの湯飲み茶碗が二つ置かれていた。

ダイニングキッチンの隣は茶の間だが、壁際のハンガーには、喪服の上下とネクタイがきちんと掛けられていた。ただ、小さな玄関に、松浦のサンダルが片方裏返っていた。

テーブルにあった二つの茶碗、喪服用のネクタイ、洋服ダンスの中の、そのほかのネクタイ、松浦のサンダル、これらは全て検証物として押収された。

そして、宮本茂の自家用車が、松浦の自宅から二十メートルほど離れた有料駐車場に駐車されていた。

松浦郁夫の緊急手配はすでに始まっている。自殺する可能性が高い。まだ逮捕状は発せられていないが、指名手配になるのは時間の問題だった。

二人の遺体は、司法解剖のためすでに運び出されている。

急な連絡を受けて、宮本茂の妻と長男が駆け付けてきたが、この二人は身元の確認が終わると、所轄署で事情を訊くということで、すでにいなかった。他の署員は初動捜査に散っていた。

堂島家の居間が応急の聴取室となった。全員が居間に集められた。椅子が足りないので食堂の椅子が運び込まれた。

苑子とあかりが、手のつけられないほどの興奮状態で、あかりは、今でも泣きじゃくっている。平田小枝子があかりに付き添うようにしていた。

苑子は泣き腫らした目を署員に向け、息子の弘樹をこういう席には置きたくないと訴えた。

「奥さん、大丈夫です。ここでは、こちらからの報告をするだけです。今回、事情聴取は個別に行います。ここ以外の部屋をお借りしますから」

神経の高ぶっている遺族にそのように配慮したのは、田園調布東署の津由木哲夫刑事係長だった。隣には田神修司警部補が緊張した面持ちで座っていた。この二人には、つい一週間前に、堂島家にいた全員が会っている。新之助の悲劇のおきた夜だった。あの夜はもう一人署員がいたが、今は別の捜査にあたっているのか、この居間にはいなかった。

津由木の言った通り、報告は僅かなものだった。

死亡推定時間が報告され、次に死亡原因についての説明があったが、宮本茂の溺死は推定の域を出ない。はっきりしたことは解剖待ちということだった。貴和子の死因ははっきり絞殺と報告された。あとは、第一発見者から聴取した発見時の様子を、十分足らずで報告して終了だった。

宮本茂の第一発見者は、平田小枝子、水谷香苗、堂島あかり。貴和子の場合は、女性全員と加納拓真だが、厳密に言えば、加納拓真ということになるだろう。拓真は、最初に貴和子の遺体を目にし、貴和子を抱き起こしている。

津由木哲夫は、別の部屋を借りて、個別に聴取したいと申し出た。

大輔と直明が話し合い、ゲストルームの一つを提供することになった。平田小枝子と水谷香苗が使っていた部屋である。香苗と小枝子が急いで私物を取りに行き、津由木哲夫刑事係長と田神修司警部補に明け渡した。

大輔が、津由木と田神をゲストルームに案内した。

「呼ばれるまで待つように言われた」

大輔が居間に戻ると、全員がなんとなく体の力を抜き、苑子が小さくため息をついた。

あまりにも大きな悲劇の発生で、誰もが信じがたく、受け入れがたく、どのように振る舞っていいのか分からないまま、身を縮め、息を潜めている。

柱時計の針の進む音が居間中に響いていた。

緊迫した静寂を破ったのは加納拓真だった。

「さっき、貴和ちゃんがピアノのレッスンをしているのを聞いたと言いましたね」

　そう言って、あかり、小枝子、香苗の順番で並んでいるほうに顔を向けた。この三人は歳も近く、女同士ということもあってか、一緒にかたまっていることが多い。

「ええ」と香苗が答えた。

「何時頃でしたか」

「三時半ですけど」

「ずいぶん、はっきり覚えているんですね」

「ええ、三時半にあかりさんがいらして、それで、すぐに部屋を出たからです。そのときピアノの音が聞こえていたんです」

「何を弾いてましたか？」

「さあ、聴いたことのある曲ですけど、題名までは……」

　拓真は、あかりに訊きたい様子をみせたが、あかりが新たな涙を滲ませるのを見て、言い淀み、隣にいる小枝子を見た。小枝子は拓真と顔を合わせると、少し困ったような顔をして言った。

「私は、ピアノはよく分かりません。でも、聴いたことはあります。きっと有名なんでしょうね。私が聴いたことがあるくらいですから」

「……ショパンのワルツ7番よ。どうして？」

　あかりがかすれた声で答えた。

　拓真があかりを見ると、あかりもじっと拓真を見つめた。いつもはその大きな澄んだ瞳が今は涙で充血し、目の周りも赤く腫れ上がって痛々しい。

「やっぱりそうか。僕が二階から下りてきたときにも、同じ曲を弾いていた。何時頃レッスン室に入ったんだろう」

「分からないわ。拓真さんは、何時に二階から下りたの？」

「大輔、僕たちが二階から下りてきた時間、何時頃だったか覚えてる？」

拓真の質問に大輔がぼんやりした目を向けた。

「三時半か、それよりもちょっと過ぎていたか、そのくらいだと思うけど」

「そうだよな、そのくらいだった。サッカーが三時五十分から始まるので、その前にコーヒーを飲もうということで、少し早めに下りた。そのとき、君も聞いただろう。貴和ちゃんの弾くピアノの音」

「ああ、貴和子、弾いてた。曲名は知らないけど、ショパンの曲だったと思う」

「そうだ、そうだった。——たぶん、入れ違いだったんだな。君たちが外に出るのと、僕と大輔が二階から下りるのが」と、拓真。

「そういえば、私たちが廊下で聞いたとき、同じところを繰り返していたわね」

香苗が思い出したように言った。小枝子も頷いた。

「あれは……たぶん、曲の中ほどだと思う」

あかりがそう言ってすすり泣いた。弘樹が「あかりおねえちゃん」と小さい声で呼んだ。あかりの泣き声がさらに大きくなった。

「われわれ家族は、部屋に入ってドアを閉めていたから、ピアノの音はまったく聞こえなかった——だが、僕がサッカーを観るために居間に入ったのが、三時四十五分くらいだと思うけど、そのときにはピアノの音は聞かなかったように思う。断言はできないけどね」

今日は二回着替えをし、今は大輔の衣類を借りて着ている直明の声には力がなかった。

「宮本さんの変事があって、この部屋を出たときはどうでしたか？　僕はまったく覚えていないんです。びっくりして飛び出し、廊下を走ったので」

「僕も覚えていない」

直明はそう言って隣の苑子を見た。

苑子は、周りの話などまったく聞いていない様子で、放心したように顔を俯けていた。背を丸くしている姿は、ほんの数時間でひとまわり小さくなったようだった。

「とにかく、三時半頃までは貴和ちゃんは生きていたことになります」

「そうだね」

直明が拓真に同意したとき、突然苑子が声を上げて泣き出した。

「貴和子……かわいそうに……まだ、結婚もしてなくて、これからだというのに……苦しかったでしょうね……ああ、その上、解剖だなんて……貴和子」

とぎれとぎれに言いながら、苑子の涙は止まらなかった。泣き声が高く低く続く。弘樹が心配そうに母親を見つめていた。

苑子の嘆きは新之助のときよりも大きいようだった。あかりと苑子は、この事件発生以来、ほとんど泣き通しだった。

あかりが苑子につられたように泣き出し、泣きじゃくりながら言った。

「なぜ、松浦さんが宮本さんと貴和子姉さんを殺さなくちゃいけないの？　どうして？」

あかりが納得できないことは、堂島家の全ての人間が納得できないことだった。家族以外の人はともかくとして、長年付き合いのある堂島家の人間は、松浦郁夫の人間性をよく知っている。殺人などできる人ではないのだ。ところが、それを認めざるを得ない状況になっていた。

初七日の法要のとき、松浦になんら変わった様子はなかった。寂しげではあったが、それは誰もが同じで、松浦だけが寂しがっていたわけではない。そこのところを突き詰めて考えていると、むしろ、宮本茂のほうが何か屈託を抱えていたように思えてくる。堂島家にいた時間は二時間足らずだったが、宮本の顔つきは、友の死を悼みつつも、何か別の悩みがあって、心が一つところに落ち着いていないように感じられたのだ。

松浦郁夫、宮本茂、そして、貴和子の間に何が起きたのか。

居間のドアが開いて、長身の刑事が大輔を呼んだ。

ゲストルームはホテルのツインルームのようだった。

今日は平田小枝子と水谷香苗に提供されていたという。そういえば、この二人は、一週間前、堂島新之助が自殺したときにもこの部屋を使っていたと記憶している。

部屋の中央にシングルのベッドが頭を窓側にして二つ並び、ベッドの間にサイドテーブルがある。足元に当たる面にクローゼット。この部屋にはバスルームはないらしい。入り口以外にドアが見当たらなかった。

簡単な応接セットが入り口近くにある。それは小さいテーブルと椅子が二つだった。今は、食堂から運ばれた椅子が一つ補充され、その椅子に緊張した面持ちで堂島大輔が座っている。

堂島大輔、三十歳。堂島家の長男だ。五年前より、父、新之助の経営する堂島建設に入社。現在は、堂島コミュニティ部門に在籍。堂島建設が請け負ったマンションの、管理組合をサポートする、一種の営業活動に従事していることは分かっていた。

田神修司が手帳を開き、津由木に頷いてみせた。

「このたびはとんだことでした。お悔やみの申しようもないのですが、今は、真相究明が第一と心得ますので、協力してください」

大輔が微かに頷いた。

「あなたは、堂島建設のコミュニティ部門に在籍と聞いていますが、具体的にはどんな仕事をされているのですか」

大輔が目を見張るようにして津由木を見た。そんなことが事件とどう関わるのか、というまなざしだった。津由木は大輔の目を見返すことで返答を促した。

「一言で言えば、我が社で建設したマンションの環境を維持するための部署、ということになるかと思います。管理組合が確立しているマンションは、月に一度理事会が開かれます。小さいことではインターフォンの故障の対応から、マンションの大修繕計画まで、私が立ち会い、管理人、組合員と共に善処していきます」

「一人でどのくらいのマンションを担当するのですか?」

「現在は七棟です」

津由木の住んだことのあるマンションは、アパートに毛の生えたような賃貸マンションだった。数年前に無理を承知で念願の一戸建ての建売住宅を購入した。だから、分譲マンションの管理システムには不案内だった。

隣で姿勢正しくメモをとっている田神修司は、お坊ちゃん育ち。たぶん、生まれたときから大きな屋敷に住んでいることだろう。その田神は、大輔にしっかりと目をあて、つぎの言葉を待っている。

「父は、マンション居住者の意識を認識することが営業の基本と心得ていたようです。ですから、入社してすぐにその部門に配属されました」

「やはり、あなたが次期社長ですか？」

「そういうことは分かりません。私はまだ若いですし……」

津由木は一つ頷いた。

「では、本題に入ります。まず、宮本茂さんと貴和子さんが殺害されたことについて、どのようにお考えですか？」

「何がなんだか分かりません。本当に混乱状態なのです。松浦さんが宮本さんを殺害したことは事実なんですね？」

「断言はできませんが、まず、間違いないと思います」

「妹の貴和子はどうなんでしょうか？　松浦さんなんでしょうか？」

「それは、まだなんとも言えません」

「松浦郁夫さんは、私が物心つく頃、すでに堂島建設の人間で、その当時は前社長の運転手をしていました」

「前社長といいますと、あなたの祖父に当たられる人ですね」

「そうです」

「新之助氏の運転をするようになったのはいつ頃ですか?」

「はっきりとは覚えていませんが、祖父が亡くなったのが十八年ほど前で、そのあとすぐに父が社長に就任しましたから、その頃からだと思います」

「そうですか。続けてください」

「とにかく温厚で誠実、それに真面目な人なんです。あの人が、宮本茂さんと、妹の貴和子を殺したなんて、本当に何がなんだか分かりません。何もかもがばらばらで考えが纏まりません」

確かに、大輔は混乱しているようだった。貴和子殺害犯人に関しては、警察側も結論を下したわけではない。ただ、状況的に、宮本と貴和子を殺害した犯人が別々というのは考えにくいことであった。

「今も言いましたように、貴和子さんのことに関しては、まだ、結論が出ていません。そのためにも、皆さんから詳しい事情を聞かなければならないのです。そこで、今日のあなたの行動を訊きたいのですが」

大輔はしばらく目を宙に据え、自分の行動を冷静に追う努力をしているようだった。津由木と田神は辛抱強く待った。

やがて、大輔が津由木に目を移した。

「午後一時からの法要でしたから、十二時五十分には全員が揃いました。法要は父の自室で行い、一時四十分に終わりました。そのあとすぐ会食になり、会食は二時半に終わりました。それをもって初七日の法要も終了した、ということです」

「会食は、松浦さんも宮本さんも一緒ですか?」

「もちろん一緒です。二人はテーブルの端に向かい合って座っていました」

「そのときの様子はどんなでしたか?」

「まったく変わった様子はありません。二人とも、普段から口数の多い人たちではないのです。それに法要の会食ですから、賑やかに話が弾んだわけでもありません。ただ、二人の関係が気まずいような様子はまったくありませんでした」

「二人は何時頃帰りました?」

「二時半です。私と義兄の桐生直明が玄関で見送りました。確か、家政婦の野村さんもいたと思います」

「それから、あなたはどうしました?」

「二時四十五分頃、友人の加納拓真君と二階へ上がりました。それぞれ自室で着替えてから、父の部屋に行くことにしていたのですが、加納君は廊下で貴和子に呼ばれて、貴和子の部屋に入りました」

「ほう、加納さんは貴和子さんの部屋に入ったのですか? どんな用事で?」

「あかりの描いた絵を見るためです」

「絵?」

「貴和子は今、ピアノの発表会の準備をしていまして、プログラムの表紙の絵を妹のあかりが描いたのです。加納君が印刷を引き受けているものですから、そのことで貴和子の部屋へ入ったのです」

「なるほど。それぞれ自室、ということは、加納さん用の部屋があるということですか?」

「ええ、彼専用の部屋があります」

「このお宅と加納拓真さんはずいぶん親しいようですね」

「ええ、全員が子どもの頃からの付き合いです。以前はこの近くに住んでいたのですが、彼が高校のときに一家は八王子へ越しました。それでも、途切れることなく付き合いは続いています。姉の苑子が嫁ぎ、二階の部屋がひとつ空きましたので、その部屋を彼の部屋にしています」

「なるほど。続けてください」

「私は着替えをしてすぐ父の部屋へ行きました。加納君は、三時頃来ました」

「ということは、加納さんは十五分ほど貴和子さんの部屋にいたということですね」

「はっきりした時間は分かりませんが、貴和子の部屋を出てから自室でシャワーを浴び、着替えをしたそうですから、貴和子の部屋にいたのは、四、五分ではないでしょうか」

「父上の部屋では、二人でどんな話をされたんですか?」

「特別なことを話したわけではありません。雑談です。仕事や、結婚観についてです。私は、婚約者の水谷香苗さんとの結婚が先送りになりそうなので、そんな愚痴もこぼしました」

「結婚の予定はいつだったのですか?」

「来年の四月と思って準備を進めていました」

津由木が頷いた。

「それで、三時三十五分頃、加納君と共に下へ降りました。三時五十分からサッカーの中継があるので、初めからその予定だったのです。少し早かったのですが、その前にコーヒーを飲もうということでその時間に下りました」

「ええ」

「居間へ向かって廊下を歩いているとき、ピアノのレッスン室から貴和子の弾くピアノの音が聞こえていました――」

そのとき、大輔がごくりとつばを飲み込むように喉を動かした。切れ長の目の縁に赤みがさした。津由木は少し間を置き、大輔の感情の静まるのを待った。

隣の田神が静かに深呼吸した。

「三時三十五分という時間に間違いないですか?」

「確実とはいえませんが、そのくらいだったと思います。それで、加納君と居間でコーヒーを飲んでいるとき、確か、三時四十五分頃だったと思いますが、義兄の桐生直明が合流しました。やはりサッカー観戦のためです。中継の始まる前のコマーシャルタイムのとき、加納君と二人で居間の窓から夕暮れ前の空を見ていたのですが、そのとき、庭の中央辺りのコスモスの花壇に、平田小枝子さんと水谷香苗さんがいて、香苗さんがこちらに向かって手を振りました。あとになって妹のあかりもいたことが分かりました」

「それから、サッカーの観戦になったわけですね」

「そうです。でも試合はほとんど観ていません。三時五十五分か、四時近くだったと思いますが、突然、庭から叫び声が聞こえたのです。義兄、加納君、私の三人で玄関へ走りました。玄関で、平田小枝子さんと水谷香苗さんが顔を引きつらせながら、池に誰かが浮いていると言いました」

「居間を飛び出したとき、ピアノの音は聞こえていましたか？」

「覚えていません」

「そうですか。続けてください」

「義兄と、加納君と三人で池へ走ると、あかりが池の縁で、『松浦さんだ』と言って、泣き叫んでいました。あとは、男三人で、浮いている人を池から引き揚げたのです。義兄が池に入り、私と加納君が手助けしました」

「その人は、松浦郁夫さんではなく、宮本茂さんだった」

「そうです。すでに絶命していました。池の縁に横たえると、頭の後ろから血が流れ出ました。加納君が電話に走り、そのあとしばらくして私は変事を知らせるために、松浦さんの自宅へ走りました。松浦さんが宮本さんと親しいことを知っていたからです」

「ところで、水音を聞きませんでしたか？」

大輔が判じかねるような顔つきで津由木を見た。

「宮本さんが池に落ちたときの水音です」

大輔は意表を衝かれた様子を見せたが、しばらく目を虚空に向けて記憶をたどっているようだった。

「いいえ、聞いていません」

「そうですか。では、あなたが松浦さんのお宅へ行ったあと、宮本さんの遺体のそばには、桐生さんひとりが残ったわけですね」

「そうです」

「松浦さんのお宅に行ったときの様子を話してください」

「松浦さん宅の玄関を開けて二回ほど呼んだのですが、返事がありませんでした。買い物にでも出かけたと思い、すぐ引き返しました」

「松浦さんの家には入らなかったのですね」

「ええ、入りません。玄関を開けて呼んだだけです。いないことはすぐ分かりました。それで、宮本さんが寝かされている場所まで戻ると、加納君はまだいませんでした。義兄が緊張した顔つきで家のほうを見ながら、何かあったらしい、と言いました。私も家を見ました。なんとなく様子がおかしいのです。言葉では説明できませんが、家の中でたいへんなことがおきている。そんなことを感じさせる緊迫した雰囲気でした。義兄と私は、宮本さんをそのままにして家へ走りました」

　大輔が荒い息遣いを繰り返している。やはり、話が妹のことになると、気持ちが乱れるようだった。津由木は大輔の呼吸が整うのを待った。

「玄関には誰もいませんでした。でも、すぐ異変に気づきました。廊下の奥で泣き叫ぶ声がしていたからです。義兄と二人で廊下を走りました。ピアノのレッスン室のドアが大きく開いており、泣き叫ぶ声はそこから聞こえていました」

「その時間は分かりますか」

「正確なことは分かりませんが、私が貴和子の遺体を見たのは、午後四時十分頃だったと思います」

「東側の建物、この部屋の前の、廊下の奥ですが、ドアがありますね」

「ええ、あります。物置の前へ出られます。普段は使っていませんから、鍵が掛かっているはずです」

「今日、そのドアの鍵が掛かっていたかどうか知りませんか？」

「まったく分かりません。私はこちらの棟に来ることはほとんどないのです。何週間もそのドアには近づいていません。ドアの鍵は野村さんが管理しています」

「そうですか。分かりました。参考のために伺いますが、父上、新之助氏の自殺についてどのようにお考えですか？」

大輔がびっくりしたような顔をして津由木を見た。

「自殺の原因について思い当たるようなことがありましたか？　一週間過ぎたわけですから、なにか新しい事実が判明したとか」

「いえ、何もありません。いまだに自殺の原因が思い浮かばないのです。実は、ヒツウチからの電話を追及しようと思い、家族で協力して電話局へ問い合わせたのですが、だめでした。警察からの要請があり、事件であることが明確でなければ、ヒツウチの公開はしないそうです。法で守られていると言われました。仕方ないので、そのあと家族で協力して心当たりに電話しました。会社関係、父の知人。しかし、あの日あの時間に父に電話した人はいませんでした。ですから、父の自殺については、まだ納得できないでいるというのが正直な気持ちです」

ヒツウチのシステムについては大輔の言う通りなのだ。津由木は頷くしかなかった。

「そうですか。分かりました。これで結構です。すみませんが、桐生苑子さんを呼んでいただきたいのですが」

大輔がドアを出て行った。

「かなり参っているようですね」

田神がメモのところどころに赤い線を引き終わった。

「立て続けだからな、無理もない」

「やはり、父親の自殺、納得してなかったですね」

「うむ。考えなきゃならんことが山ほどあるような気がする」

「ええ」

ドアが小さく叩かれ、桐生苑子が入ってきた。


桐生苑子、三十五歳。堂島新之助の長女である。

新之助の秘書をしていた桐生直明と愛し合い、七年前に結婚。息子が一人。現在親子三人で港区白金台に住んでいる。これは、一週間前の、新之助の自殺騒ぎのときに情報が入っている。

苑子は痛々しいほどのやつれようだった。泣き続けた顔は頬まで赤く、そのぶん、額や口の周りの蒼白《あおじろ》さが目立っていた。津由木は椅子を勧め、悔やみを述べた。苑子はその言葉にも敏感に反応し、涙を滲ませた。

「長い時間はとらせませんが、気分が悪くなったらおっしゃってください」

苑子が微かに頷いた。

会食が終わるまでの苑子の話は大輔と変わらなかった。

「会食が終わったのが二時半頃、そのあとどうされましたか」

苑子は、ハンカチで頰の辺りを押さえていたが、その顔をゆっくり上げて津由木を見た。血の気の失せた唇《う》がゆっくり動いた。

「初七日に参列してくださった方たちが、夕食を一緒にしてくださるとおっしゃったので、野村さんに使いを頼みました」

「それは、どなたですか?」

「はい?」

「夕食を一緒にすると言った方はどなたです?」

「……加納さんと、平田小枝子さん、それから、大輔の婚約者の水谷香苗さんです」

「では、そのときは、宮本さんと松浦さんはいなかったのですね」

苑子は少し首を傾げるようにした。

「ええ、そういう話になったのは、お二人が帰ったあとだったと思います」

「それで?」

「そのあと、息子と私は、ゲストルームに引き上げました。夫も一緒です。ここ一週間で大変疲労していましたので、着替えを済ませて息子と一緒に休みました」

「この隣の部屋ですね」

「そうです」

「そのとき、ご主人は?」

「椅子に座って新聞を読んでいました」

「異変に気づいたのはいつ頃ですか?」

「時間のことはよく分かりません。ただ、熟睡したように思います。お清めのお酒をいただいたものですから……」

苑子は話が纏められないようだった。というよりも、質問の内容が頭に染み込まないらしい。口先だけの受け答えはちぐはぐで力が感じられなかった。

津由木は質問の方法を変えた。

「熟睡していたのに、どうして目が覚めたのですか?」

「……よく分かりません。とにかく目が覚めたのです。弘樹はよく眠っていました。体を起こすと主人がいませんでした」

「それで?」

「遠くのほうで何か聞こえていました。それがなんとなく慌しい気配に感じたのです。それで廊下に出てみました」

「何時頃ですか」

「時計を見たわけではないですから正確なことは分かりませんが、四時近くだったと思います」

「そのとき、ピアノのレッスン室からピアノの音は聞こえていましたか?」

苑子のうつろだった目に突然力が入り、津由木を見つめたまま強く首を振った。とたんに、充血した目に新しい涙が溢れた。顔をゆがめ、涙の流れるに任せるままだった。白い喉がひくひく動いた。

「聞こえなかったのですね」

苑子は子どものように頷き、途絶えがちになりそうな声を励ますように説明した。

「ピアノの音は聞こえませんでした。これは断言できます。そのときの私は、まだ事の重大さを知りませんでしたから、割合にゆっくりと玄関まで歩いて行ったのです」

「なるほど。それから、どうしました?」

「玄関で、加納拓真さんから宮本さんのことを聞き、呆然としているときに、今度は貴和子のことになりました」

苑子はしばらく黙り込み、そのあとぽつりと言った。

「それからのことは、よく覚えていません」

「妹さんについてはまだ決断が下されていません。ただ、宮本さんにつきましては、松浦さんの犯行と思って間違いないと思います。そのことについてどう思いますか?」

「松浦さんが、あんなひどいことをするなんて、信じられません。それに、今は混乱するばかりで、何も考えられないのです」

「この部屋の前の、外へ通ずるドアの鍵なのですが、今日、そのドアの鍵が開いていたか閉まっていたか気づきませんでしたか?」

「まったく知りません。ドアの近くにも行っていません」

津由木が、質問を打ち切り、あかりを呼んでくれるように頼むと、苑子は微かに返事をしてドアを出て行った。

津由木と田神は顔を見合わせた。

「大丈夫でしょうか、あかりに伝えられるでしょうか」

「そうだな。神経がだいぶ参っている。普段は明るい人のようだがね」

「なんだか、父親のときよりも、衝撃が大きいように思います」

「うむ」

ドアが叩かれた。

田神が立ち上がり、ドアを開けてみた。そこにあかりがいた。

苑子は津由木の指示をきちんと伝えていた。田神はドアを大きく開けた。

あかりが、これも泣き腫らした顔で室内に入ってきた。


堂島あかり、二十八歳。堂島家の三女でイラストレーター。

あかりも苑子同様にかなり取り乱していた。切れ長の目をした苑子と違って、あかりの目は大きい。今はその目が充血し、まぶたは腫れていた。ちょっとした刺激にもすぐに涙が溢れ出そうな落ち着きのない表情で俯いていた。

「このたびはとんだことでした。お父上に続いて今回のことですから、さぞ、お力落としでしょう」

あかりは俯いたまま、微かに頷いた。

「早速ですが——」

あかりがさっと顔を上げた。

「犯人は——本当に松浦さんなのでしょうか」

津由木はびっくりしてあかりを見た。あかりはしばらく津由木を凝視していたが、その目を逸らし、吐息を漏らした。

「松浦さん以外に心当たりがありますか？」

「そういうわけではないのですが、松浦さんはそんなことをする人ではないのです」

あかりの声はときどき震えがちになるが、その口調は強かった。

「皆さん、そのように言いますが、今のところ、宮本さんの殺害は松浦さんと思われます。ただ、貴和子さんについてはまだ結論が出ていません。それで、早急に真相を究明しなければなりませんから、ご協力をいただくわけです。そこで、本日、午後からのあなたの行動を聞かせていただきたいのです」

分かったというようにあかりは微かに頷き、しばらくテーブルの端に目を当てたままでいた。頭の中を整理しているのだろう。やがて顔を上げた。

「平田小枝子さんも水谷香苗さんも加納さんも十二時半にはいらしてましたから、みんなで居間にいました。十二時四十分頃、松浦さんが見え、ご住職さんもその頃お見えになりました。最後にいらしたのが宮本さんで、十二時五十分頃だと思います。それで一時から法要が始まり、一時四十分に終わりました」

「そのあと会食になったわけですね。そのときの皆さんの様子はいかがでしたか。特に宮本さんと松浦さんの様子は」

「会食といっても法事のあとですから、それほど話が弾んだわけではありません。特に宮本さんと松浦さんは、普段から口数の少ない人たちなのです」

「では、ほとんどしゃべらなかったわけですか」

「ええ、でもそれはいつもと同じということです。仲が悪いから黙っているのではないのです。法要中も二人は隣同士に座っていました。ときどき小声で話していたのを覚えています」

「なるほど。では、あなたの行動ですが」

「会食が終わったのが二時半頃だったと思います。終わるとすぐに宮本さんと松浦さんは帰りました。大輔兄と桐生の義兄がお見送りしたと思います」

あかりは、ときどきハンカチでまぶたを押さえ、乱れる呼吸を整えながら、それでも必死に答えることに努めていた。

「私と姉の貴和子は、宮本さんと松浦さんが帰られたあとすぐ二階へ上がりました。姉が私の部屋へ寄り、少し雑談しました」

「ほう、貴和子さんはあなたの部屋へ入ったのですか、二階へ上がってすぐ」

「そうです。ご存じのように、姉はピアノの講師をしています。秋に発表会があるのですが、そのためのプログラムを作成中で、私はプログラムの、表紙の絵を頼まれていたのです。その絵が出来上がっていたので取りに寄ったのです」

「ああ、あなたはイラストレーターでしたね」

あかりは、目黒にあるP美術館に臨時職員として週二日勤務。その他の日は、自宅で挿絵を描いている。得意とするのは植物と虫で、なかでも蝶を描くのを得意とする。これらの情報も、新之助の自殺騒ぎの際、取得したことだった。

「それで、ついでにあなたの部屋で雑談をした。どんな話をしました？」

「ですから雑談です。父の自殺が納得できないとか、ヒツウチの相手が分からずじまいで無念だったとか、そんなことです」

あかりの声は震えがちだが、なんとなく警察に対する不満を感じさせる。津由木と田神が顔を見合わせた。

「そのとき、貴和子さんの様子に変わったことはなかったですか」

「なかったです。普段と何も変わっていませんでした」

あかりは、語尾を震わせ、ハンカチを目に当てた。

「貴和子さんがあなたの部屋を出たのは何時頃です？」

あかりは少し首を傾げ、

「二時四十五分近くだったと思います」

「そのあと、あなたはどうしました？」

「着替えをして仕事に掛かりました。締め切りの迫っている挿絵があったからです。描き終わったのが三時二十五分頃だと思います。後片付けをして一階に下り、ゲストルームにいる小枝子さんと香苗さんを誘って庭に出ました。コスモスを切るためです。会食が終わったとき、三人で庭を散歩することを約束していたのです」

「二人を誘って庭に出るとき、レッスン室からピアノの音は聞こえましたか？」

「聞こえました。姉はここ数日、発表会用の曲を練習していたのです。私の部屋に寄ったときも、夕食までレッスンすると言ってました」

「外に出るとき、玄関の鍵は掛けましたか?」

「いいえ、すぐ戻りますから、掛けませんでした」

「で、庭の散歩をしたわけですね」

「はい。コスモスを切り終わり、家へ入ろうとしたとき、小枝子さんと香苗さんが池の中の異変に気づきました。私は夢中で池の縁に行きました。水面を見たとき、池に浮いているのは松浦さんだと思いました」

「なぜ、松浦さんと思ったのですか?」

「なぜだかよく分かりません。黒い――」

あかりは、喉を詰まらせながらしきりにハンカチで涙を拭いた。

「黒い色から喪服を思い浮かべたのだと思います。宮本さんもその日喪服を着ていましたが、宮本さんはとっくに帰ったことを知っていましたから」

「それで?」

「香苗さんと小枝子さんが玄関へ走り、家の中にいる人に伝えました。その後のことは、頭が混乱していてよく覚えていません」

「覚えていることだけでいいですから、話してください」

あかりは、小さく頷くと、大きく息継ぎをした。

「小枝子さんに支えられて玄関に入ると、すぐ加納さんが戻ってきて、池に浮いている人は宮本さんだと言いました。そのあと今度は姉のことになったのです。姉のときのことは本当によく覚えていないのです。ただ、レッスン室のドアのところで、みんなに押し退けられて、部屋に入ったのは私が最後だったように思います」

「部屋の中の様子はどんなでした？」

「覚えていません。誰がいたのかも分かりません。ただ、加納さんの声ははっきり聞こえました。貴和ちゃん、貴和ちゃんと叫んでいました」

あかりが、津由木をじっと見据えた。

「松浦さんが、宮本さんと姉を殺したなんて、考えられません。松浦さんは罪を犯すような人ではないんです。これは、たぶん私だけでなく、みんながそう思っているはずです」

「そのようですな。松浦さんという人はなかなか人望があったようです。だからといって、犯罪者にならないとは限りません。先ほど言いましたが、少なくても宮本さんに関しては、加害者は松浦さん。これに間違いはないと思います。ところで、宮本さんが池に落ちたときの水音を聞きませんでしたか」

「聞いていません」と、あかりは即座に答えた。

「そうですか。この部屋の前の廊下の端にドアがありますね」

「はい」

「今日、そのドアの鍵が掛かっていたかどうか覚えていませんか」

「まったく分かりません。私は日頃、こちらの建物へ来る用事はないのです。だから、めったに来ませんが、外へ通ずるドアの鍵はいつも閉まっていることは知っています。ただ、あのとき、閉まっていたかどうかは分かりません」

「では最後に、女性三人で庭を散歩しているとき、庭や玄関、それから物置付近で怪しい人影は見ませんでしたか？」

「物置付近のことは分かりません。でも、庭や玄関付近で怪しい人影は見ませんでした」

あかりが出て行った。田神が廊下まで見送り、桐生直明を呼んでくれるように頼んだ。


小柄なあかりの次に現れた桐生直明はずいぶん大男に見えた。

桐生直明、四十一歳。苑子の夫であり、堂島建設仕入部門部長。

苑子と結婚して七年。結婚前は堂島新之助の秘書を務めていたが、結婚と同時に仕入部門に配置換え。主に出入り業者との折衝に当たる。その人柄が対外的に好印象。そのような情報を得ていた。

津由木は一週間前の直明と苑子の夫婦ぶりを思い出していた。はきはきしていて少々せっかち。我儘《わがまま》のように見えるが、それでいて嫌味のない苑子。そんな苑子に対して、おっとりと構えた直明。似合いの夫婦と思ったものだ。

津由木の悔やみの言葉に直明は丁寧に返礼した。当然といえば当然だが、一番落ち着いて見えた。法要が終わるまでの直明の供述は、前の三人とほぼ同じだった。

「あなたは、一度ゲストルームに行き、そのあと、サッカー中継観戦のために居間に戻ったのでしたね」

「その通りです。妻と息子はベッドに横になっていました。すぐ眠ったようです。私はサッカーを観るつもりでしたから、横にならず、読み残した新聞を読み、三時四十五分頃、居間へ行きました。あと五分で始まるなと思ったことを覚えています」

「ああ、サッカー中継は三時五十分始まりだったのですね」

「そうです」

「そのとき、ピアノレッスン室からピアノの音は聞こえていましたか？」

「聞こえていなかったように思います」

「それで居間に入った」

「ええ、義弟の大輔君と加納君がコーヒーを飲んでいましたから、私も食堂に行ってコーヒーを淹れ、居間に戻ると、二人が窓辺に立っていました。なんだろうと思って二人の後ろから覗いてみると、コスモスの花壇にいる香苗さんがこちらへ手を振っていました」

「それから、サッカー観戦になった」

「そうなのですが、実際にはほとんど観てないのです」

「庭から叫び声が聞こえたということですね？」

「はい、四時少し前だったと思います。叫び声に驚き、三人で玄関へ走りました。玄関で顔を引きつらせていたのは、平田さんと香苗さんです。義妹のあかりはいませんでした」

「なるほど。ところで、あなたは、宮本さんが池に落ちるときの水音を聞きませんでしたか。ゲストルームは池に近いし、宮本さんが池に落ちたと思われる時間帯、あなたはゲストルームで新聞を読んでいたということなのですが」

「いいえ、聞いていません。もしそんな音を聞いていれば、事件を知ったときにすぐに思い出すはずです」

「まあ、そうですね。ところで二人の女性の話の内容はどんなでした?」

「池に黒い洋服を着た人が浮いている、そういう内容でした。二人で興奮して話しましたが、どうやら、初めに発見したのは平田さんのようでした」

「それで三人で駆け付けた」

「はい。男三人で池へ走りました」

「そのとき、奥さんは玄関に来ていましたか?」

「ええ、家内は玄関にいました。——そうです。確かにいました。そのとき私は、女性は中にいるようにと言い、家内には、息子は起こさないように言ったと思います」

直明は、津由木の顔をじっと見つめ、しばらく首を傾げた。

「なるほど。続けてください」

「池のそばで、あかりがひどく取り乱し、『松浦さんだ、松浦さんだ』と叫んでいました。私は池を覗いてもとっさに誰だか分かりませんでした。うつぶせに浮いていて、顔は水に浸かっていたのです。ただ、少しでも早く引き揚げれば助かるかもしれないと思い、私は池に入って、浮いている体を持ち上げました。そのとき、宮本茂さんだと分かりました。死んでいることも分かりました。大輔君と加納さんが援助し、宮本さんを引き揚げ、池の縁に横たえたのです」

「池の深さは八十センチほどだそうですね?」

「ああ、そうかもしれません。私の足の付け根ほどでしたから」

「第一印象はどんな風に感じましたか? 例えば、事故とか、事件とか」

「さあ、どんな風にと言われましても、何かを考える余裕はなかったです。水から引き揚げることだけを考えていたと思います。ただ、引き揚げるときに気づいたのですが、後頭部に傷があり、そこから出血していました」

「それからどうしました?」

「加納君が、電話に走り、そのあと大輔君が松浦さんを呼びに行きました。松浦さんの家はこの家と道路を隔てて隣接しているのです。大輔君は、宮本さんと松浦さんが親しい関係であることを知っていたので、とっさに知らせに行ったのだと思います」

津由木が頷き、目で先を促した。

「義妹の貴和子のときのことはよく分かりません。私は宮本さんのそばにいて、家の中のことに気づくのが遅かったのです。それでも、ずっと家のほうを見ていた私は、なんとなく様子が変だとは思っていました」

「そこへ、大輔さんが帰ってきたのですね」

「はい。二人で家のほうを見たのですが、ただ事ではないと思いました。加納君は戻ってこないし、なんというか、家全体から不吉な雰囲気が漂い出ている、そんな感じでした。大輔君も同じように感じたようです。宮本さんをそこに置いたまま、大輔君と私は家へ向かって走りました」

「ええ、それで?」

「家に入ってからのことはよく覚えていないのです。とにかく動転していました。ただ、レッスン室内が泣き声や叫び声で充満していたことと、そのとき私は下半身がずぶ濡れだったことを覚えています」

津由木と田神が無遠慮に直明の下半身を見た。直明はグレーのズボンをはいていた。

「大輔君からの借り物です」

「あなたは、堂島建設にお勤めですから、松浦さんのことはよく知っていると思うのですが、会社での松浦さんの評判はどうでしたか。亡くなられた新之助氏の専用の運転手ということは知っているのですが」

「とにかく、真面目で律儀な人です。確かに社長の車の運転が主なる仕事でしたが、松浦さんは自動車の整備士の資格を持っているのです。当社は仕事の性質上、いろいろな種類の車が相当数あります。車に故障やちょっとしたトラブルはつきものですから、その修理はほとんど松浦さんが引き受けていました。そういう意味でも貴重な人材なのです」

「ほう。整備士の資格を持っていたのですか。それがどうして社長つきの運転手になったのでしょうね」

「さあ、そのへんのことは分かりません。私が入社したとき、松浦さんはすでに当社に勤めていましたから」

「貴和子さんのことはまだ結論が出ていないのですが、宮本さんを殺害したのは松浦さんに間違いないと思います。その点について、どのようにお考えですか」

「まったく見当がつきません。松浦さんと宮本茂さんは親しかったと聞いています。法要のときも、二人は隣同士に座り、ときどき小声で話をしていました。松浦さんと犯罪が結び付かないのです。それに、義妹の貴和子も、松浦さんには親しみを持って接していたと思います」

「そうですか。最後に、こちらの廊下の端のドアですが、今日、そのドアの鍵が掛かっていたかどうか気づきませんでしたか」

「分かりません。ただ、あのドアの鍵は常に掛かっていたと思います。義父が、孫の弘樹が出入りすると危ないといって、鍵は必ず掛けておくように厳しく言っていましたから。野村さんが管理していますが、彼女はきちんとした人ですから、言いつけは守っていたと思います。ただ、今日、どうだったかは分かりません」


その野村清美が入ってきた。彼女はエプロンを掛けたままだった。

野村清美、五十三歳。堂島家に家政婦として住み込んで十三年と聞いている。

「今時、住み込みの家政婦というのは珍しいと思いますが、負担にはなりませんか」

津由木はそんなことから話の口火を切った。

野村清美は中年の女性らしく小太りで丸い顔をしていた。肌がパンパンに張っていて、細い目が顔の中に埋まっているという按配《あんばい》だった。健康そのものという感じで、動作もきびきびしている。

「特に負担とは思いません。一応週休二日制なんですけど、出かけることは少ないですから、ほとんどこのお屋敷にいます」

「ご家族は?」

「兄弟が九州のほうにいますが、めったに帰りません」

「家政婦紹介所でこちらを知ったんですか?」

「そうです。家政婦という仕事が好きなんです。性に合っているんだと思います。特にこちらは大人揃いで、昼間はほとんど私一人ですから気持ちが楽です」

「しかし、三女のあかりさんは家にいることが多いですね」

「それはそうですが、あかりさまは、ほとんどお部屋で絵を描いていますから、ときどきお茶をお持ちするだけです。あかりさまは人をあてにしません。自分のことはほとんど自分でします」

「では、気楽ということですね。こちらの家族関係はいかがですか」

野村清美が細い目を津由木に当てると、

「関係と言いますと？」と、詰問のような口ぶりで問い返した。

「仲がよかったか、ということです」

「私がこちらで働くようになってから六年ほどして、苑子さまが結婚して家を出ていきましたが、その前もあとも、ご家族の関係はとてもよかったと思います。私が勤め始めたときには、すでにだんなさまの奥さまは亡くなられていました」

「新之助氏は再婚しなかったんですね」

清美が一瞬怪訝そうな顔をしたあとで、

「そのようですね」と、そっけなく言った。

野村清美の口調には、堂島家の人間の個人的なことには答えないという、強い意思が感じられた。

「今日十一日のあなたの行動と、その日こちらにいた人について、見たこと聞いたことを教えてください。これは事件の捜査だということを忘れないように。あなたがここで話したことは誰の耳にも入りません」

野村清美は細い目を見開いて頷いた。

「今日はたいへん忙しくしておりました。お客様のお見えになる前に、内外の掃除を済ませなければならないので、そのことに追われていました。朝食の後片付けを済ませたあと、庭の掃除をして——」

「物置と、東側の建物の間も掃除しましたか？」

これは重要なことだった。松浦郁夫の凶行現場と目されている場所なのだ。

「もちろんしました」

「それは何時頃です」

「物置前のコンクリート上を綺麗に掃いたのは十二時二十分頃です。そのコンクリート上を歩いて玄関に向かってくる松浦さんの姿を台所の窓から見ました。十二時四十分頃だったと思います」

「松浦さん一人でしたか？」

「はい、一人でした。宮本さんはそれより少し遅れて十二時五十分頃見えました。私が玄関で迎えました」

「そのあとどうしました」

「ちょうど一時に法要が始まりましたから、私は食堂で会食の準備をしました。会食は一時五十分から始まり、二時半近くに終わりました。大輔さまと桐生さまが、宮本茂さんと松浦郁夫さんを玄関でお見送りしましたので、私もそばで挨拶しました」

「それは何時頃ですか」

「二時半頃だったと思います」

津由木は先を促すように頷いてみせた。

「台所で会食の後片付けをしていますと、苑子さまがいらして、夕食は大勢になるとおっしゃいました。お寿司を取るけど、松茸の時期だから土瓶蒸しをつくるように言われました。ですから、片付けをしたあと、必要なものを近所へ買いに行ったのです」

「何時頃です?」

「二時五十分頃です」

「では、二時三十分頃、宮本さんと松浦さんを見送ったあとは、二時五十分まで台所にいたということですか?」

「はい、そうです」

「そのとき、ピアノの音は聞こえていましたか?」

「台所に入ってドアを閉めていると、レッスン室の音は聞こえません。もし、貴和子さまがピアノを弾いていたとしても聞こえなかったと思います。レッスン室は防音がされているのです」

「買い物から帰ったのは何時ですか」

「三時半頃です。買い物から帰り、木戸を開けたとき、玄関から出てきた、あかりさま、平田さま、水谷さまの三人と出会いました。ちょっと立ち話をしてすぐ台所へ入りました」

「ということは、あなたが台所に入ったのは三時半を少し過ぎていたことになりますが、そのとき、ピアノの音は聞こえていましたか」

「そのあとはすぐ夕飯の支度に取り掛かり、台所から出ませんでした。ピアノの音が聞こえていたかどうかは分かりません。台所とレッスン室は離れていますし、さっきも言いましたように、台所の入り口を閉めていましたから、レッスン室の音は聞こえないのです」

「そうですか。そのあと、どんなことがありましたか」

「野菜ものを刻んでいるとき、外の気配が変だ、と思いました。そのあとロビーが騒がしくなったのです。台所の入り口の戸を開けてみると、そこに女性の皆さんが集まっていました。平田さまと水谷さまがひどく興奮していました。加納さまが玄関から入ってきて、警察に電話を掛けました。その内容を聞いて、宮本さんが大変なことになったことを知りました」

「それで?」

「それで、貴和子さまだけがいないことに気づきました。これは、加納さまがおっしゃったのです。それまでは気づきませんでした。そのときはピアノの音は聞こえませんでした。これははっきり覚えています。ロビーに何人もの人がいるのに、屋敷の中全体がしんと静まり返っているような不気味な雰囲気でした」

野村清美は改めてその瞬間を思い出したように、両手を膝の上で握りしめた。津由木は頷き、先を促した。

「加納さまが飛ぶように二階に上がり、すぐに下りてきて、『部屋にはいない。レッスン室だ』と叫ぶように言いました。それで、みんながレッスン室へ走りました。初めにドアを開けて、中に入ったのは加納さまだと思います」

「それで、貴和子さんの遺体を発見したということですね」

野村清美が頷いた。

「あなたは松浦さんや宮本さんと親しくしていましたか」

「宮本さんとはめったにお会いしません。こちらにお世話になって十三年になりますが、その間、お会いしたのは三回ほどです」

「松浦さんとはどうです?」

「松浦さんも、めったに堂島家の家の中に入ることはありませんでした。朝、だんなさまをお迎えのときも、車のそばで待っていましたし、お帰りになったときも、大きな荷物がない限りは、車のそばで挨拶をして、家に帰りました。堂島家への出入りは、物置の裏手にある木戸を使っていました。とても温厚な人で、犯罪などとは縁遠い人だと思います。——本当に松浦さんが犯人なのでしょうか。信じられません」

野村清美の目が赤くなり、手がエプロンのポケットを探った。水色のタオルのハンカチを出し目を押さえた。

「あなたがこの屋敷内にいる間、池にものが落ちる水音を聞きませんでしたか」

「いいえ、聞いていません」

「最後に訊きますが、当然、屋内の掃除もしたわけですね」

「はい、午前中に済ませました」

「この部屋の前の廊下も?」

「もちろんです。居間と食堂、ゲストルームの掃除を終え、東側の廊下に掃除機をかけたのは十一時四十分頃だったと思います」

「そのとき、廊下の端にあるドアは鍵が掛かっていましたか」

「掛かっていました。そこのドアの鍵は私が管理しています。といっても、鍵は簡単なもので、取っ手の上にあるつまみを水平にすれば鍵が閉まり、垂直にすると開くというタイプです。あのドアを使用するのは、たぶん私だけだと思います。物置に用事があるとき、そのドアを使うと便利なのです。先ほども言いましたが、十一時四十分頃、ドアに鍵が掛かっていたことは断言できます」

捜査会議

犯人が分かっているので捜査本部は設置されない。

だが、二人の人間が殺害されたわけだから、調書の作成は膨大だし、ひととおりの捜査会議はある。十月十三日、日曜日の午後七時。今、三回目の捜査会議が開かれようとしていた。

本庁からの応援は縮小され、二、三人が残っているだけだ。この人たちも、今回の捜査会議が終われば帰って行く。

これからは、所轄署の人間だけで、事後処理というべき作業が残されているだけだった。

津由木が思った通り、松浦郁夫に対する逮捕状が発令され、直《ただ》ちに全国指名手配の措置がとられた。

最も案じられるのは自殺だ。事件から四十八時間以上過ぎている。まだどこからも松浦郁夫の身柄拘束の連絡は入らない。該当と思われる自殺体発見の知らせもなかった。

だが津由木は、松浦郁夫はすでにこの世にいないと思っている。どこか見つかりにくい場所で命を絶っているに違いない。そう思わせる材料が揃っていた。

近所の聞き込み、遺留品、宮本茂の解剖結果。それらの内容は、松浦家の文机に置かれていた、遺書とも自白とも思える書置きに結び付くからだ。

犯人に逃亡の覚悟がある場合、書置きをすることはまずない。そもそも松浦には書置きをしていく家族がいない。この書置きは警察に宛てたものと見て間違いない。

その上、松浦家の玄関の鍵は掛かっておらず、鍵そのものが文机の、書置きの横に置いてあった。これは、警察側に全てを開放するという、松浦の意思の表れであるとしか考えようがない。まる二日の捜査で、松浦郁夫の人となりがずいぶんと明らかになっていた。その中には一昨夜の堂島家での事情聴取も含まれる。松浦郁夫が、あれだけの大罪を犯したならば、もう生きてはいまい。津由木は断言できた。

それは会議に参加している刑事の誰もが思っている。津由木と同じように、皆が松浦郁夫の人間性を知らされているのだ。

津由木は、コピーした書置きをそっと開いた。

『全て私がしました。松浦郁夫』

この『全て』とは、何をさすのだろう。何回目かの質問を自分自身にしたところで、捜査会議が開始された。


指揮を執るのは副署長の工藤恒彦。隣に田中武治刑事課長がいる。

工藤恒彦副署長は二十人ほどの刑事を前に、ひとつ咳払いをした。

「初めに報告することがあります。諸君も知っての通り、松浦郁夫の家を捜索したさい、洋服ダンスの中のジャケットのポケットに、R病院の診察券が入っていました。その件についてです。清水君」

清水という所轄署の若い刑事が立ち上がった。

「R病院の内科医、松浦郁夫の担当医師からの説明を報告します。松浦郁夫は、九月十七日に初めて来院。胃の不調を訴えたため、胃カメラによる検査をしたところ、胃の上部、胃の入り口付近に悪性の原発腫瘍《しゅよう》があり、本人の希望により、医師は九月二十五日に松浦に告知しています。癌《がん》の進行はT3期に入っており、松浦は胃を三分の二摘出する手術を、十月十六日に予約し、十三日から入院の予定になっていました。T3期というのは、腫瘍の広がりの段階だそうです」

淡々とした口調で報告を終えた清水が着席した。

刑事たちの間から、ため息のような声があちこちで聞こえた。

「この報告内容が、今回の犯行と関係あるのかないのか分からないが、犯人は松浦郁夫、これは間違いのない事実です」

田中課長の前置きを聞きながら、津由木は再び書置きのコピーを見た。

『全て』とは、なんだろう。

宮本茂と堂島貴和子を殺したこと、それを、全て、と書いたのか？　今の時点ではそう思うしかないのだが、それにしても松浦は、ずいぶんと大胆で凶暴、慌しく際どい行動に出たものだ。そのことが津由木を悩ませている。

温厚、誠実、真面目、控えめ、礼儀正しい。

堂島建設の会社関係者、隣近所の評判。堂島家の家族やその知人。聴取した人の全てが松浦の人間性をそのように評価している。松浦を悪く言う人間は一人もいなかった。

事情聴取で知り得た松浦郁夫の人間性と、今回の凶行が密着しないのだ。まるで、突然、松浦郁夫の体内に、別の人格が乗り移ったかのように、日頃の松浦とはちぐはぐに思えてならない。

松浦が癌に冒されていたことは、清水刑事の報告前に田中刑事課長から知らされていたが、そのことによる自暴自棄の犯行など、とても考えられないのだ。それに、今の報告によれば、手術を受けることになっていたという。ということは、まだ生きることに希望を持っていたということだ。

隣に座る田神修司が、ちらちらと用紙を覗き込んでいる気配が伝わってきた。

津由木は『全て私がしました。松浦郁夫』の、『全て』の二文字を丸で囲み、隣に？マークを書いてみせた。田神がじっと目を凝らしているのが分かった。


「逮捕状も発せられ、全国に指名手配されてから、三十時間。今後、松浦がどのような状態で発見されようとも、我々には果たすべき任務があります。犯行の動機、物的証拠、状況証拠を整えなければならない。残念ながら、本人の自白を得ることはきわめて難しい。松浦家に残された書置きが、どの程度自白の効力を持つか、これも不明です。そのことを承知の上で、それでもなお気を抜かないように、事を進めていきたい」

そのあと、工藤副署長の言う、今までの捜査内容を整理し、整えるという作業が始まった。

犯人が判明していて、すでに死亡している可能性が高い。このような状況下での捜査会議というのは、はなはだ士気が上がらない。

これが、犯人追及のための会議となるとまったく雰囲気が違う。正義感に燃える者、警察官としての使命感に奮い立つ若者、捜査そのものが好きな者、中には功を焦る者もいたりして、室内は殺気立つほどなのだ。

だが、今日の会議は静かなものだ。その静けさは力の抜けた弛緩とも言えた。この事件には、犯人逮捕という、捜査のクライマックスがない。だから、質問や意見を発する熱意も湧いてこない。報告をし、報告を聞き、その内容を承知するだけなのだ。会議は滞ることなくスムーズに流れていくだろう。

しかし、津由木は他の人間よりも、この事件に深い関心を持っている。だから、事件の流れを系統立てて知りたい。

自分の関わったことは熟知しているが、他人の担当した箇所は穴あき状態なのだ。全体像を知るには、やはり会議や協議である。そして、細部の捜査や調査は個人の熱意と、そのウデにかかってくる。

そんなわけで、津由木は、会議の始まる前から、どんな些細なことも聞き漏らすまいと緊張していた。

やがて、担当刑事から順次報告があり、改めて、事件の推移が浮き彫りになっていった。

《宮本茂　六十五歳》死因　溺死
鼻腔に細かな泡状の水分があり、これは生きた人間が溺《おぼ》れる際に、呼吸した空気と水が混和したもの。
後頭部を鈍器のようなもので三回殴打され、頭骸骨骨折が認められる。脳の損傷状態から、池に落ちなくとも、数分後には絶命したものと思われる。自ら池に落ちたか、松浦郁夫によって押されて落ちたかは不明（池は、物置の西側面より三メートルの位置にある）。

《死亡推定時間》　十月十一日、午後三時から四時の間

《宮本茂殺害の物的証拠》
①堂島家の物置の前に、ハンマーが落ちており、血痕と毛髪が数本付着していた。物置の前から池までのコンクリート上に、直径一センチから二センチの血痕を七点検出。血液型はＡＢＯ方式でＢ型、血痕・毛髪共に宮本茂のものと判明。ハンマーには松浦郁夫の指紋（右手指四本）が克明に付着。松浦郁夫以外の指紋は検出されない。このハンマーは、物置の入り口そばの、大工道具入れの箱の中に入っていたもの。物置の引き戸は開いていた。
②物置の引き戸から、松浦郁夫の新しい指紋を検出。引き戸からは、宮本茂、野村清美の指紋も検出された（野村清美は、ほぼ毎日、物置から掃除道具を出し入れしている。宮本茂は一週間前、堂島新之助の誕生祝いの際、子ども用の椅子を出すために、物置に出入りしている。野村清美と平田小枝子の証言により、そのときについた指紋と断定）。
③物置と母屋の間のコンクリート上に、松浦郁夫のサンダルの跡。跡というよりも、松浦家の玄関にあった、サンダルの底に付着していた成分と同じものが、物置と母屋の間のコンクリート上に付着していた。その成分は、松浦家の小さな花壇の土に混ぜられた消石灰だった。十一日の午前中、松浦家の斜め前の住宅に住む主婦が、二階で掃除機をかけているとき、松浦郁夫が

花壇に入り、土いじりをしている姿を見ている（そのコンクリート上は、十一日の十二時二十分頃、家政婦の野村清美が掃除をしている）。
④松浦郁夫宅の玄関に脱ぎ捨てられた、右足のサンダルのつま先部分に血痕が付着。宮本茂のものと判明。

《目撃証言》
①十月十一日、午後二時三十五分頃、松浦家の隣に住む老人坂口武彦が、犬の散歩から帰ってきたとき、松浦郁夫が堂島家の木戸から喪服姿で出てきた。坂口老人は日頃から松浦と親しく、堂島家の不幸も知っていたので、立ち話風に挨拶を交わした。松浦はすぐに自宅へ入ったが、そのときの松浦に、なんら変わった様子はなかった。
②同日、午後三時二十分頃、松浦家の近所に住む主婦、大原美恵子が買い物に行こうとして、松浦宅の脇の道を通ったとき、玄関の引き戸が開き、喪服姿の太り気味の男が出てきた。顔が赤みを帯びていたので酒を飲んでいるのかと思った。通り過ぎようとして、何気なく振り返ると、喪服姿の男は、堂島家の木戸を入って行くところだった（堂島家の裏木戸は木製の格子戸のような造り。木の枠の隙間から手を差し入れると鍵を開け閉めできる）。そのとき、また、玄関の開く音がして、今度は松浦郁夫が出てきた。松浦は喪服の男を追いかけるようにして、堂島家の木戸を入って行った。松浦郁夫は、紺色のシャツに灰色のズボン。サンダル履きだった。堂島家の木戸と、松浦家の玄関は向き合う位置にあり、その間の道路の幅は七メートルほど。
松浦がハンマーを持っていたかどうかは分からない。

③同日、午後三時四十三分。宅配人の長井という男が、松浦家の隣の三上という家に配達したが、留守だった。長井が不在票に日時を書き込んでいるとき、松浦宅の玄関が開き、男が出てきた。その男が松浦郁夫かどうかは分からないが、歳は六十五、六歳、中肉中背で、紺色のシャツを着ていた。男は特に慌てた様子はなく、松浦家と三上家の間の駐車場に駐車された白い車に乗り、長井の立っている脇をカーブして、すぐに突き当たる道路を左折して走り去った。三上家に残された不在票から直接長井に事情を訊くことができたが、長井は、不在票に日時を書き込むとき、正確に書くタイプで、松浦らしき男を目撃したのは、十一日の午後三時四十三分に間違いないと断言した。

《状況証拠》

①『全て私がしました。松浦郁夫』と書かれた、松浦郁夫直筆の書置き。

②松浦家のダイニングルームのテーブルにあった、飲みかけの二つの湯飲み茶碗。茶碗の縁に付着した唾液から血液型が判明。ひとつはB型で宮本茂、ひとつはO型で松浦郁夫。それぞれの茶碗から、それぞれの指紋が検出された。このことから、被害者宮本茂は殺害される直前まで、松浦宅で松浦郁夫と一緒だった、ということが証明される（目撃者、大原美恵子の証言と一致）。

《動機》　不明（犯行前後の状況から、物取りでないことは明らか）

《松浦郁夫の、宮本茂殺害までの行動》
①十月十一日午後十二時四十分、堂島宅を訪れる。
②午後一時、法要が始まる。法要の間、宮本茂の隣に座り、時折宮本と話をする。
③一時五十分、食堂で会食。
④二時半、宮本と共に堂島家を辞去。
⑤二時三十五分、自宅へ帰る（隣家の老人、坂口武彦の証言）。
⑥三時二十分頃、宮本茂を追いかけるようにして、堂島家の木戸を入る（近所の主婦、大原美恵子の証言）。

《宮本茂　殺害されるまでの行動》
同日、午後十二時五十分、堂島宅を訪れる。堂島家を辞去するまでの行動は松浦郁夫とほぼ同じ。その後の行動は推測となる。
①午後二時半に松浦と二人で堂島家を辞去したあと、宮本はいったん帰ったと思われる。その後、何かの用事を思い出すか、松浦に話したいことがあるかして、引き返し、松浦宅から二十メートルほど離れた有料駐車場に駐車（堂島家を訪れた際は、邸内の駐車場に駐車）。駐車した時間は十四時四十五分。これは、駐車の際、発券機から受け取るチケットに記載されており、チケットは宮本の着ていた喪服の上着のポケットに入っていた。つまり宮本は、堂島家を二時三十二、三分頃出て、五、六分走り、引き返したことになる。駐車した時間から予測して、松浦宅を訪れたのは、午後二時四十七、八分頃。

②松浦宅で過ごした時間は、近所に住む主婦、大原美恵子の目撃証言により、三十分ほどと思われる。
③その後、松浦宅を出て目の前の堂島家の木戸を入る。あとを追うようにして松浦郁夫が堂島家の木戸を入る。

《宮本茂の妻の供述》

夫が松浦郁夫さんに殺されたことは信じられないほどの驚きです。

夫は堂島新之助さんよりも、むしろ松浦郁夫さんと親密だったと思います。最近、松浦さんが体調を崩したようだと案じていました。

堂島新之助さんの自殺にはかなり驚いていました。

その後の一週間、確かに夫は気落ちしていましたが、目立ってふさぎ込んだ様子は見られませんでした。ただ、ときどき何か考え込んでいる風をしていたので、一度、心配事でもあるのかと訊いてみたのですが、なんでもないと言いました。

松浦郁夫さんとの間にトラブルがあったとは思えません。

《堂島貴和子　29歳》　死因　絞殺による窒息死
凶器は柔らかい布、例えば、ネクタイ、風呂敷、スカーフなど。
注　松浦家から押収された喪服用のネクタイ。洋服ダンスにあったそれ以外のネクタイについても検証されたが、凶器とされた痕跡はなし。

《死亡推定時間》　十月十一日、午後三時から四時の間

《堂島貴和子殺害の推測》

①松浦郁夫は、貴和子殺害のため、堂島家の、東側の建物の廊下の端、物置の入り口と斜めに向き合うドアを開けて侵入。廊下を進み、突き当たりのレッスン室のドアを開け、貴和子を襲った。

②堂島貴和子は他の家族と同様、松浦郁夫を信頼している。したがって、松浦がレッスン室に入ってきたときは何の疑いも持たなかったはず。ところが、松浦の思いもよらない行動に動転、反射的に窓際に走った。

《物的証拠》

①宮本茂の場合と同じ。松浦郁夫の、サンダルの底に付着していた消石灰と同じ成分が、物置と母屋の間のコンクリート上に付着していた。場所は、東側建物の廊下へ通ずるドアの下。

②松浦郁夫が、堂島貴和子殺害のために出入りしたと思われるドアの外側に、松浦の左の掌の跡。五本の指の指紋が克明に検出された。そのうち、人差し指と中指の先に、血液が付着。この血液は宮本茂のものと判明。

注　ドアの内側には松浦郁夫の指紋なし。貴和子のレッスン室のドアも、レッスン室内にも松浦の指紋なし。

《目撃者》　なし

《状況証拠》

①松浦郁夫が、堂島貴和子殺害のために出入りしたと思われるドア（東側建物の廊下の端）は常時鍵が掛かっている。十一日も、家政婦の野村清美が十一時四十分頃廊下の掃除をし、鍵が掛かっていることを確認。松浦郁夫は、法要で堂島家を訪れた際、ひそかに東側建物の、廊下の端のドアの鍵を開けておいたと思われる。松浦は十二時四十分から十四時三十分まで堂島家にいたので、そのチャンスはあった。

②松浦郁夫の残した書置き。

『全て私がしました』の、全てとは、宮本茂と堂島貴和子の殺害を示していると思うのが妥当。

《動機》　不明（物取りの犯行でないことは明らか。ピアノのレッスン室に金目のものはなく、失くなっている物品もない）

これらは、署員がまる二日かけた初動捜査の結果である。これに、その日堂島家にいた三人の知人の供述、および、その人たちの行動が加わる。

あのとき、家政婦の野村清美が、水色のタオルのハンカチを口元に当てながら部屋を出て行くと、まもなくして加納拓真が入ってきた。

津由木も田神も、拓真とは十月五日の夜にも会っている。堂島新之助が自殺した日だ。だが、そのときは込み入った話はしなかった。新之助は自殺と判断されていたし、まして、加納拓真は堂島家の人間ではない。拓真も遠慮気味で多くを語らなかった。

ただ、堂島新之助がヒツウチの電話を受け、通話の終わったすぐ後に投身したことに疑問を抱いたようで、それに関しては考えを述べている。あとは、殺害された宮本茂が、五日の夜六時過ぎに、居間の前のテラスを行き来したのを目撃したと話していた。

加納拓真、三十歳、堂島大輔とは子どもの頃から親しく付き合い、堂島家の二階には、拓真専用の部屋がある。職業はG大学の日本歴史学の講師と聞いていた。

拓真は軽く頭を下げ、椅子に腰を下ろすと、津由木の顔にぴたりと視線を当てた。

背はさほど高くないが、筋肉質のがっしりした体格をしている。肌の色が浅黒く、一見、スポーツインストラクターのような印象を持つが、少し窪んだ目が思慮深く理知的で、締まった唇から発する声は、低く深く量感があった。口調はゆったりしているのに歯切れがいい。

(なるほど、やはり大学の先生だ)

五日の夜、そんな風に感じたことを思い出しながら津由木は口火を切った。

「親しくしているお宅が度重なる不幸に見舞われ、ご心痛でしょう。また、加納さんは偶然にも五日も十一日もこのお宅にいらした。なんとも不思議なめぐり合わせのようなのですが、ひとつ、ご協力ください」

拓真が軽く顎を引いた。

「二時半に会食が終わるまでは、だいたい皆さん行動を共にしています。そこで、二時半から事件発生までの加納さんの行動、そして見たこと、聞いたことを話していただきたいのです」

拓真は再び頷き、

「二時四十分を少し過ぎた頃、大輔君と一緒に二階へ上がりました。いつも使わせてもらっている部屋へ入ろうとしたとき、貴和子さんの部屋のドアが開き、表紙の絵が上がったから見てほしいと言われました」

表紙とは、あかりの描いたプログラムの表紙であることは分かっていたが、津由木は目で説明を促した。

「表紙というのは、貴和子さんが講師をしている音楽教室の、ピアノ発表会のプログラムの表紙のことです。絵はあかりさんが描き、印刷は私が担当しています。ここ数年、なんとなくそんなようになっているのです」

「あなたと貴和子さんは恋人同士だったのですか？」

拓真がびっくりしたように目を見開き、津由木の顔をじっと見つめた。隣の田神修司のの体が微かに動き、顔を津由木に向けるのが分かった。その視線を頬に感じている。

「違います」

拓真が落ち着いた声で否定した。

「そうですか。続けてください」

「貴和子さんの部屋にいたのは四、五分です。それから自分の部屋に入り、かるくシャワーを浴びて、新之助氏の部屋へ行きました。三時頃だったと思います」

津由木は拓真の話を聞きながら、頭の中ではめまぐるしく時間の推移を考えていた。

仮に、拓真が貴和子の部屋を二時四十五分に出たとすると、拓真には約十五分間、一人の時間があった。二時四十五分から新之助の部屋を訪れた三時までである。そして、その事実はそのまま大輔の行動に反映してくる。

二時四十分少し過ぎに二階の廊下で拓真と別れ、自室で着替えてから新之助の部屋へ行ったと言う大輔は、二十分近くの間、一人だったことになる。二時四十分過ぎから拓真が新之助の部屋を訪れ、大輔と合流するまでの時間である。

これまでに、拓真を含め六人に聴取をしたが、少なくとも、そのうちの四人には二時四十分から事件発覚までの間、一人の時間があった。大輔、あかり、清美、拓真である。

犯人は分かっている。松浦郁夫だ。

逃亡中の松浦にはすでに緊急配備がしかれている。そして、貴和子は三時三十五分まで生きていた。それなのに、条件反射のように、参考人のアリバイを意識するのは刑事の習性なのかもしれない。

隣の田神修司はしきりとメモをしている。本当にメモの好きな男だ。

「新之助氏の部屋で、大輔さんとどんな話をしたのですか」

「大輔君の結婚が延期になるようでしたので、そのことを話しました。あとはとりとめのない雑談です。新之助氏には子どもの頃からたいへんお世話になりました。五日の夜のことは、私にとってもたいへん衝撃的なことだったのです。ですから、新之助氏の遺影の前で思い出話をしました。それが供養になると思ったからです」

「一階に下りたのは何時です？」

「三時三十五分頃です」

「そのとき、ピアノのレッスン室からピアノの音は聞こえましたか」

「はい、居間への廊下を歩いているときに聞こえました。曲は、ショパンのワルツ、作品64の2でした。この曲は、貴和子さんがピアノの発表会で、講師として弾く曲だったのです。会食の後でそう話していました」

拓真はそう言うと、胸のつかえを払うように小さく咳をし、次には忙しげに瞬きをした。常に冷静で落ち着いている拓真にしては珍しい表情だった。

「居間に入ってからはどんなでした」

「サッカーを観ようとソファに座ってまもなく外の異変に気づきました。三時五十五分頃だったと思います。桐生さん、大輔君、私の三人で玄関を飛び出し、池に走りました。桐生さんが池に入り、浮いている人を持ち上げました。そのとき宮本茂さんだと分かりました。私は家に引き返し、警察に電話をしました」

津由木は頷いて先を促した。

拓真は津由木と同じように頷き、再び咳をした。そのあと、口を一文字に結び大きく呼吸をした。

「――警察への電話を済ませ、外に出ようとしたとき、不意に、変だなと思いました。なぜそう思ったのか分かりません。とにかく変だと思ったのです。そのとき、ロビーには女性が集まっていました。私は振り返ってみんなを見ました。苑子さん、あかりさん、香苗さん、小枝子さん、野村清美さんがいました。貴和子さんがいませんでした。私が変だと思ったのは、貴和子さんだけがいないことの違和感だったと思います」

「なるほど。そのとき、ピアノの音はどうでした？」

「聞こえませんでした。これは、そこにいた全員が知っています。私は急に胸騒ぎがして、二階へ駆け上がり、貴和子さんの部屋を開けました。貴和子さんはいませんでした。すぐ下に降り、レッスン室へ走りました。ドアを開けた瞬間、ピアノの向こうに倒れている貴和子さんの姿が目に飛び込んできました。それからのことは無我夢中でよく覚えていません。ただ、貴和子さんを抱き起こしたとき、首に赤紫のひも状の痕があり、その周りにつめで引っかいたような傷が何本もあったことだけは鮮明に覚えています」

「レッスン室に初めに入ったのはあなたということですね」

拓真が首を傾げるようにしてテーブルの端に目を当てている。しばらくそうしていた拓真が顔を上げ、津由木を見つめたあと、もう一度首を傾げた。

「――よく覚えていません。ただ、貴和子さんを抱き起こしたのは私ですから、私が最初に入ったのかもしれません。あ、いえ、私です。ドアをノックしたのもドアを開けたのも私ですから、私が最初に部屋に入りました」

「なるほど。すでにご存じのように松浦郁夫さんの姿が見えません。断言はできませんが、いわゆる、逃亡中ということが考えられます。あなたは、松浦さんをよく知っていたのですか？」

「こちらにはよく出入りさせていただいていますが、松浦郁夫さんとはほとんど面識がなかったのです。一週間前に新之助氏のご不幸があり、そのあと、何回か会うことがありました。とても実直そうで温厚で、今回の犯行に関わっていたなど、信じがたい気がしています」

「そうですか。ところで、水音を聞きませんでしたか？」

「水音？——宮本さんが池に落ちたときの音ということでしょうか？」

「そうです」

拓真は察しがよかった。これまでの参考人は、水音と言われても、誰もが一瞬怪訝な顔をしていた。その点、拓真はすぐに宮本茂が池に落ちたときの音に結び付けている。

「聞いていません。ただ、私は宮本さんが帰られた後、二階へ上がっています。私の出入りした部屋はどの部屋も窓が閉まっていましたから、聞こえなかったのかもしれません」

「居間や食堂の窓はどうでした？」

「閉まっていたと記憶しています」

東側建物の、ドアの鍵についての質問には、

「私がこちらの棟に来ることはありません。廊下の端にドアがあることは知っていますが、鍵のことはまったく分かりません」

拓真が一礼して出て行った。ドアが閉まるとさっそく田神が言った。

「どうして、貴和子の恋人か、などと訊いたんですか。何か情報が入ったんですか？」

「思いつきだよ。単なる思いつき」

「思いつき……」

「友達の妹と恋愛関係になり、そのまま結婚。よくある話だろう。片やピアノ講師、片や大学の

先生。年頃もちょうどいい。似合いのカップルだと思わんか？」

「そう言われてみれば、そうですね。で、津由木さんはどう感じたんです？」

「分からん」


水谷香苗が入ってきた。

初七日のあと、という配慮なのだろう。茶系のセーターという地味な装いをしているが、どんな装いをしても、華やかな雰囲気を感じさせる女性だ。その理由は顔立ちなのだろう。老舗の和菓子屋の娘と聞いているが、それにしては、日本人離れした彫の深い顔立ちだった。歳は二十七歳。大手家具メーカーのＤ家具センターに勤務。企画デザイン課に在籍し、職業は家具デザイナー。堂島大輔の婚約者である。

香苗はお辞儀をして椅子に座ると、顔を津由木に向けた。物怖じしない堂々とした態度である。

「水谷さんは家具デザイナーと聞きましたが、専門は何ですか？」

「椅子です」

「ほう、椅子――」

椅子のデザインと言われても津由木にはぴんとこない。椅子といえば、身近にある一般の椅子しか思い浮かばない。今座っている何の変哲もない布張りの椅子、津由木の家の食卓の椅子、学校の椅子、署内のパイプ椅子。そんな殺風景な椅子と、目の前にいる水谷香苗がマッチしなかった。香苗はいかにもセンスのいい若い女性、という雰囲気を持っている。

津由木の質問に香苗が答えた。

「会食が終わったあと、平田小枝子さんと一緒にゲストルームへ引き上げました。二時四十分近かったと思います。喪服を着ていたので普段着に着替え、小枝子さんと二人でおしゃべりしました」

「ずっと平田さんと一緒でしたか？　つまり、二時四十分から、事件発生までです」

「はい一緒でした。三時半からは、あかりさんも合流しました」

津由木は頷き、

「あかりさんが来るまで、二人でどんな話をしたのです？」

「主に、お互いの仕事の話でした。小枝子さんとは、大輔さんのお父さまの誕生日に初めて会いましたが、美術館で、展示会の企画やその準備をすることが仕事と聞き、ちょっと意外な気がしました。小枝子さんは清楚で控えめで、キャリアウーマンというよりも、結婚したての新妻という感じがしたからです」

「平田小枝子さんは独身ですよね」

「はいそうです。ですから、不躾と思いましたが、好きな人がいるんじゃないの？　結婚が近いんじゃないの？　と訊いてみました」

大胆な娘だ、津由木はそう思った。平田小枝子と初めて会ってからまだ一週間。それも二、三回しか顔を合せていないだろう。それにしては思い切った質問をしている。訊きたいと思うことは訊く。やりたいと思うことはやる。香苗はそんな行動力の持ち主らしい。

香苗が言った。

「小枝子さんは軽く否定して笑っていました」

「そうですか。ところで、女性三人で庭に出たようですね」

「はい。三時半にあかりさんが迎えに来ました。これは、会食が終わったときに約束していたことなのです。あかりさん、小枝子さん、私とで庭を散歩することになっていました」

「そのとき、ピアノの音は聞こえましたか」

「聞こえました。三人で廊下を歩いていたときです。貴和子さんは集中できない様子で、同じところを何回も繰り返して弾いていました」

「それからどうしました？」

そのとき、香苗の表情が強張った。今まで津由木の顔をじっと見つめていた大きな目がつと逸らされ、その目はクローゼット横の壁の一点に当てられている。唇を引き締め、何度もつばを飲み込むようにした。そのたびにシャツの襟元からのぞいている、柔らかそうな喉が動いた。

「――庭でコスモスを切ったのです。あかりさんが居間のお花を替えたいというので、私と小枝子さんが手伝いました。コスモスを切り終え、家に入ろうとして歩き始めたとき――」

「ええ、歩き始めたとき？」

「小枝子さんが突然立ち止まり、緊張した顔をして指をさしました。小枝子さんの指の先を見ても、初めはなんだか分かりませんでしたが――」

香苗はもう一度ごくりと喉を動かした。

「池に誰かが浮いていると分かりました。そのとき私は叫び声を上げたように思います、すぐにあかりさんが池に向かいました。今度はあかりさんが悲鳴を上げました」

香苗の息遣いが激しくなり、瞬きを繰り返している。津由木は香苗の感情の静まるのを待った。隣の田神も体から力を抜いたようだ。微かな吐息が聞こえた。

「私と小枝子さんの通報で、男の人たちが外に飛び出してきました。そのあとすぐ、加納さんから、池に浮いていたのは宮本茂さんだと聞きました。加納さんが警察に通報しました」

「それから?」

「玄関を出ようとした加納さんが、貴和子さんのいないことに気づき、同時にピアノの音が聞こえないことにも気づきました。そのあとすぐ、貴和子さんの事件の発覚になったのです。四時ちょっと過ぎだったと思います」

「あなたは、松浦郁夫さんについてどの程度知っていますか?」

「こちらには、度々伺っていますが、松浦さんとは、面識がありませんでした。この一週間で、何回かお会いしましたが、話したことはないのです。ただ、お見かけした限り、とても温厚そうで、殺人などという、恐ろしいことのできるような人には思えません。それが正直な気持ちです」

「そうですか。ところで、水音を聞きませんでしたか?」

「水音?」

「宮本さんは池に浮いて死んでいたわけですから——」

「ああ……」

香苗は、思い出そうとするような顔つきをしたあとで、聞いていない、と答え、

「部屋には小枝子さんもいたのですから、水音がすればどちらかが気づいたはずです。そんな音

はしませんでした」と、付け加えた。

「窓は閉まっていたのですか?」

香苗はしばらく首を傾げて、「閉まっていました」と、答えた。

廊下端のドアの鍵に関しては、

「こちらへは何回も伺っていますが、ゲストルームを使わせていただいたのは、一週間前の、おじ様の誕生祝の日が初めてだったのです。あの日も、平田さんと一緒でしたが、私は廊下の端にそういうドアがあることも知りませんでした」


平田小枝子、二十八歳。

目の前にそっと座った小枝子は、特徴のないのが特徴というような女性だった。

苑子、あかり、香苗には、そこにいるというだけで、もちまえの存在感がある。つまり、個性的なのだ。野村清美にしても、中年女性特有のパワーが、その容姿や顔つきから滲み出ていて、それなりの存在感だった。

ところが、平田小枝子にはこれといった特徴がない。中肉中背。顔の作りもちんまり整っているというだけ。たぶん、あとで思い出そうとしたとき、眼や鼻や口はどんなだっただろうと首をひねるだろう。

だがよく見ると、眉の形が綺麗で、一重まぶたの目には知的な張りがある。それに肌が白い。不思議なもので、個性的な女性が多いなかで、あまり特徴のない、地味だが清楚な顔立ちの小枝子が、かえって引き立って見える。

津由木には、目の前で俯いている小枝子がとても新鮮に思えた。こういう雰囲気の女性のことを、今風の言葉で癒し系の女《ひと》、というのだろうか。

聴取に入る前に、津由木はそんなことを思った。

だが、この平田小枝子が学芸員という、一般にはあまり馴染みのない、それこそ個性的な仕事をしているのだ。勤務先のP美術館での業務内容は、資料の管理や美術展示会の企画、展示会の準備、既存展示物の修正などだという。津由木には、その仕事の具体的なイメージが浮かばなかった。

「平田さんは、こちらのあかりさんとは職場で知り合ったと聞いているのですが、いつごろのことですか」

小枝子がゆっくり顔を上げた。

「四年ほど前になります」

「何がきっかけだったのですか?」

「あかりさんが就職してまもなくの頃、アメリカのクリーヴランド美術館から、ロメール・ラコー嬢の肖像画が届いたのです」

「ロメール……」

「ルノアールのロメール・ラコー嬢の肖像画です」

「あ、ルノアール」

「はい、期間限定の展示絵です。そのような場合、休館日に展示の作業をするのが普通なのですが、その日はたまたま日曜日の閉館後に準備しました。日曜日はあかりさんの出勤日なのです。あかりさんは、ラコー嬢の肖像画が入館し、展示の作業があることを知って、見に来たのです。私たち美術館に勤務する者は、開館前や閉館後に、ただで美術品が見られることが役得なんです」

津由木は絵のことはまったく知らない。ルノアールという名前の画家がいることくらいは知っているが、作品名は分からない。隣でメモをとる田神は知っているかもしれない。

津由木はちらりとそんなことを思った。

「なるほど。それで？」

「あかりさんもルノアールが好きだということで、親しく話しました。それがきっかけです」

「そういうことですか。こちらへはよくいらっしゃるんですか？」

「そうですね。あかりさんがあまり外出を好みませんし、あかりさんの本来の仕事場は自宅ですから、ときどきお訪ねします」

耳に心地いい声だった。トーンが低く澄んでいて、落ち着いた話し方をする。

「五日と今日と立て続けでしたから、驚かれたでしょう」

小枝子が、「はい」と答えて目を伏せた。

「水谷さんと一緒に、二時四十分近くに、ゲストルームに引き上げたということですが、水谷さんとはどんな話をされたんですか？」

「私の美術館での仕事の話や、香苗さんと堂島大輔さんの結婚について話しました。会食の後で、結婚が延期になるかもしれないという話が出たものですから」

「その間に、水音を聞きませんでしたか」

突然話が飛んだので、小枝子は一瞬目を見張ったが、すぐに「聞いていません」と、答えた。

「三時半にあかりさんが来たことは確かですか?」

「はい。これは約束してあったのです。あかりさんが来たのは三時半ちょうどでした」

「で、すぐに散歩に出た、ということですね」

「そうです」

「そのとき、ピアノの音は聞こえましたか」

「はい、廊下を歩いているとき聞こえていました。私は、何の曲か知りませんでしたが、あかりさんが、ショパンのワルツ7番だと教えてくれました。貴和子さんは、納得ができないのか、何回も同じところを繰り返し弾いていました」

「外に出てからのことを話してください」

「玄関を出るとすぐに、野村清美さんが木戸から自転車を押して入ってきました。苑子さんに頼まれて、松茸と柚子を買いに行ったと言っていました。そのあと、三人でたわいないおしゃべりをしながら小菊を見たり、コスモスを切ったりしたのです」

「それで?」

小枝子はしばらくじっと津由木を見ていたが、その目をテーブルの端に当て、大きく息を吸い込んだ。唇を少し開き加減にしてゆっくり吐いている。

そのあと、何かを決心するかのように、顎を引き、目を津由木の顔に戻した。

「コスモスを切り終わり、家の中に入ろうとして体の向きを変えたとき、何気なく前方を見ました。竹垣越しに池が見えるのですが、池の左端、東側の建物寄りの水面に黒い物体が浮いているのが見えたんです。それは池の面積と比較して、とても大きく見えました。その物体が人だということはすぐに分かりました」

小枝子の口調は落ち着いていた。なかなか気丈な人だ、と思いながら先を促した。

「なぜかというと、頭の両脇に万歳をしたように腕があり、その先から白い手が見えていたからです。その人は、花壇のほうに向いてうつぶせに浮いていました。とたんに私は声が出なくなり、ただ、指をさしていたように思います。私の隣にいた香苗さんが先に声を上げました」

「それからどうしました?」

「あかりさんが池に向かったので、私も小枝子さんもあとを追いました。池の縁で立ち止まったあかりさんが悲鳴を上げました。私と小枝子さんは、玄関に走り、人を呼びました」

「それから?」

「——よく覚えていないのです。加納さんが警察に電話を掛けたのは分かりましたが、どんな風に話したのか分かりません。その頃から、頭の中に万歳の格好をした黒い人型が張り付いてしまったようで、恐ろしくて何も考えられませんでした」

「それから貴和子さんのことになったのですね」

「そうです。電話の終わった加納さんに言われて、初めて貴和子さんのいないことに気づきました。そのときは、ピアノの音は聞こえていませんでした。午後四時五分くらい過ぎていたと思います」

「レッスン室の中は、どんな風だったですか」

「よく覚えていません。とにかく人でいっぱいだったように思います。いろんな声が聞こえていて——」

小枝子の声が詰まった。小枝子は唇を震わせながら深呼吸をした。

「——いろんな声の中で、加納さんが叫ぶように貴和子さんを呼んでいました。それは覚えています。私は、貴和子さんの顔は見られませんでした」

「そうですか。ところで、あなたは松浦郁夫さんを知っていましたか?」

「いいえ、知りませんでした。堂島新之助さんのご不幸のとき、初めて会いました。それから何度かお会いしましたが、挨拶を交わす程度で、話をしたことはありません。ただ、お見かけした限りでは、朴訥とした温かみのある人柄と思っていました。松浦さんの持つ雰囲気と犯罪とが結び付きません」

廊下端のドアの鍵に関しては、

「ドアのあることさえ知りませんでした。ですから、鍵のことも分かりません」

平田小枝子はそのように答えて俯いた。

捜査会議で明らかになったのは、これだけだった。

津由木は、ふっと一息ついた。神経を研ぎ澄まして聞いていたので疲労を感じている。だがその結果は、やはり分かりやすくなった。

それが津由木の感想だった。

「というような、状況です。何か意見や質問があったら出してください」

副署長の工藤恒彦が、目の前に居並ぶ刑事たちを見渡した。

津由木哲夫は少しざわつき出した室内を見回した。嶋謙一が少し離れて座っている。ずいぶん難しい顔をしていた。何か質問でも発しそうな顔つきだった。

津由木がそう思った直後、嶋の声が聞こえた。

隣の田神修司が、高い上半身を起こして嶋のほうを見た。

「宮本茂殺害の加害者は松浦郁夫。これは間違いないでしょう。ですが、堂島貴和子の殺害については、結論を出すのは早いと思うのですが」

「理由は?」

「物証も状況証拠もない。それが現実だと思うからです」

「ということは、宮本茂を殺害した人間と、堂島貴和子を殺害した人間は違う、というわけかね」

「そこまではっきりとは言えません。ただ、宮本茂の場合は、物証も状況証拠も目撃証言も充分すぎるほどです。それに比べて堂島貴和子の場合は全て、憶測です。二人の人間をほぼ同時刻に殺害しているのに、片方は証拠がてんこもり状態で、片方は皆無というのは不自然に思います」

「私は皆無とは思っていないが」

「確かに、皆無は言いすぎかもしれません。それにしても、堂島貴和子の場合は、どれも憶測の域を出ていないのは事実だと思います」

「松浦郁夫の書置きの、『全て私がしました』。この、全てを、君はどのように解釈しているのかね」

嶋が黙り込んだ。

そんな嶋を一瞥《いちべつ》したあと、工藤副署長は、顔を正面に向けた。

「嶋君の意見に対して、誰か別の意見を持つ人は？」

渡辺という、嶋よりも少し若い刑事がすぐに反応した。

「自分も、嶋さんの意見に同意する点はあります。それに、同一犯人なのに、殺害方法が違うことも気になっています。しかし、書置きの中の『全て』は、宮本茂と堂島貴和子以外には考えられません。もし、犯人が別々にいるとなると、同じ屋敷内で、ほぼ同じ時刻に、二つの殺人事件が二人の犯人によって、偶然行われたことになり、それこそ現実離れしてきます。仮に犯人が二人いて、もし、偶然ではないとすると、犯人同士が示し合わせて凶行に及んだことになるわけですが、では、もう一人の犯人は、どこへ消えたのでしょうか――」

「前置きはそのくらいにして、本題を具体的に説明してください」

渡辺刑事の滑らかな弁舌に、工藤が水をさした。

渡辺刑事は、ふっと息を吐くようにしたあと、姿勢を正すようにして続けた。

「松浦郁夫の書置きの『全て』とは、宮本茂と堂島貴和子の二人。これを前提に考えると、憶測と思われる全てが状況証拠に変わってきます。一点は、もちろん、松浦直筆の書置きそのものです。もう一点は、松浦郁夫には、初七日の法要で堂島家を訪れた際、東側建物の廊下の端にあるドア、このドアの鍵を開けておくチャンスがあったということです。野村清美が十一時四十分頃に廊下を掃除したときには、鍵は掛かっていたと断言しています。では、誰が何のために鍵を開けたのでしょうか。あの日、堂島家にいた誰一人として、鍵に注意を向けていた人はいません。堂島家の人間は、ドアの鍵は家政婦の野村清美に任せきりでまったく無関心。また、堂島家を訪れていた人は、ドアの存在さえ知らないようです。ところが松浦郁夫は、東側建物の端にドアがあることを知っている。毎日、その前を通って堂島家へ出入りしていたのです。そして松浦は、十二時四十分から十四時三十分まで堂島家にいました。だから、ひそかに鍵を開けておくチャンスがありました」

そこまで聞いて、嶋が反論した。

「しかし、宮本茂に関しては明らかに衝動殺人です。最も重要な凶器さえ、物置の中にあったハンマーを使っています。これは、宮本茂を追いかけながら、思わず物置を開けてハンマーを持ち、凶行に及んだことを示しています。その他の、状況証拠、目撃証言、どれを取っても計画性がまったく感じられません。ところが、堂島貴和子の殺害になると、事前に、東側建物の、廊下端のドアの鍵を開けておき、その上、ドアにもピアノレッスン室の現場にも、指紋を残さないように気を配っています。松浦は、左手の指先が血で汚れていました。それは、ドアの外側に残った掌の痕で分かります。血のついた手のままレッスン室を襲ったにもかかわらず、室内には松浦が侵入した痕跡がまったくない。屋外の犯行現場と、屋内の犯行現場の状況が極端に違うのです。これはたいへん不自然です。それに、渡辺さんが冒頭に言ったように、宮本は殴打、貴和子は絞殺。二つの殺害方法が違うということも重要な矛盾点だと思います」

渡辺刑事が間髪をいれずに言った。

「嶋さんの今の意見を、そのまま受け入れればいいのではないでしょうか」

室内が一瞬どよめいた。渡辺刑事は周りの反応を全身で感じ取ったようだ。乾いた唇を舌で湿し、自分に勢いをつけるかのように肩を上下させて深呼吸した。

「そっくりそのまま受け入れるのです。つまり、貴和子は計画殺人であり、宮本は衝動殺人であることを事実として受け入れるのです。松浦郁夫には、何らかの理由で貴和子殺害の動機があった。殺害実行に当たっては、不自然でなく堂島家へ出入りできる堂島新之助の初七日の日と決めていた。これが、東側の廊下のドアを事前に開けておくことへと繋がるわけです。そのことを基本に考えれば、矛盾も不自然も解消されると思います。ここからはそれこそ推測になりますが、松浦は法要が済み、二時三十五分頃、自宅に戻った。そして、計画していた時間の来るのを待っていた。それはたぶん、法要の済んだすぐあとでは、全員が居間にいる可能性が高いと思っていたのでしょう。そこへ思いがけず、帰路に就いたはずの宮本茂が引き返し、松浦宅を訪れた。宮本が何のために引き返してきたのか、その後、二人の間でどのような話があったのか、想像するのさえ困難ですが、とにかく、松浦宅を訪れた宮本は、松浦の異変に気がついた。大胆に想像を膨らませると、松浦がとんでもないことをしでかそうとしていることを察知した。もしかすると、何か決定的な証拠を見たのかもしれません。例えば、貴和子殺害を記した遺書のようなものです。松浦にとって、宮本の訪問はあまりにも思いがけないことだったから、当然無防備だった。そう思えば、こういう想像も、あながち荒唐無稽とはいえません。驚いた宮本は説得に努めた。だが、松浦は応じなかった。そこで宮本は、松浦の行為を阻止する手段として堂島家へ向かった。たぶん、思いとどまらなければ貴和子に言う、とでも言ったのでしょう。それからあとのことは、近所の住人、大原美恵子の目撃証言の通りです。午後三時二十分頃、宮本が先に堂島家の木戸を入り、それを追いかけるようにして松浦が木戸を入った。その直後に第一の犯行が行われた。松浦は物置にあったハンマーで宮本を殴打したのです。たぶんそのとき松浦は、貴和子殺害のための凶器をシャツかズボンのポケットに用意していたと思います。軟らかい布です。だが、それでは肥満体の宮本を絞殺するのは困難と判断したのかもしれません。あるいは、気が動転していたために、ポケットに凶器のあることを忘れ、物置をあけてハンマーを持ち出した。犯行の終わったのが三時二十二、三分頃。そのあと、建物の陰に身を潜めて屋内の様子を窺い、三時三十五分頃、東側の端のドアを開けて堂島家の屋内に入った。このあとは先の捜査報告の通りです」

そのとき、後ろのほうに座っていたごく若い刑事が手を挙げた。

「さっき、嶋刑事が言いましたが、貴和子殺害の直接的な物証はありません。物置と母屋の間のコンクリート上にあるかのように報告されていますが、それは、宮本殺害の物証であって、貴和子殺害の物証と断言することはできないと思います。屋外には山ほど物証を残しているのに、屋内における貴和子殺害時に証拠を残さない努力をしていることに矛盾を感じるのですが」

「それは、貴和子殺害は松浦ではないという意見かね」

工藤恒彦が少し角のある言い方をした。

「そうでは、ありません。渡辺刑事の考えを聞きたいのです」

工藤副署長が渡辺刑事を促した。

「自分は殺人を犯したことがないですから、そういう異常な行動のあと、どのような精神状態になるのか想像もできません。ただ言えることは、松浦にとって宮本殺害は降って湧いたような凶行だったということです。かたや、貴和子の場合は計画殺人。松浦は何度も確認し復唱し、頭の中に手順を叩き込んだはずです。たとえ、突発的な第一の殺人を犯したあとだからとはいえ、自暴自棄になり、屋内で無造作に振る舞うとは思えません。貴和子殺害のときには自然の防御本能が働き、計画通りに行動したのだと思います。それに、状況的に屋内に痕跡を残さないことは、それほど困難とは思えません。この場合、指紋ということになりますが、それこそ、布切れ一枚あれば可能です」

質問者の若い刑事が頷き、

「もう一点、訊きたいのですが」と言って、工藤副署長を見た。

工藤が小さく顎を引いて了解した。

「宮本茂は溺死です。つまり、殴打されたあと池に落ちて死に至ったわけですが、宮本茂が池に落ちた際、当然水音がしたはずです。ところが、関係者の事情聴取では誰も水音を聞いていません。この点はどのように考えられるのでしょうか」

渡辺刑事が工藤副署長の顔を見た。副署長が頷いた。

「確かにそれは自分も不思議に思いました。そこでいろいろ推理したのですが、宮本は松浦に突き落とされたのではなく、瀕死の状態でふらふら歩き、池に崩れ落ちた。だから、水音はそれほど大きくなかった。それに、聴取によると堂島家の窓は全て閉まっていたようです。そういう状況では水音が聞こえなくとも、さほど不自然とは思えないのですが、どうでしょうか」

質問者の刑事が、なるほど、というような顔をし、工藤副署長に目礼した。

誰もが感心したような顔をしている。確かに渡辺刑事の説明に無理は感じられない。犯人逮捕のクライマックスはなくとも、やはりそこは、皆刑事である。仲間の仕事ぶりには興味がある。

工藤副署長が嶋謙一に目を移した。

「嶋君、渡辺君の意見に反論がありますか？」

嶋がすぐに手を挙げて意思を示した。

「貴和子がピアノのレッスン室にいなかった場合はどうするつもりだったのでしょうか。貴和子がピアノのレッスンをすることは、松浦と宮本が辞去した後に、貴和子が皆に話しているのです。だから、松浦はそれを知りません」

「その場合は、貴和子の二階の自室を襲ったと思います。というよりも、松浦は、貴和子は二階の自室にいる可能性が高いと思っていた。初めからそのつもりであった。あの家の造りは、東側廊下のドアから屋内に入ってしまうと、誰にも見られないで、二階の貴和子の部屋へ行くことはそれほど困難ではありません。食堂と居間のドアが閉まっていれば可能です。ところが、ドアを開けるとピアノの音が聞こえた。松浦にとってはたいへん都合がよかったということです。三時三十五分という時間は、堂島大輔と加納拓真が二階から下りてきた時間と重なりますが、一分の差があれば、双方は出会いません」

「貴和子殺害の動機は？」

そう問う嶋賢一の顔は、赤みを帯びてきていた。

「嶋君、今は動機について協議しているわけではない」

工藤副署長がぴしゃりと言った。

「渡辺君は、君から出た疑問点について意見を述べたのだ。君は、堂島貴和子の加害者を、松浦郁夫と結論づけるのは早いと言った。その理由として、宮本の殺害は衝動的、貴和子の殺害は計画的。殺害方法が違う。屋内外の現場状況が違う。このような点から、貴和子殺害を宮本の犯行と結論づけるのは早計と思ったわけだろう。それに対して、渡辺君が、君とは違う視点から意見を述べたのだ。君は途中から、軌道から外れた質問をしているように思えるが、論点を見失わないように」

嶋謙一が黙り込んだ。

「それでも異論がありますか、渡辺君の推理に」

「いえ――今のところは」

嶋刑事が力なく答えた。

「他の諸君は、どうですか?」

反論者も異論者もいなかった。

「私も、渡辺君の推理に無理はないと思います。貴和子殺害には何らかの動機があり、計画した上での犯行だった。だが、宮本茂の場合は突発的な衝動殺人。このように考えれば、ここにいる多くの皆さんが気にかけている、二人の殺害方法が異なることも、現場の状況が著しく違うことも頷けるわけです。そうなると、コンクリート上に付着していた、松浦家の花壇の土に含まれている消石灰は、宮本と貴和子、両名殺害の物的証拠となります。つまり松浦は、予想外の宮本の訪問によって、心ならずも二人の人間を殺してしまった。このことが、書置きに書かれた『全て』に繋がっていきます」

そこまで言って、工藤副署長は会場を見渡した。咳ひとつする者もいない。誰もがおとなしく上司の話に耳を傾けている。だが、工藤副署長の話す内容は、渡辺刑事の述べた推論をなぞりながら確認しているだけである。そのことを誰もが承知しながら神妙な顔つきで聞いていた。工藤は満足げに続けた。

「松浦の書置きの、『全て』の解釈は、宮本茂と堂島貴和子両名の殺害を指しています。このことに疑いの余地はありません」

工藤副署長の長い確認説明が終わり、ようやく、行き着くところへ行き着いた。この、『全て』の解釈のために費やした時間のようなものだった。

「――他に何か意見は」

誰からも意見はなかった。

工藤副署長が、津由木哲夫に目を移した。

「津由木さんは、十月五日の堂島新之助自殺のさい、彼の手帳の、十月十六日のページに書かれた『松浦に300万』という文言を気にしていたようだったが、先ほどの、清水君の報告で解決できたと思いますが。どうです？」

津由木は、「ええ」と頷いた。これに関しては異論を挟む余地がない。

「そうですね。松浦は、堂島新之助だけには自分が癌であることを知らせた。これは仕事に関係してくることだから当然です。文言の書き込んであった場所は、十月十四日から二十日のページのメモの欄。そして、十六日を丸で囲んであった。この日は松浦の手術の日です。松浦が医師から癌の告知を受けたのが九月二十五日。松浦は数日考えた後に、やはり堂島だけには知らせる必要があると判断した。それを知らされた堂島は、手術の予定日を丸で囲み、手術および入院治療に掛かる費用として、三百万円用意するつもりでいた。何しろ、松浦は三十年以上堂島建設に勤務した人物です。それも社長つきの運転手。それを思えば特に不自然とは思えないし、もしかしたら、一時、立て替えるつもりだったのかもしれない。それはともかくとして。松浦から事情を聞いた新之助は、十六日を丸で囲み、その横に『松浦に３００万』と書いた」

工藤副署長は、自分の考えに満足したように一人で頷き、もう一度津由木を見た。津由木と目が合うと、今度は室内に居並ぶ二十人の刑事を見渡した。

「次に進みます。松浦郁夫の、堂島貴和子殺害の動機について意見を出し合ってみたいのですが、これがはなはだ困難で――」

工藤恒彦がそこまで言ったとき、室内に放送が流れた。皆がスピーカーに目を向けた。その内容は、松浦郁夫の遺体発見を知らせる放送だった。

全員がいっせいに立ち上がった。

津由木は嶋謙一のそばに行き、肩を叩いた。

「気にするな。俺も納得していない。みんな、事件の上っ面《つら》だけをなぞって納得した気になっている。そもそも会議全体に覇気がない。犯人が分かっていて、すでに死亡していると思っているから士気が上がらないんだ。現実にそうなったがね。しかし――必要な材料は出揃ったように思う」

田神修司も嶋の隣に立ち、真剣なまなざしで津由木を見ていた。

嶋謙一が苦笑いしながら頷いた。

堂島貴和子を殺したのは松浦郁夫ではない。

我々は、とんでもない間違いをしようとしている。

津由木はそう思いながら駐車場へ向かった。

多忙な署員

十月十五日の夜、津由木哲夫、嶋謙一、田神修司の三人は、渋谷駅近くの居酒屋へ行った。七時過ぎだったが客は六割がただった。空席があちこちに目立つ。三人は隅の六人掛けのテーブルを確保することができた。テーブルは大きいほうがいい。幸い、近くのテーブルに客はいなかった。

まずはビールを注文し、なんとはなしにグラスを合わせた。

津由木が思った通り、松浦郁夫の自殺体は、中央線沿線の高尾山の山中で見つかった。松の木の枝に紐を掛けての縊死《いし》だった。

遺体の下に懐中電灯が落ちていた。十月も半ば近くなれば、日の暮れるのが早い。闇の中で縊死を遂げるために懐中電灯を使ったのだろう。

近くの住人二人が、きのこ狩りに山中に入り、発見したものだが、松浦の乗用車は、農道と呼ばれる狭い道から五十メートルほど山林に入ったところに止められていた。雑草が高く生い茂っているため、道路から車体が見えない。そんなことで発見が遅れたようだった。

衣類にも、遺体の付近にも、車の中にも遺書はなかった。

遺体の状況から、死後四十時間以上経過しており、死亡推定時間は、十月十一日午後四時から午後八時の間と推定された。死亡時より時間がたっているので、どうしても、推定時間の幅が広くなる。

十月十一日、宅配人が午後三時四十三分に車で走り去る松浦郁夫らしき人物を目撃しているので、その時刻から計算すると現場に着いたのは、午後六時前後と思われる。少しスピードを出せば、高速を使わなくても現場まで二時間で行ける。あの日、松浦が失踪したと分かった時点で、すぐに緊急配備をしたが、その警戒網をかいくぐって現場までたどり着いたのだろう。

縊死に使ったのは麻の紐だった。これは新しいもので、現場へ向かう途中で購入したことが明らかになった。場所は西国分寺駅近くのホームセンター。領収書が、松浦のズボンのポケットに入っており、購入時間は十七時五分だった。懐中電灯は車の中にあったのだろう。

司法解剖の結果、特に変わった所見はなかったが、R病院の内科医の診断通り、胃に悪性の腫瘍が認められた。胃の不快感を抑えるための、医師が処方した薬が検出されたが、その他に毒物などの検出は認められなかった。

なんとも気の毒なことに、松浦郁夫の遺体を引き取る人間が、今のところ誰もいない。松浦には家族がいない。生まれ故郷は　山形県の赤湯。そちらに、遠い親戚があるにはあるが、付き合いはない。両親ははるか昔に死亡していた。十四年前に故郷の土地を処分し、それを資金にして、現在の住まいを購入。ローンを払い終えたばかりだった。本籍も現住所に移してある。七年前に病死した妻との間に子どもはなく、たった一人いた妹も、二十五年前に死亡していた。

本来ならば、長年勤め上げた堂島建設が何かと世話をするところなのだろうが、松浦郁夫は社長の娘を殺した犯人である。そんなことは論外だった。

松浦は二人の人間を殺害した大罪者だ。仕方がないといえばそれまでだが、このまま引き取り手がなければ、研究、教育のために検体に回されるか、都営の墓地に埋葬され、いわゆる無縁仏になる。

津由木は、一度しか会ったことのない松浦郁夫を、どういうわけか鮮明に覚えていた。

松浦は、温厚で実直そのものに思えた。この人の運転する車に乗せてもらったら、さぞかし心地いいだろう、安心して身をゆだねられるだろう、そんな風に思ったものだ。

刑事という人間は、人を疑ってかかるのが仕事だと言われる。確かにそうなのだが、それでも、長く刑事生活を続けていると、この人間は犯人ではない、という勘のようなものが働くことがある。根拠はない。強いて言えば、その人間の持つ雰囲気。その人間が培ってきた、固有の歴史から滲み出る味とでも言おうか。

とにかく、理屈ではなく、心に感じるのだ。二言三言しか話したことのない松浦郁夫に、今それを感じている。


テーブルに料理が何種類も並んだ。津由木哲夫は健啖家《けんたんか》だ。若い二人と同じようによく食べる。三人はとにかく空腹を満たした。

嶋謙一はビール党で、津由木哲夫と田神修司は焼酎党だった。

嶋が、手の甲で口の周りのビールの泡をぬぐった。

「ちっともすっきりしないです」

そう言うと、白菜の漬物を口に放り込み、しゃきしゃきと耳に心地いい音をたてて噛んだ。

「これからだよ。これから」

津由木がウーロンハイをがぶりと飲み、嶋と田神を交互に見た。

「堂島家の事件は、根が深い。俺はそう思っている。君たちだってそうだろう？」

「そうです」と、嶋と田神が声を揃えた。

「田中課長から、許可をもらった」

「え？」

「ツユキちゃんに任せなさい！」

「どういうことです？」

「再捜査する。課長を拝み倒したんだ」

「すごい！　しかし、よく課長が承知しましたね」

嶋謙一が、緊張の中にも笑顔を見せ、上ずったような声を上げた。田神修司が目をぱちくりさせながら、津由木と嶋を交互に見ている。

「こういうときにこそ、君たちに古狸の価値を示さなきゃ、単なる老いぼれ狸になる。しかし、今日を含めて三日という期限付きだ。松浦の遺体が見つかってすでに二日過ぎた。調書はほとんど整っている。いつまでも調査中というわけにはいかないからな。三日間のうちに、松浦郁夫は堂島貴和子を殺していない、という、決定的な物証なり、状況証拠を提示しなければ、被疑者死亡で書類送検となる。二人の殺人者としてだ」

「正味二日しかないんですか」と、嶋が呟くように言った。

「二日しか、ではない。二日も、ある。そう思うんだ。そのためには今夜、これからの時間を有効に使わなければならない。いいか、みんなが周りの景色に惑わされている。それも表面だけの景色にだ。だから、夏の盛りに雪が降っている矛盾に気づいていない。我々だけだ、その矛盾にこだわっているのは」

「夏の盛りに雪……ということは、つまり……どういうことですか?」

田神修司が空になったコップをどけて津由木を見た。もう、酒はいらないという意思表示なのだろう。

「どういうこととは、どういうことだ。松浦郁夫は堂島貴和子を殺していない。それ以外に何かある、ということか」

「そうじゃないですが、夏の盛りに雪が降る景色。——どういうことです?」

そう言って、嶋謙一も残ったビールを飲み干すとコップを置いた。

「表現が、やや文学的すぎたかな」

津由木哲夫はそう言って笑った。

「君たちは、松浦郁夫に会ったことがなかったな」

「ええ」

「たぶん署員の中で、生前の松浦に会い、話をしたのは俺だけだと思う」

「ええ、そうだと思います。堂島新之助の自殺騒ぎの時には、山形に行ったとかでいなかったし、十一日の事件のときは、我々が堂島家へ到着したとき、すでに逃亡したあとでしたから」

嶋謙一が津由木に同意すると、隣の田神も大きく頷いた。

「そうだったな。実は俺も一度しか会っていない。それも二、三分話しただけだ。だが、この二、三分の価値は高い。会ったことのない者とは、比べようのない価値の高さだ。つまり、松浦に関して俺が百知っているとしたなら、君たちはゼロということだ。この前の会議で熱弁をふるった渡辺もそう。その他の署員全員が、俺と比べればゼロだ」

　二人がびっくりしたような顔をして津由木を見た。

「言いすぎと思うだろうが、ちっとも言いすぎではない。人を知るということはそういうことだ。松浦郁夫と実際に会い、その目を見て、言葉を交わさなければ、松浦郁夫を知ったことにはならない。間接的では駄目なのだ。じかに接し、声を聞き、話し方を知り、目の動きを見て、初めてその人の印象が、立体的に自分の心に食い込んでくる。人から何回話を聞こうと、調書を何十回読もうと、それだけで一人の人間像を勝手に描くなど、軽率、傲慢《ごうまん》以外のなにものでもない。たまたま俺には、偶然にも犯行前の松浦郁夫と会い、話をするチャンスが与えられた。こういう偶然はそうそうあるものではない。これを無駄にしてはならないと思っているし、その偶然に対する、なんと言おうか、責任のようなものも感じている」

　津由木は少し熱が入りすぎていると感じていた。だが、話しているうちに、堂島家の玄関脇で会った松浦郁夫の小柄な姿がありありと浮かび、次には、高尾山の麓《ふもと》で車を降り、闇の中を、死に向かってとぼとぼと歩いていく後ろ姿がちらつき、このまま終わらせては駄目だという思いが奮い立ってくるのだった。

　津由木は少し気持ちを静めようと思って笑顔をつくった。

「この席は、都合がいいな。周りに誰も来ない。俺たちの人相が悪いのかな」

「いえ、自分の人相は悪くないと思いますが」

真面目くさった顔で嶋謙一が言うと、

「自分も人相は悪くないと思います」

田神修司が笑顔で言った。

「なんだ。では悪いのは俺だけか」

嶋が店内を見回し、

「人相のせいではないです。入ってきたときから客の数が変わりません。はやらない店なんですよ、きっと。でも、話をするのには都合がいいです」

「そうだ、そういうことだ。――ところで、さっきの、たとえ話だがね」

「ええ」と、二人。

「俺は、松村郁夫が堂島貴和子を殺害するなど、夏の盛りに雪が降るほどにあり得ない。そう言いたかったんだ。確かに、こういう偏った考え方には危険がつきまとう。だが、ときには一か八か、腹をくくるときがあるものだ。俺は、今がそのときだと思っている。そう決意したら、気持ちがうろうろしていては駄目だ、どこか一点に視点を当てる必要がある。ひょっとしたら、見当はずれかもしれん。だが、そうなったら、そうなったときに考えればいい。ただ、これはあくまでも俺の独断と偏見だ。そのことで君たちを巻き込むつもりはない」

「自分は、津由木さんの考えに大いに賛成です。与えられた三日間をどう使おうかと思うと、武者震いがしてきます」

嶋謙一は本当に武者震いするように上半身に力を入れた。

津由木は田神を見た。田神修司は何か考えているように、空のコップを持ち、その縁をじっと見ている。そんな田神に声を掛けた。

「なんだ、飲み足りないのか。いくらでも飲んでいいぞ。今日は俺の奢《おご》りだ」

「いえ、そうじゃないんですが……」

「まあ、そう言うな」

津由木は、店の出入り口で暇そうにしている店員に手を挙げた。店員は威勢のいい声を上げて飛ぶように走ってきた。

「ビール一つと、ウーロンハイを二つ。それから、イカの丸焼きと野菜サラダ」

痩《や》せて背の高い店員が早口で注文を復唱した。

津由木は店員が去ると言った。

「シマちゃんの事件に対する考えは、会議のときに聞いているので承知している。俺もシマちゃんとほぼ同じ考えだ。そこに、実際に松浦郁夫に会ったときの印象がプラスされるから、その思いはもっと深いと思う。だが、ガミ君、君の具体的な意見をまだ聞いていない。それこそ勝手に、俺たちと同じ考えと思い込んでいるのかもしれない。その点は重要なことだから、君の考えを話してくれないか」

田神はしばらく沈黙していたが、思い切ったように顔を向けた。

「お二人とまったく違う考えだったら、ここについてきていません。ただ、正直に言いますと、自分は、嶋さんほどはっきりとした考えや意見が纏まっていないのです。嶋さんの意見を聞くと、なるほどと思い、渡辺刑事の推理を聞くと、それも、なるほどと思えます」

「うむ。渡辺のやつ、うまい理屈をつけたからな。確かに、あの推理を覆す決定打を探すのは難儀なことだと思う。で、君は、貴和子殺害犯人も松浦郁夫かもしれない、こういう考えなのかな」

「いえ、それは違います」

田神が毅然とした声で言った。

そこへ、注文した飲み物とサラダが届いた。申し合わせたように、三人が一口ずつ飲んでコップを置いた。

「自分も、貴和子殺害犯人を、松浦と結論づけるには違和感があります。ただ、その違和感は、シマさんの持っている意見や、渡辺刑事が反論した内容と少し違うのです」

津由木と嶋の顔が引き締まった。二人がお互いの顔を見て、つぎに揃って田神を見た。

「いえ、違うとは言えません。屋内外の犯行現場の状況が極端に違うことも、殺害方法が違うことも、貴和子殺害の物証がまったくないことも、確かに不自然だと思います。でも、それだけなら、渡辺刑事の意見を聞いてみると、なるほどとも、思えてしまうんです」

「うむ、それは、さっき言ってたな。それで？」

「自分が変だと思うのは、そういうことも含めて、時間なんです」

「時間？」

「ええ、時間です。事件当日にも感じたのですが、この前の会議で一層強く感じました」

津由木が田神の顔をじっと見て先を促した。

「あの日、現場に着いてすぐ思ったのは、ずいぶんどたばたと事件が起こったものだ、ということでした。だって、署に通報が入ったときは宮本が殺されたという内容だったのに、十五分後に堂島家に着くと、貴和子も殺されていました」

津由木と嶋が頷く。

「その夜の、堂島家での事情聴取は津由木さんがして、自分はそばで聞かせてもらったのですが、そのときにも、犯人はずいぶん忙しかっただろうな、と思いながら、関係者の話を聞いていました。ところが、あとになって考えを進めてみると、意味不明な、曖昧な時間が浮かび上がってくるんです。まるで、時間の流れに穴が開いているようにです。でもそれは、漠然と思うだけで、もやもやしているだけでした。そこで、暇を見て時間表を作ってみました」

「時間表？」

嶋が頓狂な声を上げた。

津由木はなんとなく胸が弾んできていた。

この、俳優にしたいようなスマートな田神修司は、キャリアと呼ばれる若いエリートだ。警察社会のサラブレッド。まもなく田園調布東署からいなくなり、近い将来、万年警部補の津由木など、手の届かない高い地位に昇りつめる人間。

その田神修司が、実務作業に打ち込み、何やら津由木の思いつかなかったことに着眼したらしい。やはり、田神修司は今までのキャリア組とは違う。

田神が上着の内ポケットから用紙を出した。用紙は二枚つづりだった。田神はしっかりしていて、三人分をちゃんとコピーしてある。津由木と嶋は渡されたコピー用紙をテーブルに置いた。

サラダに手をつける者は誰もいない。飲み物も、ウーロンハイは氷がとけ、ビールは泡が消えて黄金色の液体に変わっていた。

一枚目はそれほどでもないが、二枚目にはなにやらいっぱいの数字が並び、随所に人名が書き込まれている。

「一枚目の説明です。あくまでも推論ですが、始めていいですか？」

「ああ」

津由木と嶋が力強く促した。

「まず、事件のスタートの時間と、ゴールの時間を設定しました。これに関しては嶋さんの意見も渡辺刑事の反論も同じです」

用紙上の項目は、嶋謙一説と渡辺誠説に分かれている。その内容には、要所要所の時刻や、目撃者名などが書き込まれていた。

《嶋謙一説》

犯行のスタート　十月十一日　午後三時二十分頃（主婦、大原美恵子の目撃）

犯行のゴール　十月十一日　午後三時四十三分（宅配人、長井の目撃）

「スタートというのは、堂島家の木戸を入った宮本を、松浦が追いかけるようにして入った時間です。その時間からコロナで走り去るまで正味二十三分です。シマさんの説は、この間に松浦が殺害したのは宮本茂一人です。この時間にさほど無理は感じません。大原美恵子の目撃は三時二十分頃。宅配人の長井のように、四十三分と断言しているわけではないですから、もしかしたら、一、二分、ずれがあったかもしれません。木戸を入ってから、二人はもう一度話し合った。松浦宅で過ごした三十分間は、二人が深刻な何かを話し合った時間です。それが松浦の犯行に繋がった。これは疑いようがありません。その深刻な内容は堂島家に関すること。なぜなら宮本は松浦と話し合った後、堂島家の木戸を入ったからです。堂島家に関わりのないことなら、自分の車へ向かうはずです。目撃者の大原美恵子は、宮本の顔が赤みを帯びていたと言っています。たぶん、宮本は興奮していたのでしょう。堂島家に関することで、二人の間は切羽詰まった状況だった。そんな二人が物置の前で再度話し合った。というよりも、これは、憶測ですが、松浦が宮本に何かを懇願したのではないでしょうか。だが、宮本は聞き入れなかった。その話し合いに五、六分。凶行そのものに、二、三分。凶行を終え、松浦が自宅に戻ったのが三時三十分前後。そのあと寝室に入り、書置きをして、これも憶測ですが、茶の間に掛けてあった喪服の上着から財布を出し、外へ出た。自分も見ましたが、松浦の部屋の中は整然としていました。椅子はきちんとテーブルの下に納まり、ハンガーに掛かった喪服もネクタイも乱れていませんでした。そして、玄関の鍵が書置きの横に置いてあった。覚悟のほどは感じられますが、慌しさを感じません。見事なほど落ち着いた行動のようにみられます。もしかしたら、書置きをしたあと、しばらく文机の前にじっと座っていたような想像さえしてしまいます。そして車に乗り、走り去ったのが三時四十三分。こう見ていくと、どう考えても、貴和子殺害の時間はひねり出せないし、家の中の様子と貴和子殺害が結び付きません。それに何より、貴和子は三時三十五分まで生きているのです。三時三十五分といえば、松浦は自宅で書置きを書いていたと思われる時間帯です。――渡辺刑事のケースに移っていいですか」

津由木と嶋が頷いた。

「渡辺刑事の反論は確かに一理あると思います。理路整然とまでは言えませんが、神経質にならなければ納得してしまいます。しかし、時間的な推移を追及していくと、矛盾というか、無理が出てくるように思うのです」

田神修司の説明が再び始まった。

「渡辺刑事は、松浦はまず宮本を襲ったと言っています。犯行の終わったのが三時二十二、三分頃。そのあと、建物の陰に身を潜めて屋内の様子を窺い、三時三十五分頃、東側廊下のドアを開けて堂島家の屋内に入った。そして、貴和子を殺害した。渡辺刑事はこう述べています。しかし、松浦はなぜ三時三十五分まで待つ必要があったのでしょう。屋内の様子を窺っていたという時間が十二、三分もあります。殺人を犯したあとの心理状態で、十分以上も犯行現場近くにいるなど不自然この上ないことです。東側のドアの鍵は開いているのですから、松浦を殺害したあと、すぐに侵入できるわけです」

田神はそこで言葉を切り、津由木を見た。

津由木が「続けて」と言った。

「自分もはじめは、松浦は堂島家のまわりに潜んでいて、貴和子の動静を探っていた、とも思ったのですが、どうもしっくりしません。あの家の造りは、外からでは家の中の様子は分かりません。それに、一階が最も無防備だったのは、二時五十分頃から三時半までです。その間、一階にいたのは桐生家族と、貴和子が推定で三時少し過ぎにレッスン室に入った。これは、貴和子があかりの部屋を出たのが二時四十分頃。そのあと、自室に加納拓真を招き、拓真に表紙の絵を見せています。拓真は、貴和子の部屋に四、五分いたと供述していますから、それを信じたとして、貴和子はそれからプログラムを作成し、レッスン室に入ったのが三時過ぎ、と推定するわけです。桐生一家はゲストルーム。野村清美は買い物。この時間帯、一階の廊下は南側も東側も無人です。それなのに、松浦は事を起こしていません」

「無防備だった時間帯は外からでは分からない。それに、法要のあとでもあるし、会食のあとは貴和子も含め、皆が居間で過ごしていたと思ったかもしれない……」

嶋謙一はそういったあと首を振り、「そういう次元の話じゃないな」と、自分に言い聞かせた。

「それで、結局、どう結論付けるのかな、ガミ君は」

「正直、分かりません。自分が感じることは、犯罪者は一刻も早く現場から立ち去りたいはずなのに、松浦は、宮本殺害後十分以上もどこで何をしていたのだろうかということなんです。そう考えると、渡辺刑事の推理に疑問を感じます。いわば〝初めにゴールありき〟とでも言うようなな」

津由木と嶋が「うむ?」というような顔をして田神を見た。

「宮本の殺害時間が三時二十二、三分というのは頷けます。三時半を過ぎると女性三人が庭に散歩に出ていますから、物置前での凶行は無理です。そして、貴和子殺害時間は三時三十五分過ぎでなければならない。なぜなら、貴和子は三時三十五分までピアノを弾いていたことが証明されているのです」

津由木は色の白い田神の顔をじっと見つめた。田神も嶋も酒に強くて顔に出ない。田神の澄んだ目はそのままだった。

「言いすぎになるかもしれませんが、渡辺刑事の推理は、三時三十五分に帳尻を合わせて組み立てています」

「しかし、それは仕方ないんじゃないの。貴和子が三時三十五分まで生きていたのは事実なんだから」と、嶋。

「だから、帳尻を合わせていると感じるんです。そのために意味不明の空白時間が生じています。三時三十五分前後といえば、一階の廊下は賑やかでした。三時半には三人の女性が貴和子の弾くピアノの音を聞きながら、廊下を歩いていた。三時三十五分頃には、大輔と加納拓真が二階から降りてきた。そういう状況を思うと、実に際どい時間に松浦は屋内に侵入したことになります。渡辺刑事は、一分のずれがあれば双方は出会わないと言っていますが、そんな問題ではなく、なぜ、三時三十五分まで待たなければならなかったのか。この不自然さはぬぐえません。それに――」

「何?」と、津由木と嶋が同時に言った。

「仮に、三時三十八分に貴和子の殺害を終えたとして、それから家に帰り、書置きをして、逃亡のための身支度をし、三時四十三分に車で走り去った。この間、五分です。長井という宅配人は、松浦らしき人物は特に慌てた様子ではなかったと証言していますが、現実にはばたばたと実に慌しいです」

「うむ、本当に大忙しだ」と、津由木。

「ええ、スタートからゴールまで二十三分。この時間は、嶋さんの説と同じですが、渡辺刑事の推理では、松浦の時間の使い方が極めて不自然で不合理です。それは、渡辺刑事が、ピアノの音が聞こえていた三時三十五分に帳尻を合わせて推理しているからだと思います」

田神の決然とした言い方に、嶋謙一が深く頷いた。

「うむ、このような整理の仕方をすると分かりやすい。自分は、二つの現場の状況だけで不審や矛盾を感じたが、時間という物理的な要素が加わると、動かしがたい事実となって浮き上がってくる」


津由木は嶋謙一を見ながら、こいつはいい奴だな、と思っていた。職人肌なのだが、そういう人間特有の頑固すぎる横暴さがない。もともとの資質もそうなのだろうが、そうなるにはまだ若いのだ。良しと思えば、他人の考えを素直に受け入れる、純粋で真面目な性格が残っている。今彼は、人間が最も成長する年齢層にいることは確かだった。

「よし、今度は視点を変えよう。ガミ君も、感じ方の相違こそあれ、貴和子殺害が松浦の犯行とは思っていない。それでいいんだろう」

「ええ、その通りです」

「分かった。三人が少しずつ感じ方は違うが、貴和子殺しは松浦ではない、これは共通だ。ここからは、渡辺刑事の反論は無視。シマちゃんの述べた、現場における矛盾点と、実際に知り得た目撃証言、それと、ガミ君が着眼した時間の不合理性、これを信じて視点を定める。その上で、改めて意見を出し合う。思うことをどんどん言うんだ」

津由木はウーロンハイで喉を潤した。

いつの間にはイカの丸焼きがテーブルにある。話に夢中で届いたことに気づかなかったらしい。イカの横にマヨネーズが山のように添えられていた。津由木はイカをマヨネーズで食べるのは嫌いだ。イカは生姜と醤油に限る。そう思って、醤油瓶に手を伸ばすと、田神修司がたっぷりマヨネーズをつけたイカを口の中に放り込んだ。嶋謙一も負けないほどのマヨネーズを輪切りのイカにのせた。

思わず津由木が笑った。二人が怪訝な顔をして津由木を見た。

「君たちは若いな。俺はマヨネーズを見ただけでコレステロールを想像する」

三人は笑いながら気の抜けた飲み物を飲んだ。

「さて、松浦郁夫は宮本茂を殺害した。これは動かしがたい事実だ。だが、堂島貴和子を殺してはいない。だが貴和子は殺された。ということは、答えは一つしかない」

「貴和子を殺した犯人は他にいる、ということです」

嶋が言った。ようやくそこにたどり着いたというような言い方だった。

「そうだ。そして、その犯人はあの日、堂島家にいた人間。——そのように決めつけるのは早計かな？　貴和子の家族、あるいは堂島家の知人の中に犯人がいるということだからな。慎重でなければならない」

「いえ」と、若い二人が力強く同意した。

「外部の人間の犯行には無理があります。仮に、外部の人間だったとしても、堂島家にいた誰かが、東側のドアの鍵を開け、そこからその人間を屋内に引き入れた。その人間は犯行後、入ってきたドアから外へ出て、物置側の木戸から逃げた。堂島家にいる共犯者は、わざと鍵を開けたままにしておき、警察側に、外部の人間の犯行と思わせた。あの時間帯、三人の女性が庭を散歩していますが、このルートであれば、三人に見られずに出入りするのは可能です。正面玄関の鍵は開いていました。しかし、ここからの出入りは無理です。庭にいた三人に必ず目撃されます。単独犯にしても、共犯にしても、貴和子殺害に関わった人間は、あの日、堂島家にいた。これに間違いはありません」

「そうですね。どんな理由であろうと、東側のドアの鍵が開いていたことは事実です。それなのに、事情聴取のとき、全員が知らないといっている。誰かが嘘を言っています。これだけを取り上げてみても、堂島家にいた誰かが怪しいということになります」


嶋も田神も声に力が入っていた。捜査会議では渡辺刑事にしてやられた形だったので、渡辺に、というよりも、捜査会議で決定された内容そのものと、真っ向から対峙するような気分なのだろう。かなり発奮している様子がその口調から感じ取れた。

「そうだな。俺はさっき、慎重に、と言ったが、方針が決まったからには大胆になろう。我々は、充分話し合って共通の結論に達した。ここではっきり決める。貴和子殺害犯人は、堂島家にいた人間。これが主軸だ」

「賛成です」と、田神が言った。

「さっき、津由木さんが言いましたが、気持ちがうろうろしていては駄目だと思います。的をひとつに絞ると、一点だけがよく見えてきます」

「その通りだ。余計なことは見ない。一点だけを見る。そこでだ。ガミ君の説明の中で、それこそ一点、大いに刺激になったことがあるのだがね」

「なんですか?」と、田神。

「松浦の家で、宮本と松浦が話し合った内容は、堂島家に関わることだと言ってたな。その理由を、話し合いの後、宮本は自分の車に向かわず、興奮した面持ちで堂島家へ入って行った。そのことで分かる、と言った」

「ええ、そして悲劇が起きました」

「うむ、宮本は堂島家へ向かった。確かにここに松浦の動機が潜んでいるような気がする」

「松浦は、宮本と話し合った内容を、堂島家の人間に知られたくなかった。それは殺人を犯してまでも知られたくないことだった。こういうことですよね」と、嶋。

「そうだ。そこでだが、知られたくない理由は二通り考えられる。妙な言い方だが、動機の性格、とでも言おうか……。なんだと思う?」

嶋と田神が首をひねっている。津由木は二人の考えが纏まるのを待とうと思い、薄まったウーロンハイをちびちび飲んだ。やがて田神が津由木を見た。

「殺人の動機といえば、怨恨、痴情のもつれ、金銭問題、そんなことが思い浮かびます」

「まあ、そうだな。シマちゃんは?」

「そうですね、だいたいその三つに分けられると思います」

「そうか。——ところで、松浦の書置きにあった、『全て私がしました』。これを、どう解釈したらいいかな。前とは事情が変わってきた。捜査会議では『全て』を、宮本茂と堂島貴和子の殺害と判断したが、われわれは別の結論に達したわけだから、当然、『全て』の解釈が変わってくる。松浦は一人しか殺していない。それなのに、全てと書いた。これはおかしい。そうだろう？」

二人が同意する様子を見せたので、津由木は続けた。

「そこで、今の動機の件だがね。俺はどう考えても、宮本殺害の動機が、その三つのうちとは思えない。いずれもあの松浦郁夫にはそぐわないんだ。まして相手は宮本茂だ。同郷の友で、長い間いい関係できている。それは、宮本の奥さんも話しているだろう。それに、ほんの一時間前まで、隣り合って座って法要に参列していたんだ。もし、そのとき、険悪な雰囲気ならば、周りの人間が気づくはずだ。だが、誰もそんなことは言っていない。むしろ、法要中の二人は親しげだったと、印象を語っている人もいる。それなのに、一時間後にはあのような悲劇が起きた」

「悲劇の元になる話を持ち込んだのは、明らかに宮本のほうですね」と、嶋謙一。

「そうだな。事の推移を見ていくとそういうことになる」

「宮本は、どんな話を持ち込んで松浦に殺され、松浦は宮本しか殺していないのに、なぜ、『全て私がしました』などと書置きして、命を絶ったのでしょう」

田神がしんみりとした口調で言った。

「さっきからときどき頭をかすめるんだがね――」

そう言って津由木は二人を見た。

「俺たちは、松浦が宮本を殺したと思い込んでいるが――」

嶋と田神がびっくりしたように津由木を見た。三人の目がぴたりと合った。

「――いや、結果的には松浦が宮本を殺した。それは事実だ。だが、松浦はそのとき、宮本が死んだことを確認していただろうか。……俺はそうではないと思うんだ。松浦は宮本の死亡を確認しないまま逃走し、自殺した。テレビやラジオで事件が報道されたのは、松浦が自殺を遂げたあとだ」

「ええ」

「宮本の直接の死因は溺死。池に落ちなくても殴打による脳の損傷で、数分後には死亡しただろうという解剖所見だった。――そこでだが、俺は、松浦が、まだ死亡していない宮本を、池に突き落として止《とど》めを刺したとは思えないんだ。むしろ、衝動的にハンマーで殴打したあと我に返り、愕然として逃走した。そのあと、宮本はふらふら歩いて、崩れるように池に落ちた」

「ええ、それは渡辺刑事も言ってました。瀕死のまま崩れるように池に落ちたので、水音が聞こえなかったのだろうと」

嶋が言うと、田神も頷いて同意した。

「そうだったな。だが、渡辺刑事の推理と俺の所見は違う。渡辺は水音の聞こえない状況の推理を述べた。俺が言いたいのは、あくまでも松浦の人間性に対する所見だ。水音が聞こえなかった理由は、渡辺の言うように、崩れるように落ちた。家の窓が全部閉まっていた。これらの条件で解決できる」

「そうですね。ということは、どういうことです?」と田神。

「いや、大局的にはなんら変わりはない。ただ、宮本は松浦に突き落とされたのではなく、ふらふらしながら崩れるようにして池に落ちた。だから水音はそれほど大きくはなく、屋内にいた誰にもその音は聞こえなかった。――つまり松浦郁夫は、止めを刺すために宮本を池に突き落とすようなことはできなかった。だから、宮本の死亡を確認しないまま逃走した。まあ、そんなことを言いたいわけだ」

「ということは、どういうことです?」

田神の質問は再びそこに戻った。

「うむ。そこで動機に戻るがね。怨恨、痴情のもつれ、金銭問題。確かにこれらは代表的な動機だ。だが、松浦郁夫には当てはまらない。それは君たちも納得できると思う」

「ええ」と、二人。

「松浦は、宮本と話し合った内容を、堂島家の人間に知られたくなかった。それは、殺人を犯してまでも知られたくなかった。だがその理由は、怨恨でも痴情のもつれでも金銭問題でもない」

「ええ」

「俺は、三つの代表的な動機以外に、もうひとつ立派な動機がある、と思っている」

「なんですか?」

「――大切な人を守るため」

若い二人が口を半開きにして津由木を見た。

「センチメンタルっぽい、と思うだろうが、ないことではない。我が子を守るために殺人を犯す親がいたとしても、あり得ないこととは思わないだろう。犯罪の動機はだいたいが我が身のためだ。ケースによって少しずつの違いはあっても、煎じ詰めれば、憎悪、保身、欲望。だが、まれではあるが、誰かのために犯罪をおこすことがある」

そこで津由木は、もう一口ウーロンハイを飲んで口の中を湿らせた。

「俺は、どう考えても、松浦郁夫が自分の欲望のために、友人の宮本を殺したとは思えない。そのことが、さっきの、人を知るには直接会って話してみなければ駄目だ、に繋がっていくんだ。俺は実際に松浦に会っているから、そう思うし、そう言える。そこが、君たちとは違うところだ。松浦を知らない君たちにとっては納得いかないだろうな。その上、俺の説には具体的な根拠がない。印象だけにしがみついている。それも二、三分会っただけの印象に。——それでも俺はその印象を信じたい」

「津由木さんの言いたいことは分かりました。確かに自分は松浦に会ったことがありません。だから正直なところ、津由木さんの印象だけを鵜呑みにして、その通りだとは断言できません。ただ、もし松浦が、誰かを守るために凶行に及んだとしたならば、やはり、宮本の死亡を確信したのではないでしょうか。松浦の人柄として、池の中に突き落とすことはしなくとも、中途半端なままで逃走はしないと思います。それでは、大切な人を守ったことにはなりません。自分がいなくなったあとで、宮本がどういう行動をとるか分からない状態のまま逃走はしないと思います」

田神修司が細くて長い指をテーブルの上で組んだり解《ほど》いたりしながら、津由木をじっと見てそう言った。すると、田神の意見を追いかけるように嶋が言った。

「そうですね。自分もそう思います。松浦の動機が誰かを庇《かば》うため、これは分かるような気がします。それならやはり、宮本の死を確信した後に逃走したと思います。確信できた理由は分かりませんが、例えば、池の中に崩れ落ちるのを見届けるとか……」

津由木は思わず若い二人を交互に見た。そして、唸るような気持ちでその考えに感心していた。二人とも冷静に松浦郁夫の心理と行動を読み取っている。つまり客観的なのだ。それに比べて、津由木は感傷的で興奮気味だ。そのため、読みが深いようでいて、実は極めて浅いところで松浦の人間性にこだわり続けている。

そうだ、松浦は宮本の死を確信した。確認はしないまでも確信できた。その上で書置きをし、逃亡した。

「そうだな。君たちの言う通りだ。大切な人を庇おうとしたのなら、中途半端にはしないな。うむ、まったくその通りだ」

津由木は何度も頷きながらそう言った。

「それにしても、印象と仮説ばかりだ」

嶋謙一が体を乗り出した。

「なんだって初めは仮説から始まります。印象や仮説も捜査の重要な手がかりです。このまま話を進めましょう。松浦には命を賭けて庇いたい人がいた！　的はどんどん絞られていくと思います。今はそれが大事だと思います」

嶋は力を込め、その勢いのまま続けた。

「松浦郁夫は堂島貴和子を殺していない。松浦の、宮本殺害の動機は十月十一日に堂島家にいた誰かを庇うためだった。では、誰を庇おうとしたのか？　貴和子を殺した人間？」

「それは違う。時間差がある」

「そうですね。自分たちの推論を生かすとなると、松浦は貴和子が殺されたことを知らないことになります。貴和子は三時三十五分まで生きていて、死体発見が四時前後。その頃松浦は高尾山に向かっていますから貴和子の殺されたことを知りません」

「またまた、振り出しに戻ったな。松浦の書置きの『全て』とは、宮本と貴和子ではない。だが、松浦の知らないところで貴和子は殺されていた。その犯人は堂島家にいた人間……」

津由木と嶋の話を聞いていた田神がぽつりと言った。

「死亡者がもう一人、いますよね」

「え？」

「『全て』というからには、複数です。そして、複数の内容が、殺人プラス他の犯罪の場合。殺人プラス殺人の場合。このように分けられると思うのです。その上で、それこそ印象として、自分は後者という気がします。それに、今回の事件で、人の死、以外の事例が見当たりません」

「つまり、殺人プラス殺人、だな」

「そうです。松浦が、宮本茂の死亡を確認したかどうかは実際のところ不明ですが、結果的には殺人プラス殺人です。今のところ、堂島新之助は自殺で処理されていますが、我々は自殺に納得できないでいました。そうしているうちに、今度は歴然とした殺人事件が発生し、新之助の件は保留という形です。それと、これがひとつのポイントになると思うのですが、新之助が自殺した十月五日、宮本茂は堂島家にいて、松浦郁夫は堂島家にいなかった」

「どういうことだ」

「宮本は堂島家にいたことによって、松浦の知らないことを知っていた。もちろん仮説ですが、宮本茂は、新之助の自殺に我々と同じような不審を持ち、一週間悩んでいた、というのはどうでしょうか。これは、宮本の妻もそのように言っています。何か思い悩んでいるようだったので、心配なことでもあるのかと訊いたが、なんでもないと言った。妻はそう供述しています」

津由木と嶋が頷いた。

「その思い悩んでいる内容は、新之助の自殺に対する不審だった。もっとはっきり言うと、五日のあの夜、宮本は何かを目撃したのではないでしょうか。しかしそれは、犯行そのものではない。もしそうならただちに警察に通報するはずです。そうではなく、不審を抱くような何かを目撃した。宮本は六時頃から六時半頃まで外に出ています。タバコを吸い、そのあと、物置へ子ども用の椅子を取りに行った。聴取のときには変わったことはなかったと言ってましたが、実はそのときに何かを見た。それはかなり深刻なものだった」

津由木と嶋は固唾を呑んで田神を見ていた。

「そのことを、初七日の法要のあとで、松浦に打ち明けた。宮本は帰路に向かったのに途中で引き返していますから、松浦に話すに当たって、相当悩んだ。このように仮説を立てると、何本もの線や点が、一本に繋がってくるような気がするのです」

「どんな風に？」

「まず、堂島新之助の自殺、貴和子の死、宮本茂の死、この三人の死を点として考えてみます。今のところ殺人を犯した人間は松浦郁夫一人です。そして、松浦が殺したのは宮本茂一人。新之助は自殺。貴和子は殺害だが犯人は不明。このように見ていくと、三人の死が、それぞれ無関係な点に見えます。ですが、新之助が自殺ではなく、殺害されたのだとすると、殺害という共通点で、新之助と貴和子が線で繋がってきます。そして、両人とも、極めて計画的な方法によって殺害された。ところが、宮本茂の死は明らかに突発的に起きた衝動殺人で、独立した点として変わりません。この点を発生させたのは松浦郁夫。ここが大事なのですが、松浦は、貴和子の死を知りませんでした。だから、書置きの『全て』の内容は、宮本と貴和子の死ではない。そうなると、必然的に、『全て』とは、新之助を殺害した人物を庇うために、宮本殺害という点を発生させたということになります」

「では、松浦は、新之助を殺害した人物を庇うために、宮本殺害という点を発生させたということだな」

「そうです。それに、新之助と貴和子を殺害した犯人が別々、ということも考えにくいです。松浦が宮本を殺し、Aという人物が新之助を殺し、Bという人物が貴和子を殺す。それも一軒の家の中で。そんなことは非現実的です」

「新之助と貴和子を殺したのは同じ人物、ということか」

「自分はそう考えています。だから、自殺を遂げた松浦は、自分が庇った人物が、貴和子まで殺しているなど夢にも思っていなかった。だが、結果的に、新之助と貴和子を殺したことを庇うことになった。松浦の知らないところで、『全て』の内容が、堂島新之助と宮本茂から、堂島新之助と宮本茂、プラス堂島貴和子に変わっていた」

津由木と嶋がため息のような声を出して、体の力を抜いた。

津由木は、田神の仮説を聞きながら、やはり頭がいいな、と認めていた。こういう説明を理路整然というのだろう。津由木も嶋も、田神と似たような考えでいることは確かなのだ。ただ、まだ人を説得できるまでに考えが纏まっていない。

「やはり、新之助は殺されたか……」

津由木が腕組みをして椅子の背に背中を預けた。

「はい、自分は、津由木さんが調査し、検証した、気象関係の情報を聞いたとき、すごいなと思いながら、新之助は自殺ではないと思いました。しかし、最も自殺に不審を感じたのは、嶋さんの意見です。確かに、自殺を決意した人が二階から飛び降りるのはおかしいです。死ねない可能性のほうが高いのですから。よほど頭の打ちどころが悪ければ別でしょうが、それにしても、本当に死ぬ覚悟なら別の方法をとったはずです。自殺の方法というデータを調べてみたのですが、事故は別として、自殺目的で二階から飛び降りた人間は、この十年間一人もいませんでした」

「うむ。堂島新之助が殺害されたとすると、その犯人は、五日に新之助を殺して、十一日に貴和子を殺したということだな」

「そういうことになります。そして、松浦を除く全員が、五日にも十一日にも堂島家にいました」


「シマちゃん、ガミ君の仮説に意見はあるかね」

「いえ、特にありません。正直、頭の中が混乱していて、よく纏まっていないのです。ただ、ガミ君の仮説の中でひとつ思うことは、松浦は新之助が死んだとき、アリバイがありますね。山形にいたわけです。いえ、厳密に言えば山形から帰京する車中の人だった。いくら大切な人を庇おうと思っても、これは調査すればすぐにばれることです」

「それは、確かにそうですね」

田神が頷いた。

「しかし、松浦の凶行は衝動的だからな。計画的なら当然そこまで考えるだろうが、そのときは思わず行動に出てしまった……。まあ、その点はこれからの捜査で、松浦の行動とその時間が明らかになる。今は、保留にしておこう。俺も特に異論はない。先に進めていいかな」

嶋と田神が頷いた。

「では、三人が今まで話し合ってきたことを基本として、ガミ君の整理した、二枚目のデータを見てみよう。的は充分絞られた。このデータの中に、堂島新之助と貴和子を殺害した人間がいる。そういうつもりで見ていくのだ」

そう言って、津由木は改めて田神修司の作成した時間表の二枚目を見た。津由木に倣《なら》って嶋も田神もページをめくった。

そこには、十月十一日の、初七日の法要が始まってから、宮本茂と堂島貴和子の遺体が発見されるまでの、八名の行動と時間が表になって記されていた。その内容は、十一日の夜の、聴取内容をベースにしている。

「この中に犯人がいる。それを信じる!」

「単独犯ですね?」

嶋が念を押した。

三人が顔を見合わせ、こくりと頷いた。

表に目を通し始めた。ただ読むだけではない。読みながら、その時間に起きた事象とそれに関わった人物を照らし合わせ、矛盾点はないか、不自然さはないかを探っていく。三人ともボールペンを持ち、書き込みを入れた。それぞれの頭の中はフル回転していた。

十五分ほど過ぎた。津由木が顔を上げた。

「どうだろう？　いろいろ感じることはあるだろうが、重要な点は数点と思う。シマちゃんからどうかな」

「貴和子が三時三十五分まで生きていたことが大前提になりますから、三時三十五分以後、堂島家の屋内にいた人間ということになります。となると、堂島あかり、平田小枝子、水谷香苗ははずされます。この三人は庭を散歩中です。ということは、桐生夫婦、堂島大輔、加納拓真、それから、三時半に買い物から帰った野村清美、この五人に絞られます」

「そうだな。ガミ君は？」

「シマさんの言う通りなのですが、三時半過ぎのこの人たちには単独行動がありません。大輔と加納はそれ以前から一緒。お互いがアリバイを証明し合えます。共犯であれば別ですが、単独犯説で進めていくわけですから、共犯説は除外します。そこで気になるのは桐生直明です。彼は、三時四十五分から居間へ入り、大輔、加納と一緒にサッカー観戦をしています。ですが、三時三十五分から四十五分まで、ゲストルームにいたことを証明する人がいないのです。妻の苑子も、息子の弘樹も昼寝をしていたわけですから」

「その間、廊下は無人。絶好のチャンスが与えられるのは桐生直明か……ゲストルームはレッスン室に近いしな」

「それから野村清美です。彼女は買い物から帰った後、騒ぎがおきるまで台所にいたと供述していますが、それを証明する人はいません」

「うむ、そうだな。チャンスのあったのは、桐生直明と野村清美――」

そこで津由木は再び沈黙し、ぱちぱち瞬きをしながら、あまり繁盛していない店内を見ていた。やがて肩を上下させ、体の力を抜くようなしぐさをして嶋と田神を見た。そして、にやりと笑った。

「たぶん、君たちも思っていることだと思う。だが、言い淀んでいる。テレビのドラマっぽくなるからな」

「貴和子の生存時間ですか？」

すかさず田神が言った。嶋が意味ありげに笑った。

嶋も同じことを考えていたらしい。

「そうだ。俺はどうもピアノの音が気になって仕方がない。なにしろ誰もピアノを弾いている貴和子を見ていない。そこでだ、貴和子の生存時間は偽装だった、と仮定する。もちろん、偽装とはピアノの音だ。一人も貴和子の姿を見ていないのだから、この仮説に無理はない。ただ、ドラマ仕立てのようで抵抗があるだけだ。しかし、あり得ないことではないだろう。われわれはほとんどを仮説と推理だけで進めようとしている。ここだけ律儀に考えることはないじゃないか。貴和子が三時三十五分まで生きていたという壁は厚すぎる。この壁がある限り前へ進めない。これを打破するには、工作があったと仮定しなければどうにもならん。大胆になるんだよ、大胆に。さっきも言っただろう」

「それはそうですが、偽装のトリックは？」

「そんなものはテープレコーダーに決まっている。防音の部屋なので、音質までは聞きとれない」

「簡単に言うんですね」

「そういうことは簡単でいいんだ。どうせ、証明は難しい。テープなど、消去したらおしまいだ。だが、物証にはならなくても、状況証拠にはなるだろうな。何人もの人間がピアノの音を聞いている。そんなことより、大きなことを証明して、小さな不可能をカバーする。それが合理的というものだ」

「自分たちは、テレビドラマの刑事ですね」と、田神が笑う。

「そうだ、それも敏腕刑事だ」と、嶋謙一が真面目くさった顔で言う。

三人が声を出して笑った。

「貴和子が三時三十五分まで生存していたと思わせるように、犯人は偽装工作をした。細かな時刻までは分からない。大雑把なようだがこれで進める。いいかな？」

嶋と田神が同意した。

「ピアノの音が偽装なのだから、その音が聞こえていた時間には、貴和子は殺されていた。最初にピアノの音を聞いたのは、庭に出た三人の女性。時間は三時半。だから、貴和子の殺害は三時半前。これからは、大輔と加納が二階の廊下で貴和子を見た二時四十五分頃から三時半までを殺害の時間帯とする。この時間は、検視結果の死亡推定時間内だから問題はない」

「そうですね。そうなると、松浦にはアリバイが生じます」

「え？」

「貴和子殺害犯人は、松浦ではないことを証明できるということです。その時間帯、松浦は自宅で宮本と一緒です。捜査会議の結論が覆ります」

やはり、嶋謙一は捜査会議で話し合われた経緯にこだわっているようだ。その細い目が興奮していた。

「そういうことだ。貴和子殺害に関して松浦にはアリバイがある。それはそれとして次に進もう。この時間帯を前提に八人のアリバイを考えると、いろいろ見えてくるだろう。野村清美は二時五十分から三時半まで買い物に出ていて、屋敷内にいなかったから問題外。水谷香苗と平田小枝子はずっと一緒だった。そこでだ。桐生親子は三人でいたが、これは家族だからアリバイの証明力は弱い。まして、苑子と息子が本当に昼寝をしていれば、直明は最もチャンスのある人間だ。また、直明が昼寝をしていて、苑子にそのチャンスがあったとも考えられるわけだ。このように、清美、香苗、小枝子以外の人間には、ひとりだけの時間帯がある」

「貴和子がピアノのレッスン室に入った時間が分かると、もっと狭められるんですがね」

「それはそうだが、望んでも得られないことは潔く諦める。とにかく、大輔、あかり、桐生直明、苑子、加納拓真、この五人は、貴和子を殺害するチャンスがあった。あとは、動機。これは、憶測するしかない。われわれが知る限りでは、皆がいい関係であったように思う。だが、現に三人が殺害され、一人が自殺している。バックに大きな動機が隠れていることは間違いない。それから、念を押すが、松浦郁夫が宮本茂を殺害したのは、堂島家にいる誰かを庇うためだった。このことを忘れないこと。では、もう一度、今度は五人に絞って見てみよう」

また十五分ほど経過した。三人が顔を上げた。三人とも疲労して、顔が脂ぎっていた。嶋は細い目を充血させていた。田神は白い額に汗を滲ませている。

「どうかね。候補者に丸をつけてみては。ここでは殺害の動機は考えなくていい。松浦が庇いたかった人間は誰か、それと殺害のチャンス。これだけに絞ろう」

津由木の提案に、嶋と田神が賛成した。

三人が用紙に書かれた名前の上に丸を描いた。

「時間的に見て、もっともそのチャンスがあったと思います。それから、松浦が庇う、ということでも納得できるような気がします」

そう言いながら嶋がテーブルを片付け、用紙を中央に置いた。津由木と田神がその隣に並べた。

三人が同じ人物に丸をつけていた。

「やはり、君たちもそうか」

「ええ、自分も時間の推移に焦点を当てました。あとはシマさんと同じです」

田神がそう言って三組の用紙を引き寄せ、顔を紅潮させている。三人の心がひとつになったことに感動しているようだ。それは津由木も同じだった。

お互いに共通のデータがある。方向付けと信念をひとつにすれば、同じところに行き着くことは当然といえば当然だ。それでも、考え方が一致すると、心も一致したようで心地いい。

嶋謙一も嬉しがっているはずなのに、その顔は相変わらず真面目くさっている。

その嶋が、丸をつけた人物をボールペンでさし、津由木を見た。

「貴和子の場合はともかくとして、新之助は二階から落下して死亡した。これに間違いはないですよね」

「それは間違いない。右半身全体に強い打撲痕があった。落下時の衝撃の痕だ」

「解剖所見に、睡眠薬や覚せい剤検出の記載もありませんでした」

「そうだ」

「そうなると、われわれさえ、二階からの投身では死ねないだろうと思うのですから、犯人はもっと深く考え、確実な方法で事を進めて成功させたと思うんです。その方法について考えていると、いろいろ想像が膨らんで、果たしてこの人物に、その犯行が可能だろうかと思ってしまうんです」

田神が頷き、嶋の考えに補足した。

「それに、六時五十五分に受信した電話の件もありますよね、この人物が犯人だとすると、また、アリバイの問題が出てきます」

「分かってる。――しかし、君たちは実に真面目だな」

二人が、ポカンとした顔をして津由木を見た。

「新之助も貴和子も、同じ人物が単独で殺害した。このように決めて捜査に掛かるわけだろう。ということは、どちらか一方が解決すれば、もう一方は楽になる。違うか？　初めから二つの事件に同じ力を注ぐ必要はない。忘れたのか？　的をひとつに絞る。この場合も同じだ」

そう言って津由木は苦笑した。

「とはいうものの、実は俺も、反省しているよ。五日の夜、事情聴取した際、新之助は七時数分過ぎに投身したと信じ込んでいたから、七時前に全員がどこで何をしていたか訊いていない。――それから今回の事件を通して、まったく事情聴取してない人物がいる。誰だか分かるだろう」

嶋と田神が「ええ」と、答えた。

「その人物の聴取は是非しなくては駄目だ。これは、シマちゃんに頼みたい。どういう視点で聴取するか、あとでよく打ち合わせしよう」

嶋謙一が力強く頷いた。

「シマちゃんはやることが多いぞ。堂島建設の内情、堂島新之助の女性関係。新之助は十五年も前に妻を亡くしている。女関係がないはずがない。もし、一人で無理なら課長に話して応援を頼むぞ」

「いいえ、大丈夫です。みんな都内ですから」

「そうか。俺とガミ君は、明日、山形の赤湯へ行く。新之助、松浦、宮本、今はみんな死んでしまったが、赤湯は三人の故郷だ。ここで何かが掴めるはずだ。たとえ、本人はいなくなっても、生まれ育った故郷に、その人間の痕跡がないはずがない。もしかしたら、この事件の根が埋もれているかもしれん。新之助、貴和子親子はなぜ殺されたか……。ガミ君、いいだろう」

「お供します。よろしくお願いします」

田神が興奮気味に頭を下げ、残ったウーロンハイを飲んだ。

津由木が再びペンを移動させた。

「シマちゃんが、この人物に犯行が可能か、と言ったが、この人物だからこそ根深い恨み、動機へと繋がる何かを抱えているのかもしれない。われわれは一人ひとりの身上調査はほとんどしていない。新之助は自殺で片付き、宮本と貴和子は、松浦が犯人ということで決着を迎えようとしている。だから、こまかな身上調査など必要としなかった。与えられた残りの二日間は、そのことだけに使うことになるかもしれん。——まあ、余裕があったら、五日の午後六時五十五分に掛かってきた電話についても、考えることにしよう」

出張

十月十六日の午前八時、津由木哲夫と田神修司は松浦郁夫の家の前に立った。

この地域にしては小さな家だ。それでも小さな庭に小さな花壇があり、菊の花が育てられていた。周りを低いブロック塀で囲い、北側に車庫がある。そこには警察から戻された小型のコロナが納まっていた。

門扉といったものはなく、玄関の戸を開けると、目の前に堂島家の木戸がある。その木戸は格子戸のような造りなので、格子の穴から指を差し込むと、内側に取り付けられた鍵がはずせる。松浦郁夫は毎日この格子戸から、堂島家へ出入りしていたのだ。その堂島家は立て続けの不幸の中で静まり返っていた。

田神が玄関の引き戸を開けた。鍵は警察に保管してあった。

中は一坪ほどのたたきになっており、履物は何もない。たたきと室内の境はガラス戸で仕切られていた。二人はガラス戸を開けて中に入った。ここに入るのは二人とも二度目だから、勝手は分かっている。四角いスペースを四つに区切ったような造りで、八畳ほどのダイニングキッチン、左手に六畳の茶の間、その奥に六畳の寝室。ダイニングキッチンの向こうが水回りになっていて、浴室、洗面所、トイレがある。

どの部屋も十一日に来たときのままだった。喪服も掛けたままだし、座敷用のテーブルも少し傾いたままだった。

「アルバムは確か、あの天袋だったと思います」

田神がつかつかと進み、寝室の押入れの上の天袋を開けた、背伸びもしないで、三冊のアルバムを引き出した。

「君、身長どのくらい」

「185です」

「なるほどね。向こうのテーブルで見てみよう」

二人は十一日に松浦と宮本が座ったとみられている椅子に座り、アルバムを開いた。

アルバムは三冊あるが、写真の枚数は少ない。ほとんどが二十年ほども前、まだ妻が生きていた頃の写真で、最近の写真は見当たらない。松浦の妻は夫と同様、あまり特徴のない顔立ちで、おとなしそうな雰囲気の人だった。

「夫婦で撮ったものと、松浦が一人で写っているものがあるといいな。奥さんは米沢の人らしいが、念のためだ」

二人で手分けして写真を選んだ。一枚は夫婦でこの家の庭で撮ったもの。もう一枚は松浦が堂島家の庭で、黒いクラウンにホースで水をかけている姿。これは比較的新しいが、それでも十五、六年前のもののようだった。

田神が何気なく他のアルバムを開いているとき、古びた封筒が床に落ちた。アルバムの間に挟まっていたらしい。拾って中を見ると、写真が一枚入っている。田神は迷わず写真を取り出した。

「津由木さん、これは誰でしょう」

そこには松浦夫婦が写っていた。だが、夫婦が主役ではなく、前面にいる母子が主役であることは確かだった。カラー写真だが、かなり色あせている。赤ん坊を腕に抱いた若い母親が椅子に座り、その後ろに松浦夫婦が立っているという構図だった。

子どもは、生後、七、八カ月と思われるが、男の子か女の子か分からない。だが、赤ん坊にしては目鼻立ちが整っている。写真の裏を見てみたが何も書いてなかった。

「この若い母親、松浦に似てませんか？」

「そうだな、似てるというよりもそっくりだ。妹かもしれない」

「松浦の妹は、確か、二十五年前に死んでますよね」

「うむ。その写真も持っていこう」

午前十時、津由木と田神は宮本茂の家にいた。正確に言えば宮本茂の妻の住む家だ。場所は、埼京線の与野本町駅から徒歩十分ほどのところにあるマンションの三階だった。大型のマンションで百世帯は超すだろう。築十五年になる、と妻が言った。

津由木も田神も宮本の妻と対座するのは初めてだった。宮本の妻の聴取は他の刑事が行った。その時間、津由木と田神は堂島家で関係者の事情聴取を行っていたのだ。悲劇ではあったが、単純な犯行で、犯人も分かっていたため、それほど事細かな聴取が必要とは思われなかった。

ベランダに面した居間のテーブルにお茶が出された。六十を過ぎた夫婦の居間にしてはなかなか洒落たインテリアで、応接セットもこげ茶色のゆったりとしたソファ。テーブルも木製の重厚なもので、建売の小さい津由木の家の居間とは比べ物にならなかった。やはり、主人がフランス料理のシェフだった影響かもしれない。

居間の壁際に祭壇があり、中央に遺影がある。宮本は頬が豊かで見事な銀髪だった。謹厳そうな顔がまっすぐ前方を見ている。

津由木と田神の供えた線香から細い煙が上っていた。

「寂しくなりましたね」

「はい、あまりにも突然だったものですから、まだ実感が湧かないのです」

宮本の妻は夫と違って華奢な体つきだった。顔も細く眼も鼻も小さい。縁なしのめがねを掛けていた。調書には六十四歳と書かれていたが、疲れているせいか年齢よりも老けて見えた。

「一人でお暮らしですか」

「はい、息子夫婦が近くで、やはりマンション暮らしをしていますから、ときどき顔を見せてくれます」

「そうですか。それでは気持ちがまぎれますね」

津由木はあまり長居ができないのでさっそく本題に入った。

「電話で少し話させていただいたのですが、報告書を作成するに当たって、もう少し詳しい調書が必要になったものですから、伺った次第です」

「どういうことを話せばよいのでしょうか」

「ご主人と、堂島氏、それから松浦は同郷ということですが、三人はずいぶん親しくしていたのでしょうか?」

「この前もお話ししましたが、主人は堂島さんとはそれほど親しくしていたわけではないのです。松浦さんのほうと親密でした。あの日も電話で打ち合わせをして、十二時四十分に堂島さんの家に行くことになっていました。あとで聞いてみると、主人は十二時五十分に伺ったそうですから、渋滞に巻き込まれるかして遅れたのだと思います」

松浦郁夫は、自殺したとはいえ宮本茂殺害の容疑者である。津由木は遠慮して、松浦と呼び捨てにしたが、宮本の妻は松浦さんと言った。

「刑事さんはご存じでしょうか。集団就職」

「集団就職？　はあ、聞いたことがあります」

「私は東京生まれの東京育ちで、この歳なのに、言葉として知ってはいても、実際を知らないのです。三人は集団就職で上京したそうです。それぞれ就職先は違いまして、松浦さんは自動車の整備工場へ、堂島さんは堂島建設へ。主人はコック見習いです」

なるほどと、津由木は思った。松浦郁夫は自動車整備士の免許を持っていると桐生直明が言っていたが、松浦が初めに就職した先は自動車整備工場だったのだ。だが、なぜ堂島建設に転職したのだろう。それも堂島新之助つきの運転手として。

そのとき津由木は、おやっと思い、首をひねった。

集団就職……堂島建設……堂島新之助……？　津由木は隣の田神を見た。田神も津由木を見ていた。二人で頷いた。

宮本の妻はそんな二人の反応には気づかない様子で、少し沈黙し、何かを言い淀んでいるような顔つきをしていた。

津由木と田神はその顔を直視した。やがて、宮本の妻が顔を上げた。

「ご存じですか？　堂島さんは養子さんだということ」

「養子？」

佐久間と田神が同時に言った。宮本の妻が、「ええ」というように頷いた。

そうだったのかと、津由木は思いながら、

「そうですか。堂島新之助さんは養子なんですか？　では旧姓は？」

「関谷さんというそうです。実は、私もずいぶんあとになって聞いたのですが——」

堂島新之助、旧姓、関谷新之助は勉強好きだったらしく、堂島建設に勤めながら夜学で高校を卒業した。どこか秀でたところがあったのだろう。夜学の高卒にしてはいいポストに就き、その上、堂島社長の一人娘、雪江に惚れられるという幸運に恵まれた。

子どもに勝てる親はいない。気に入らないところもあっただろうが、結局、親のほうが折れ、新之助は堂島家に婿入りした。今の堂島家の屋敷も、舅《しゅうと》が娘夫婦に買い与えたものだった。

宮本の妻は、その内容を分かりやすく語った後、小さく吐息を漏らした。

「男の人は口が堅いのか、人のことには興味がないのか、主人からそういう細かなことを聞いたのは、かなりあとになってからなんです」

いささかびっくりした話だったが、津由木は生前の新之助を知らないせいか、あまり実感が湧かない。ただ、新之助という人物は努力家でもあり、運もついていたという感想を持った程度だった。

「三人の故郷は山形県の赤湯ですね。宮本さんはそちらにご親戚はあるのですか？」

「遠い親戚はありますが、付き合いはしていません。主人は末っ子なんです。それも歳が離れて生まれたものですから、親兄弟は早くからいないのです」

「堂島さんや、松浦はどうなんでしょう？」

「さあ、私には分かりません。本当に主人は無口な人で、あまり話さない人でした。特に堂島さんのことが話題になることはなかったです。主人がそんな風ですから、私も訊くチャンスがないまま今回のようなことになってしまいました」

「前回、お訊きしたことなのですが、堂島氏が自殺をしたあと、ご主人がときどき何か考え込んでいる風だったそうですが、そのあたりをもう少し具体的に話していただけませんか」

宮本の妻はしばらく考えている風をしていたが、やがて顔を上げた。

「——主人は囲碁が好きで、囲碁の番組は必ず観るのです。ところが堂島さんのことがあってから、テレビに目を当てているのですが、観てはいない。そういうことが二度ほどありました。大げさに言えば、誰かがテレビを消しても気がつかないんじゃないか、そう思うくらい、目だけテレビに向けて、頭の中ではまったく別の何かを考え込んでいるという感じでした」

「なるほど」

「それから、主人は料理人なのにタバコを吸うんです。そのときはベランダに椅子を出し、そこに掛けてタバコに火をつけました。私は室内で洗濯物をたたんでいたのですが、主人はタバコに火をつけただけで、あとは吸わないまま灰にしてしまいました。テレビのことがあったあとでしたので、私、何も言わずに様子を見ていたのです」

「そのことを奥さんはご主人に言いましたか」

「はい、心配事でもあるのかと訊きました。でも主人はなんでもないと言っていました。確かに、堂島さんの自殺はショックだったと思います。たまたまその日、堂島さんのお宅にいましたし、聞くところによると、堂島さんの遺体を発見したのが主人だそうですから、なおさら衝撃的だったとは思うのですが、主人の様子から、衝撃とか悲しみなどとは違う何かを感じたことは確かなのです。ただ、これは私が感じただけで、主人が具体的なことを言ったわけではないのです……」

「そうですか。で、松浦さんとの間にトラブルもなかったわけですね」

「私の知る限りではありません。当日の朝も、機嫌よく電話でやり取りしていたのですから。どんな事情があったのか分かりませんが、本当に不幸なことでした」

そう言って宮本の妻は祭壇の夫の遺影に目を遣った。

津由木はポケットから写真を出してテーブルに置いた。

「たいへん、心苦しいのですが、この写真を見ていただきたいのです」

「松浦さん夫婦ですか?」

「そうです。松浦の奥さんをご存じないですか」

「お会いしたことはありません。松浦さんは一度だけ、このマンションにいらしたことがあります。この赤ちゃんを抱いている人は……もしかして、妹さんかしら。松浦さんに似ていますね」

宮本の妻は、松浦が夫の加害者という意識が希薄なようだった。まだ現実を受け止めかねているのか、それとも、自殺して果てた松浦を憎みきれないのか……津由木には、宮本の妻の心情が分からなかった。

「この女性とお会いになったことはないですか」

「ありません。松浦さんに妹さんが一人いることは聞いたことがありますが、たしか、かなり前に亡くなられていますよね。この赤ちゃんは、妹さんのお子さんということかしら……」


大宮駅十一時二十分発の新幹線『つばさ』に乗った。東北新幹線『やまびこ』との連結である。

昨夜、堂島大輔に電話を掛け、十月四日に松浦が泊まった赤湯の宿を教えてもらった。松浦が宿泊した旅館の主人が松浦郁夫の幼馴染みなのだ。

先方には、昨夜《ゆうべ》のうちに知らせてある。

津由木としては、赤湯に行くに当たってなにか手がかりが欲しかったので、与野本町に住む宮本の家に寄ったのだが、宮本の妻は、松浦のことも堂島のこともほとんど知らなかった。新たな情報は、新之助が堂島家の養子であり、旧姓は関谷だということだけだった。

新幹線の駅はどこも同じだ。ハイスピードのせいか、窓から見る景色が目に馴染まないまま、あっという間に通り過ぎる。遠い景色は、動きは遅いが、遠すぎて密着感がない。新幹線で旅をするほどつまらないものはないだろう。

しかし、これが仕事となるとぐんと価値が高まる。山形まで日帰りができるのだ。これから行く赤湯まで、大宮から二時間ちょっと。朝早く出ればたっぷり一日仕事をして、午後八時には帰宅できる。そう思えばやはり新幹線はありがたい。

郡山を出てからコーヒーを買った。郡山も駅周辺は近代的で高いビルが建ち並んでいるが、

『つばさ』が本来のスピードを出し始めた頃には、ローカル色に変わる。

「ガミ君は赤湯に行ったことあるの？」

「いえ、初めてです。津由木さんは？」

「俺は一度だけ。まだ新幹線が走っていない頃、友達夫婦と俺たち夫婦で行った。たまのことだから、由緒ある旅館に泊まろうということで、立派な旅館へ泊まったが、どんな旅館だったかよく覚えていないな。それよりも、旅館の近くに烏帽子《えぼし》山公園というのがあってね、そこの桜が見事だったことは覚えてる」

「そうですか。赤湯というからには、湯が赤っぽいんですか？」

「そんなことはなかったな。うろ覚えだが、昔、傷ついた武士が湯に浸かって、血で湯の色が赤く染まったので、その名がついたと聞いたような気がする」

「へえ、そうなんですか」

しばらく二人は無口になった。田神修司はゆっくりコーヒーを口に運びながら何か考え事をしているようだった。やがて、前の四角いテーブルを引っ張り出し、コーヒーの紙コップを置いた。

「さっきから考えていたんですが」

「うむ」

「堂島新之助、宮本茂、松浦郁夫は同郷で同級生。そして、集団就職で揃って上京した」

「そうだな」

「堂島は、堂島建設に婿入りして、出世頭のようなものですが、宮本だって、努力の末にTホテル内のレストランでシェフを務めた。これだって立派なものです。ところが、松浦は同級生の堂島新之助の運転手、ちょっと二人とは違いますよね」

「まあ、そうだな。――なに、そんなところに動機が潜んでいると思っているのか？」

「いえ、そこまでは思いませんが、三人のバランスが悪いな、と思います」

「バランスね。――確かに不自然な気もするな。何か事情が隠れているのかな」

「ええ。それに家も隣ですよね。普通、上司の家の近くに住みたいとは思わないんじゃないでしょうか」

「それは言える。俺も、ガミ君が偉くなったら、隣には住みたくはない」

田神修司が声をたてて笑った。屈託のない明るい笑い声だった。津由木も思わず一緒に笑った。

「しかし、堂島新之助が養子だったとは驚いたな」

「――自分の父も養子です」

笑いを含んだ声で田神が言った。

「へえ、そうなのか。君の父上なら当然まだ現役だろう」

「ええ、弁護士です」

「弁護士！　それは……親子で敵同士のようなもんだ」

「お互いに、気にしていません」

「ひょっとして、君のおじいさんに当たる人は、父上の先生だった？」

「そうです。父は、祖父の法律事務所で働いていたそうです。祖父もまだ元気ですよ」

「兄弟は？」

「歳の離れた兄がいます。勤務医です」

津由木は笑った。田神家はエリートだらけだった。

『つばさ』は福島駅で六分停車。東北新幹線と切り離され、単独の山形新幹線となって走り出した。

昔、面倒な事件を抱え、真冬に何回か、山形県の米沢へ行った。その頃はまだ山形新幹線がなく、米沢へ行くには福島で乗り換え、コンクリートの薄暗いトンネルを通って5番線ホームへ行く。そこからつばさという特急が出ていて、それに乗ると約四十分で米沢に着く。米沢駅の手前に尾崎坂トンネルがあるが、名作『雪国』と同じで、そのトンネルを抜けると、それこそ雪国が広がっていた。空はいつもどんよりと曇り、道路の両脇には雪の壁が続いていた。米沢は東北でも屈指の豪雪地帯と言われるが、尾崎坂トンネルの手前はそれほどの雪ではないのだ。山ひとつでこれほど環境が変わる。そのことに驚嘆したものだった。

あと十分もすればそのトンネルに入る。

「近々、異動になるそうです」

「え？——あ、そう」

なんとなくしどろもどろになり、慌てて残りのコーヒーを飲んだ。冷めきっていた。

「いつ？」

「今月いっぱいです」

「どのくらい、いたっけ」

「ちょうど三カ月です」

「そうか。あっという間だったな」

「本当にそう思います」

突然、胸に小さな塊が入り込んだようで、その部分が痛いような、息の詰まるような感覚を味わっていた。

列車がトンネルに入った。それほど長いトンネルではないが、津由木はなんとなくトンネルに入ってよかったと思った。このトンネルを抜けると、すでに気持ちの切り替えができている。そうでありたいと願っていた。

二人は無言で前方を見ていた。闇の中をときどき明かりが線になって走り去った。

トンネルを抜けた。秋の日差しが強烈だった。まもなく米沢。米沢を過ぎると次が高畠《たかはた》、その次が赤湯だ。

「電話のトリックですが」

「え？」

「十月五日に新之助に掛かった電話です」

「ああ、六時五十五分から七時まで新之助が話した電話だろう、ヒツウチからの」

「そうです。ずっと考えていたんですが、ヒツウチの機能は簡単に使えます。あのとき、貴和子を除き、全員が食堂にいました。その人たちは、みんな携帯電話を持っていたでしょうから、誰でも堂島家の固定電話へ掛けられます。そういう意味では、台所にいた宮本茂にも、野村清美にもできます」

「しかし、みんながテーブルに着いていたんだろう。そして、談笑していた。そんなところで携帯電話を使えばすぐに気づかれるだろう」

「そうですが、それはなんとかなると思います。家で試したら、なんとかなりました。細かな確認がまだできていませんが、誰にも気づかれずに携帯電話を使うことは可能だと思います。問題は、新之助の自室にある子機なんです」

「うむ」

「二回コール音を鳴らしたあと、充電器から子機をはずす。充電器からはずされている子機なら受信のボタンを押す。いずれかの操作をして、子機を話し中の状態にしなければ、食堂の親機のディスプレーに、使用中の明かりは点きません。われわれの推理では、電話が掛かった時間、新之助はすでに死んでいたのですから、新之助以外の誰かが子機を操作したわけです。コール音が鳴ったとき、二階にいたのは貴和子だけ。貴和子にはそのチャンスがあった。しかし、貴和子は殺害されました。新之助と貴和子を殺害したのは同じ人物。ということは、貴和子以外の人間が充電器から子機をはずし、五分後に充電器に戻した、ということになります。でも、そのとき、みんな一階にいました」

「そうだったな。われわれが遺書を探しに新之助の部屋へ入ったとき、子機は充電器に納まっていた」

「そうなんです。あの子機を遠く離れた場所、つまり、一階から操作する方法はないものかとずいぶん考えているんですが、まだ、思いつきません」

「その前に、みんなでしゃべっているとき、どうやったら誰にも気づかれずに携帯電話を掛けられるんだ」

「それはもう少し待ってください。今夜もう一度、家で試してみますから」

「またまた、もったいぶって」

「そういうわけではないんです。確認したいことがあるんです。それより、津由木さん、何かいい案、浮かびませんか。一階にいて、二階にある子機を充電器からはずし、五分後に充電器に戻す方法」

「一階から二階の子機を操作する、か。それは——魔法使いにしかできないな」

「でも、犯人はそれをやってのけたんです。犯人は魔法使いではありません」

「うーむ。そういうことは、若い君たちに任せていたから、まったく考えていなかったが、充電器ね……充電器」

「ええ、充電器です。そこから子機をはずしたり戻したりするんです。どこの家でもだいたい子機は充電器に納まっています。堂島家の新之助の自室の子機もそうでした」

「そうだったな。確かに充電器に納まっていた」

「はい。ですから犯人は、一階からリモートコントロールするようにして、充電器から子機をはずし、五分後に子機を充電器に納めたのです」

津由木は「うーむ」と唸って腕を組んだ。

「さっきから、充電、充電って聞かされたから思いついたんだけど、子機は電池が切れると使えなくなる。もし、話し中に電池が切れれば、通話が途切れるということだろう。そうなれば、親機の、使用中のサインも消えるということにならんか」

「——それはそうですね」

「だったら、それを利用できないかな。電池を、五分間だけ話せるようにしておくということだ。

ずっと放電させるかして、電池が五分間でなくなる状態にしておく」

田神が目をぱちぱちさせながら津由木を見た。

津由木の思いつきに意表を衝かれたようだ。そのあと、怪訝そうな顔をして首を傾げている。

「どうだ？」

「え、ああ、でも、それって、自動的に電話が切れることはあっても、自動的に子機を充電器からはずしたり納めたりすることにはなりませんよね」

「——まあ、そうだな」

田神がにこっと笑った。

「でも、津由木さん、片道切符は取れそうです」

「片道切符？」

「今までは往復とも分からなかったんです。コールが二回鳴ったら子機がはずれて通話状態になる。これが行きです。五分経ったら切れる。これが帰りです。でも、津由木さんの考えた方法を使えば、帰りはクリアできるかもしれません。あとは行きです」

「おい、赤湯だよ！」

二人は慌てて立ち上がり、ドアまで走って、ホームへ飛び降りた。

顔を見合わせて笑った。


駅前のラーメン屋に入り、腹ごしらえをしてからタクシーに乗った。十四時十分だった。

「南陽市赤湯三〇一×番地の、大滝苑へ行ってください」

中年の運転手が機嫌のいい返事をしてスタートした。

タクシーは駅前に延びる大きい道路をまっすぐ走り、小さい交差点をいくつか渡って右折した。しばらく走って今度は左折。すぐ右手に学校らしき建物が見えている。

「運転手さん、あれは学校でしょう?」

「はい、赤湯中学です」

運転手が東北なまりの口調で教えてくれた。堂島、宮本、松浦が卒業した赤湯中学校だった。その学校はクリーム色をした洒落た建物だった。三人が通った頃とは違っているだろう。

まもなく大きな川を渡った。

「吉野川といいます。最上川の支流です。右手に赤湯小学校があります」

運転手は親切だった。学校関係の人間と思ったのかもしれない。運転ぶりもおとなしかった。ふと、松浦の律儀そうな顔を思い浮かべた。

川を渡り、信号を三つほど渡ってすぐに右に曲がった。そこに、『大滝苑』という看板があった。

小さな旅館の、小さな玄関の前にタクシーが止まった。

『大滝苑』の主人、大滝勝は大柄で顔がつやつやしていて、六十五歳には見えない。目が細いのに、その眼はいつも笑っているようだった。

やはり客商売をしている人は違う。そんなことを思いながら、大滝に案内されて、フロント横の狭いロビーへ歩いた。丸い小さなテーブルが三つ置いてあり、その周りに、枠が籐でできた布張りの椅子が二つずつある。

大滝が別のテーブルから椅子を一脚移動させた。

改めて、突然訪ねたことを詫びるような挨拶をし、大滝勝が、まるで泊まり客を迎えるような丁寧な挨拶をした。三人が腰を下ろした。

和服を着た中年の婦人が、お茶を運んできた。婦人が去るのを待って、津由木は言った。

「今回のことでは、驚かれましたでしょう」

「言葉もありません」

さすがの大滝勝も、このときは顔を曇らせ、声を低くした。

「四日に泊まっていったばかりなんです」

「そうだそうですね。ところで、大滝さんは堂島新之助さんの葬儀には行かれたんですか」

「いえ、私は行きませんでした」

「では、あまり親しくしていなかった？」

「そうですね。松浦君とは、少なくとも年に一度は会っていますが、関谷君や宮本君とはここしばらく会っていません」

大滝は、堂島に対して初めから関谷と呼んだ。

「そうですか。で、四日に会ったときの松浦さんに、変わったところはなかったですか？」

「それが、まったくなかったんです。ただ、酒を飲まなかったので、理由を訊きましたら、胃の調子が悪いので飲まないでおくと言ってました。その他に変わったことはありませんでした。食事も、出したものはほとんど食べましたし、よく話もしました。いまだに信じられません。三人が一度にですからね」

「聞くところによると、三人は集団就職組だったそうですね」

「はい、そうです。集団就職と呼ばれる終わりの頃だったと思いますが、あの年もこの地域から大勢の中学卒業生が上京しました。今回の三人も同じです。松浦が自動車整備工場、宮本がコック見習い、関谷が建設会社に就職したのです」

「そういえば、堂島さんは養子だそうですね」

「そうです。旧姓は関谷なんです。ですから、私は今でも関谷のほうがぴったりくるんです。堂島になってからは何回も会っていませんから」

「なるほど。ところで、何か心当たりはありませんか。堂島さんは別としても、宮本さんと松浦さんが、ああいうことになったわけです。特に松浦さんはこちらに泊まって一週間後ですからね」

「どう考えても何も思い当たりません。松浦君は、なんと言いますか、粗暴というところのまったくない人間なのです。あまり大きな声を出すこともないし、慎み深いし。——それに、宮本君のことについても、彼が定年になったので会うチャンスが多くなったと言って、喜んでいたんですよ。四日に泊まったときにそう言ってたんです」

「そうですか。ところで堂島さんという方は、どんな方でしたか」

大滝勝が少し笑った。

「関谷君は、まあ、学校の勉強のできる子でした。家が豊かなら、高校、大学と進学したかったのでしょう。ですから、東京で就職しても、苦学をして高校を卒業しています。このあたりでは出世頭だと思いますよ。建設会社の社長ですから」

「人間的には？」

「努力家であることは確かですね。ただ、私は付き合いがないのです。彼は、ほとんどこちらには帰りませんし、年賀状のやり取りさえなかったんです」

「ということは、親戚関係も、こちらにはないということですか？」

「そういうわけではないのでしょうが、疎遠だとは思います」

津由木は上着のポケットから封筒を出し、中から写真を引き出した。写真は三枚だった。

「この写真は、松浦さん夫妻ですね」

「ええ、奥さんの啓子さんです。この人は米沢の人なんです。——おや、こちらの写真、これは美佐子ちゃんですね、そうだ、美佐子ちゃんだ」

大滝は写真を持ち、赤ん坊を抱いている若い女性に、目を奪われたように見入っている。

「その人をご存じなんですね」

「知ってるも何も、松浦君の妹です」

「やはり、そうですか。で、抱いている子どもは、当然、その、美佐子さんの子どもですね」

「たぶん、そうだと思います」

「たぶん？　ということは、よくは知らないということですか」

「ええ、よくは知りません。松浦君が話しませんから、こちらからは訊きませんでした。ただ、美佐子ちゃんが子どもを産んだ、という噂は耳にしていました」

「それは、結婚をしてですか？」

「いえ、違うと思います」

「なるほど、そうですか。——この写真では、どこで撮ったのか分からないのですが、美佐子さんは子どもをどこで育てて、その子どもは、今どこにいるのでしょうか。美佐子さん自身は二十五年も前に亡くなっていますね。本来ならば、子どものいない松浦さん夫婦が育てるのが自然かと思いますが、そうではない。まさか、子どもまで死んだわけではないでしょう」

大滝は丸い顎を撫でるようにしながら、窓ガラスの向こうにある池に目を当てている。澄んだ水の中で錦鯉が二尾泳いでいた。

大滝が思い切ったようにその細い目を津由木に向けた。

「これは、あくまでも噂ですが」

「ええ」

「子どもの父親に引き取られたという噂は聞きました」

「子どもの父親が誰か、大滝さんは本当に知らないのですか」

「本当に知りません。松浦君は口の堅い男なんです。それに、子どもの人生に関わってくることですから、軽率に口には出せなかったんでしょうね。それは、こちらも同じです。私の耳に入るのは世間の噂だけで、その噂を松浦君に確かめたこともないのです」

「どんな噂ですか?」

「——子どもの父親は、美佐子ちゃんの勤めていた会社の上司、と聞きました」

「美佐子さんは東京に出ていたんですか? それともこちらで就職したんですか」

「ここでは、就職していません。彼女は、高校を卒業すると、すぐに郡山へ行きました。そこまでは知っているのですが、その後すぐに、両親が相次いで死んだものですから、ほとんどこちらには来なくなって、まったく分からなくなりました。私が最後に美佐子ちゃんを見たのは、彼女が、二十歳になるかならないかのときだと思います」

「美佐子さんという人は、どうして亡くなられたんですか？　ずいぶん若かったと思いますが」

「そうですね、二十六、七歳だったと思いますよ。病死だと聞いています。しばらく、郡山の病院に入院していたことは聞いているんです。――これも噂なのですが、子どもを無理やり取り上げられたのが原因で、精神的におかしくなった、という話も聞きました。人はいろいろに言いますからね。自殺したと言う人もいたし。……それも、遠い昔の噂です」

「自殺……」

「いえ、だから噂なんです」

「子どもは、男の子、女の子、どっちなんでしょうね。この写真では分かりません。それに、いつ頃、引き取られたんでしょう、父親に」

「まったく分かりません。こんな風に写真を見たのも初めてですから」

「その子が生きているとして、何歳くらいでしょうか」

「そうですね。美佐子ちゃんの噂を聞いた時期を考えると、もう三十歳近くになるんじゃないでしょうか」

「三十歳、ですか。……先ほど、松浦さんは自動車の整備工場に就職したと聞きましたが、堂島建設に転職したのはいつなんですか」

「三十代の、半ばくらいだったと思います。勤めていた整備工場が何かの事情で廃業したんです。

今回の三人は、東京に出てからも時々は連絡を取り合っていたようですね。それで、松浦君は職を失ったことを関谷君に話したんだと思います。ちょうどその頃、堂島建設の社長つきの運転手が体を壊して退職が決まっており、後任を探していたときだったので、すんなり就職が決まったようですよ」

「その頃、妹の美佐子さんはどうしていたんでしょうかね」

大滝が大きな顔を傾げるようにし、細い眼をいっそう細くした。

「分かりません。ただ、松浦君と美佐子ちゃんは歳が十歳ほど、離れてるんです。ですから、美佐子ちゃんはその頃、二十四、五歳ということですかね」

「それから二、三年で亡くなったということですね。――ところで、堂島建設の前社長、今度亡くなられた新之助さんの舅に当たる人は、いつ頃亡くなったんですか」

「さあ、それは知りませんが、関谷君が社長に就任したのは、四十代の後半だった思います」

「それで松浦さんは、引き続き新之助氏の運転手になったということですか」

「まあ、そういうわけですが、そのあたりの経緯はよく分かりません。私たちの感覚では、同級生のお抱え運転手なんて屈辱的だなどと、つい思ってしまいますが、松浦君にはそんな様子は見られませんでしたね」

「そうですね。自宅も堂島家のすぐ隣ですから」

「ああ、こちらの土地を売ったんです。今の自宅は古い家ごと買ったようですよ。歳を取ると、勤め先は近いに限る、なんて言って、結構満足そうにしていました」

「堂島さんに対する不満などは聞いていませんか」

「松浦君はそういう男ではないです」

大滝がしんみりした口調で言った。

「――松浦さんは、四日に来て五日に帰ったんですね。何時の新幹線に乗ったかご存じですか」

「知ってます。四時三十分発です。私が改札口まで送りました」

隣の田神がさっと計算したらしく。津由木のほうに顔を向けて頷いた。堂島新之助の死亡時のアリバイはあるということなのだろう。

「松浦さんは二泊して、六日に帰る予定だったと聞いているのですが、予定を変更した理由はなんだったんですか」

「ああ、薬を一種類持ってくるのを忘れたので、早く帰ると言ってました。われわれの歳になると、誰でも何種類かの薬をのんでるものです」

「そういうことだったのですか」

大滝勝は、松浦が胃癌であったことを知らないようだ。わざわざ伝える必要もないと思い、津由木は黙っていた。

「最後にお訊きしますが、松浦さんは、今の住まいへ移る前はどこに住んでいたか、ご存じですか」

「日暮里《にっぽり》です。整備工場が日暮里にあったんです。だから、何年間かは、日暮里の借家から堂島家へ通ったと思います」

「詳しい住所、分かりませんか」

「分かります――」

そう言って立ちかけた大滝が、細い眼を見開くようにして津由木を見た。

「どうしました?」

「いえ、言うべきかどうか迷っているうちに話が込み入ってきて、うっかり忘れてました」

「なんですか?」

「実は、昨日も、松浦君のことでここを訪ねてきた人がいるんです。刑事さんのように細かなことは訊きませんでしたが、ただ、松浦君の前の住所を聞きたいと言いました」

津由木も田神もびっくりして大滝を見た。

「誰です? 男ですか、女ですか」

「女性です。堂島さんと親しくしている者です、と言いました。とてもきちんとした人で、名刺を置いていきました」

大滝が名刺入れを出して中を探っている。

津由木も田神も息が詰まるほどの緊張感で大滝の手元を見ていた。

「この人です」

名刺を覗いた津由木と田神は、思わず顔を見合わせた。

見せられた名刺には、平田小枝子と書かれていた。


午後六時三十分、津由木哲夫と田神修司は日暮里の裏通りを歩いていた。

まさに、とんぼ返りだ。赤湯を十五時三十分発の『つばさ』に乗車、十七時五十分に上野駅着。

山手線に乗り換え、日暮里駅下車。西口を出て、駅前の広い通りを渡り、斜め前の路地を入って、七分ほど歩いた地域だった。

木造の古いアパートが何棟もあるかと思うと、いきなり、近代的なマンションが現れる。アパートに密着して病院があり、病院の裏手に銭湯の煙突が立っている。

豆腐屋があり総菜屋があり、片側には建売住宅らしい、洒落てはいるが似通った造りの一戸建てがずらりと並んでいる。なんとなく統一性のない街並みだ。

二人が目指す住所は、荒川区日暮里二—×—×、星野慶介宅だった。

「今、六時半でしょう。やはり、松浦郁夫にはアリバイが成立します。五日の雨の状態から考えて、新之助が殺害された時間は、六時から六時半の可能性が高いです。われわれは三時三十分に赤湯駅を発ち、六時半にここにいます。松浦はあの日、われわれよりも一時間遅く、十六時三十分に赤湯駅を発ったのだから、今、大宮あたりを通過している頃です。田園調布の堂島家にいることはできません」

隣を歩く、身長185センチが言った。声が上から聞こえる。

「そうだな。全て私がやりました、などと書置きしても、すぐにばれる。それを判断する余裕さえなかったんだろう。松浦は宮本を殺害後すぐに自殺した。その理由が分かるような気がするよ。警察に捕まれば、新之助殺害については、アリバイが成立してしまうことを悟ったんだ。しかし、死んでしまえば、真実は永久に分からない。自分が死ぬことで、その人を庇い通せるかもしれないと、一縷《いちる》の望みを託したんじゃないかな。現に、署内の結論は、松浦が殺したのは、宮本と貴和子ということになっている」

「そうですね。——人を殺してまで庇おうとし、次に自分を殺して庇う。すごい精神力です」

田神はずっとそのことを考えていたらしい。

初めの計画では、帰りは松浦郁夫と同じ時刻の列車に乗り、五日の、松浦の行動と時間を正確に知ることも、目的のひとつだった。だが、思いがけない平田小枝子の名刺出現で、急に落ち着かなくなり、一時間早い列車にしたのだった。

「それにしても、平田小枝子がどうして、松浦郁夫の昔の住所を知りたがっているんでしょうかね」

「分からん。——平田小枝子は誰に大滝の住所を聞いたんだろう」

「大滝苑のことは、堂島家の誰もが知ってますから、平田小枝子が知ることも難しくはないでしょう。松浦が定宿《じょうやど》にしていた旅館だし、赤湯は新之助の故郷ですから」

「そうだな。もしかすると、われわれが今日知ったことを、平田小枝子は前から知っていたのかもしれないな」

「松浦の妹が、未婚で出産したことですか？」

「うむ。だから彼女は、松浦の昔の住所だけ分かればよかった。……ガミ君、この辺じゃないかな」

「あ、そうですね。ちょっと、待ってください」

田神修司がメモ用紙を持ち、住所の確認を始めた。電話番号は分かっているので、先方には訪問することを伝えてある。大体の道順もそのときに聞いてあった。

津由木は接骨院の、明るい看板の横に立っていた。

左右の家を確認するから、田神は通路をジグザグに歩くことになる。さらさらした髪の毛をときどき掻き上げながら、一軒一軒の住所を睨《にら》むように確認する。スーツ姿がよく似合っている。何をしても様になる男だ。

今回のヤマが、この若いエリートと組む、最初で最後の仕事となるだろう。お互いに納得のいく結末を迎えたいものだと津由木は思っていた。

田神が、三十メートルほど先の路地を入り、すぐに出てきた。

「分かりました」

日本蕎麦屋と二階建てアパートの間を入ってすぐ左に、星野慶介宅があった。

ブロック塀で囲まれた大きな家である。表札に大勢の名が書かれている。核家族ではないらしい。星野慶介が筆頭だった。


広い応接間の大きなソファに三人が座った。すぐに中年の婦人がお茶を持ってきた。星野慶介が、「長男の嫁です」と紹介した。

星野慶介は七十歳ほどと思われた。まだ現役で、玩具の問屋を経営しているということだが、茶色の丸首のセーターをお洒落に着こなし、老人とは呼べないほど矍鑠《かくしゃく》としていた。

「こちらへ来る途中に、比較的新しい一戸建ての家が何軒か並んでましたでしょう。あそこの土地の一部が、昔は私どもの土地だったのです。区画整理で手放しましたが、あそこに住んでたんですよ、松浦さん夫婦は」

津由木は、今通ってきた道を思い浮かべた。道路の右側に同じような造りの家が並んでいた。あの一画のことを言うのだろう。

「初めはこの近くのアパートに住んでいたのですが、結婚をきっかけに、私どもの家に移ったのです。その家は私の親が住んでいましてね。両親が亡くなって、空き家にしておくのも物騒なものですから、少し手直しして、一階と二階を借家にしたのです。松浦さんは一階に住んでいました。普通のアパートと違って広いし、一戸建てのようにして住めますから、喜んでくれましてね、ずいぶん永く住んでいたんです」

「永いというと、どのくらいですか」

「そうですね。越してから十四年ほどになるのですが、住んでいたのは二十年くらいだったと思いますよ。本当にびっくりしたことでした。同姓同名かと思いましたよ」

いきなり話が事件のことへ飛んだ。

「それは、松浦さんの人柄からそう思われたんですか」

「もちろんそうです。家内は、今でも信じられないと言ってます。まず、揉め事のない人で、奥さんもおとなしい人でした。それでいて芯が通っていて、東北の人とは、こういう人か、と思わせるような人たちでしたね。奥さんは米沢の人だったと思います」

「松浦さんに妹さんがいたのをご存じですか？」

「知っています。美佐子さんでしょう。美佐子さんは気の毒でしたね。ずいぶん、若くして亡くなったそうで」

「美佐子さんに会ったことがあるんですか？」

「会うも何も、しばらく松浦さん夫婦と同居してましたから」

「同居？　いつ頃のことですか」

「さあ、はっきりしたことは覚えていませんが。三十年ほど前でしょうか。同居はそれほど永くはなかったです。しばらくして、美佐子さんは山形のほうへ帰ったと思いますよ。それからまもなくして亡くなったと聞きました」

津由木は写真を出してテーブルに置いた。

「この人が美佐子さんですか？」

星野慶介が眼鏡をかけて写真を持った。

星野がポカンとした顔を津由木に向けた。

「美佐子さんには子どもがいたんですか。結婚したんですか？」

「いえ、結婚はしていなかったようなのですが、ご主人は、美佐子さんに子どものいることはご存じなかったんですね」

「ええ、知りませんでした……」

星野慶介はしばらくじっと写真を見ていたが、

「家内を呼びますから、ちょっと待っていてください」

そう言うと写真をテーブルに置いて応接室を出て行った。

津由木と田神がお茶をすすっているとき、星野が白髪の婦人を伴って戻ってきた。二人は立ち上がり、星野の妻に改めて挨拶をした。

星野の妻はよく肥え、丸い顔に丸い目をしていた。

「あら、ほんとだわ」

妻は写真を見ると、甲高い声を上げた。そして言った。

「美佐子さん、やっぱり、そうだったんだわ。どうもおかしいと思ったのよ、あの頃——」

美佐子が松浦夫婦と同居して一年ほど過ぎた頃、美佐子が星野家へ遊びにきた。その頃、星野家では二女が生まれて半年ほどになっており、いわゆる可愛い盛りだった。美佐子はことのほか二女を可愛がった。可愛がるというよりも、赤ん坊に強い関心を持っているように、細かなことをいろいろ質問した。

「そのときは、年頃の娘さんだし、赤ちゃんに興味を持っても不思議ではないと思ったんですけど、ある日、休日でもないのに美佐子さん、家にいましてね。私、ちょうどそのとき、松浦さんの家の前を通ったんですけど、美佐子さん、家の横手に置いてある洗濯機のそばで吐いていたんです。そういうところを二回ほど見かけて、もしかして、と思っているうちに山形へ帰ったんです」

「美佐子さんに確かめることはしなかったんですね」

「それはしません。結婚していない娘さんですし、もし、私の勘違いだったらずいぶん失礼になりますから。それからどのくらいたってからかしら、美佐子さんが亡くなったと聞きました。そうだったんですか。やっぱり、美佐子さん、妊娠してたのね。……ずいぶん昔のことです。松浦さんも奥さんも若いわ」

星野の妻は感慨深げな声で話しながら、写真から目を離さなかった。

「この赤ちゃん、男の子かしら。ずいぶん目鼻立ちがはっきりしてますね――」

それにしても、松浦さんがあんなひどいことをするなんて信じられません。そう言い残して星野の妻は応接間を出て行った。

「この美佐子さんですが、先ほど奥様が、休日でもないのに家にいたとおっしゃっていましたが、美佐子さんは、どこかに勤めていたということですね」

「どこって、松浦さんと同じ会社ですよ。確か建設関係の会社でした」

その瞬間、津由木の頭の中で、ばらばらに浮遊していた糸が、あちこちで繋がり、やがて一本の筋道となって延びていくような、曙光《しょこう》を感じた。

隣の田神も興奮しているようだ。白い顔が引き締まり、赤い唇をいっそう赤くしている。

「ところで、こちらを訪ねてきたという、平田小枝子さんなのですが、美佐子さんの妊娠とか、子どものことを訊きましたか？」

「いいえ、それは訊きません。ただ、美佐子さんが勤めていたのはどこかと訊かれただけです。それから、松浦さんが会社を退職か、休職していた時期はなかったかと、訊かれました」

「退職か休職？　松浦さんにそんな時期があったんですか？」

「ええ、妹さんが亡くなる前後の二、三年は、勤めていなかったと思います。というよりも、妹さんのことで山形に帰ることが多くて、勤務できなかったのかもしれませんね。妹さんが亡くなってしばらくしてまた勤め始めました。ただ、これは松浦さんに直接聞いたわけではないのです。こちらの勝手な想像です。それに、なにぶん昔のことですから、そのことは忘れていました。平田さんという人に訊かれて思い出したんです。ただ、数年間勤務していなかったことは確かです。その当時、家にはときどきしか帰りませんで、ほとんど山形に行ってましたから」

「山形のどこなんでしょう、生まれは赤湯なんですが」

「奥さんの実家が米沢ですから、そちらではないかと思いますよ」

このあたりが、大滝勝の話と食い違っている。大滝は、美佐子は郡山にいたと言っていた。だが、こうして星野慶介の話を聞いてみると、星野の話のほうに信憑性《しんぴょうせい》を感じる。美佐子が出産したことを知っている大滝、これからも付き合いの続くであろう大滝だからこそ、松浦は、ぼかした話し方をしていたのかもしれない。

そして、不可解な行動をしている平田小枝子は、美佐子の妊娠や、生まれた子どもについては、大滝にも星野にも訊いていない。ということは、小枝子はそのことを知っているからだ。その子が、男の子か女の子かも知っている、いや、それが誰なのかも知っている。こう思って間違いない。

小枝子が知りたかったのは、美佐子が妊娠したと思われる時期の勤務先。つまり、美佐子の産んだ子どもの父親は誰なのか。それを探っているのだ。そして美佐子が、兄、松浦郁夫と同じ堂島建設に勤務していたことを探り当てた。

子どもの父親は、堂島建設で美佐子の上司であった男に間違いないだろう。大滝勝も言っていた。子どもの父親は美佐子の勤務先の上司だったと。だが、大滝勝は、美佐子の勤務先が堂島建設だとは知らない。

しかし、なぜ平田小枝子がそれを探るのか……?

翌日、津由木、嶋、田神の三人は、刑事部屋の脇にある簡素な応接室にいた。

あの日、ここで三人が話しているときに、宮本殺害の一報が入ったのだった。宮本茂と言われても、とっさに誰のことか分からなかったのを覚えている。くしくも、今日十七日は、宮本と松浦、そして貴和子の初七日だった。

「絶対、この方法に間違いありません！」

そう言うと、田神修司は時間表に丸をつけた人物に指を置いた。

「この人物なら、それが可能なんです。なぜ、こんな簡単なことを、今まで思いつかなかったんだろう。分かってみると、笑っちゃうくらいシンプルです」

「ガミ君は、何でこんなに興奮してるんですか？」

嶋がそう言って津由木を見た。

「電話のトリックが分かったんだと。一階にいて、二階にある子機を充電器からはずし、五分後に充電器に戻すトリック。五日の六時五十五分に、ヒツウチの相手から新之助に電話が掛かり、七時まで通話しただろう。あの電話だよ」

「ああ、その電話で新之助の自殺が決定的になり、死亡時間が七時頃となりましたね。――えっ！　ガミ君、トリック解明したの？」

「そうらしい。さっきから一人で興奮している。俺が、せっかく電池消耗のアイディアを提供したのに、即刻却下されたよ」

「電池消耗って、なんです？」

「なんでもない。消去、消去」

「なに、なに、教えてよ。一階にいて、どうやって二階にある子機を操作するんだ？」

「追い追い、その話になりますよ。送信者が特定できれば追及できます。それに今度は自殺ではなく犯罪ですからね。警察の権限で公開できます。ヒツウチだって料金は請求されますから、電話業者にはデータがあります。さあ、順序正しく進めましょう」

田神はにやにや笑いながら津由木を見た。

「そうだな、魔法使いの話はあとにするとして、まずシマちゃん、堂島建設の内情と、新之助の女性関係、そこから報告してくれないか」

「堂島建設は、恵比寿駅から徒歩十分くらいの場所にあり、五階建ての自社ビルです。経営状態は安泰。派手な利益は上げないが、大きな損もしない。だからといって発展していないかといえばそうでもない。堂島新之助は、社内ではカタツムリ経営者、と言われていたそうです」

「カタツムリ？……ああ、動きはゆっくりでも着実に前進するという、あれか」

「そうです。主なる商品は、中型マンションの建設。都内よりも近県、それも駅周辺には目を向けず、むしろ、交通の便が悪いと思われるような土地に建設しています。今はほとんどの主婦が車を持ち、運転をするので、駅近にはこだわらない、その分、コストダウンして、ごく普通のサラリーマン家族が、ほんのちょっと努力すれば確実にマイホームが手に入る。こういう理念の企業方針のようです。十八年前に先代の社長が死去。すぐに、新之助が社長に就任しています。妻の死んだのが、十五年前、これは病死です」

「次期社長は？」

「はっきりしたことは聞けませんでしたが、やはり後継者は堂島大輔と見られているようです。社長の突然の死で、内紛が発生しているような感じはないようです。あの会社には、新之助の信任の厚かった、佐竹成明という常務がいて、現在は彼が切り回しているようです。当面は佐竹が大輔の補佐をし、将来的には大輔が社長に就任する。そんなような情報です」

「桐生直明について、何か聞いたかね」

「彼の評判はたいへんいいですね。しかしそれは、仕事のできる切れ者というよりも、人柄がいいということのようです。娘婿の直明が社長になるようなことはないだろう、というのが社員の印象で、本人もそんなことは毛頭考えていないようです」

「新之助の女関係は？」

「いました。これは、堂島建設がよく利用する、品川の『正広』という料亭からの情報です。その仲居が新之助の愛人の友達なんです」

「会えたの？　その愛人に」

「ええ、品川のマンションで暮らしています。四十代後半の、小太りで愛嬌のある女性でした。新之助と知り合ったのは、『正広』で仲居をしていたときだそうですが、新之助とそういうことになって、店を替えています」

「愛人生活をしながら仕事をしているのか」

「そうなんです。ただ、愛人といえば愛人なのですが、新之助は女のマンションに泊まるようなことはなかったそうです。どんなに遅くとも必ず家へ帰る。女のほうも割り切っていて仕事を辞めることもなく、彼女の休みのときに、新之助が訪ねる。そんな関係が五、六年続いていたそうです」

「どんな様子だった、その女。数年付き合った男が自殺したわけだろう、どんな反応だった？」

「気落ちしていたといえばそうも言えますが、とにかく、信じられないの一点張りでした。新之助は仕事のことも家族のことも、ほとんど話さない人だったそうですが、家族を大切にしていることは感じていたそうです。自殺する数日前にも女のところへ行ってますが、塞いだ様子はまったくなかったそうです」

「うむ。まあ、愛人がいたことはともかくとして、基本的には家族思いの真面目な人だったんだな。新之助という人物は」

「ええ、そのことについては『正広』の女将も言ってました。堂島は、二次会にはほとんど出ず、商談が終わり、食事が済むとまっすぐ家に帰ったそうです」

「なるほどね。――さて、あとは、最も大事な事情聴取だが」

津由木が意味ありげに笑いながら嶋を見、田神も興味深げな目を嶋に向けた。

「はい、これがなかなかしゃべってくれなくて往生しましたが、付き添い人がトイレに立ったら、急に態度が変わったんです。それで、しばらく付き添い人に離れてもらいました。そうしたら――」

いつも真面目くさった顔をしている嶋が、突然破顔し、

「ひょっとすると、これは、大ヒットに繋がるかもしれません。ガミ君のトリックとどう勝負するか――」

そのとき、内線の電話が鳴った。電話機は応接室の隅にある。田神修司が長い腕を伸ばして受話器をはずした。耳に当て応答している。やがて、受話器を置いた。

「津由木さんに面会人です」

「誰?」

「加納拓真だそうです」

津由木と嶋が「えっ」という顔をした。三人が顔を見合わせた。

アトリエ

玄関を開けると、大輔が迎えに出た。

大輔は疲れきった顔をしていた。今日は貴和子の初七日である。平田小枝子と水谷香苗が焼香を済ませて帰ったことは知っていた。居間に入ると、桐生直明だけがいた。

「やあ、苑子は弘樹を迎えに行ってるんだ」

ムードメーカーの直明も、さすがに元気が出ないようだった。

弘樹はここ数日、堂島家から幼稚園へ通っている。桐生家の自宅マンションは、港区白金台。幼稚園も白金台なので、苑子か直明が送り迎えしている。

野村清美がコーヒーを淹れてくれ、三人で飲んだ。


大輔と直明を居間に残して二階へ上がった。

扉をノックすると、微かな声で返事が聞こえた。壁にボタンがある。それを押すと、目の前の扉がゆっくり横に開いた。自動式である。二十年ほど前にそのように造り変えたのだ。

「来てくれたの？　お焼香に」

「いや、焼香は今朝早くに済ませたんだ。それから講義を済ませ、ちょっと寄り道をして、もう一度訪ねたというわけ。もう三時だ」

「そう。じゃあ、そろそろ弘樹が帰ってくるわね。あの子がいると仕事にならないの。部屋のものを弄《いじ》り回し、なんでも描きたがるし。でも、不思議なのよ、あの子。あまり、具体物を描かないの。もっぱら数字とか記号」

「今は、そういうものに興味のあるときなんだろう。なんでも覚えたてで、面白いんじゃないかな」

その部屋はとても広い。畳数にして二十畳はあるだろう。だが、応接セットというものがない。だから、部屋の中央には広いスペースがある。南側がベランダ。四枚の大きなガラス戸の上半分が、秋の午後の真っ青な空。下半分に堂島家の庭が広がっている。

扉を入ってすぐ右手のガラスケースの中に、蝶の標本が並び、その数ざっと百。その隣が制作場だった。制作机には、画材や参考書籍がところ狭しと置かれている。

左手にベッド。そこは薄紫色のビロードのカーテンで仕切られている。廊下に接した壁にはボックス型の棚がいくつも並び、その中にこけしがずらりと並んでいた。

あかりは制作机に向かっていた。覗いてみると、A3判ほどの画用紙に大きな黄アゲハが一匹、飛んでいる。草原らしいバックにはまだ、色がない。アゲハ蝶の黄色と黒だけが鮮やかだった。

部屋の隅にある折りたたみ式の椅子を持ってきて、あかりの脇に座った。

あかりは、絵の具で色付けをする。あかりの手の先がさっと動き、弓なりに反った蝶の触角が一瞬のうちに描き出された。指先の力にまったくぶれがない。

「そういう作業って、ゆっくり描いては駄目なんだろうね」

「そうね。私は一気に描かないと、どうしても乱れが出ちゃうの。描き手によってそれぞれ違うんでしょうけど」

あかりが筆を置き、顔を向けた。

「貴和子姉さんのことでは、ショックだったでしょう」

「それは、君も同じだ。僕は家族じゃないから、君たちの悲しみとは違うと思うよ」

「……そういえばいろんなことがあって、拓真さんとゆっくり話をする時間がなかったわね」

「そうだったね。――もちろんおじ様もだけど、貴和ちゃん、本当に残念だったよ」

「残念？　ああ、留学のことね」

「大輔が話したそうだね」

「ええ、ちょっとさっき。大輔兄さんは今朝、拓真さんから聞いたって言ってたわ。すごくびっくりしていた」

「君は？」

「え？」

「君はびっくりしなかった？　留学の話」

「それは、びっくりしたわ。想像もしていなかったから」

「そうだろうね。知っていれば……」

「何？」

「いや。――彼女は迷っていたけど、僕は勧めていたんだ」

「そうらしいわね」

「半年ほど前に相談を受けてね。ウイーンに留学したいって。もちろん、音楽の勉強だ。ただ、大輔が結婚してこの家を出て行けば、あかりちゃんが一人になって寂しいだろうって、それを気にしていた」

「そう」

「それに、留学するには歳をとりすぎた、なんて言ったから、勉強するのに遅すぎることはないと言って、僕は賛成した。だから貴和ちゃん、決心してね、叔父様の誕生日にみんなの前で気持ちを伝えることになっていたんだ」

「知ってる。それも大輔兄さんから聞いたわ」

「うむ、それでね、話すタイミングが大事だから、あの日も貴和ちゃんの部屋で打ち合わせをしたんだけど、君だけには伝えておいて、おじ様が反対したら応援してもらおうと思っていた。なにしろ、貴和ちゃんがいちばん気にしていたのは君のことだから。それで、下に降りるとき部屋を覗いたんだ。六時ちょっと過ぎだった。だけど、君は部屋にいなかった」

「そうだったかしら、もしかしたら、台所で小枝子としゃべっていたかもしれないわ」

あかりが、大きな目で空間を見つめ、ゆっくり瞬きをしている。一度置いた筆を持ち、もてあそぶように穂先を上下に動かしていた。

「貴和ちゃんと、よく笑って話したんだけど、君も知ってるんだろう?」

「なにを?」

「おじ様が、僕と貴和ちゃんを結婚させたがっていたこと」

「ええ、知っているわ。誕生祝いの席で、婚約発表の予行練習させるんだって、張り切っていたもの。誰もが知っているわよ。三カ月も前から」

「そうだよね、分かっていた。たぶん、発端はね、大輔だと思うんだ。最近、ここへ来ると、よく貴和ちゃんの部屋に入り込んでいただろう。それに、一度、二人で新宿のホテルへ入るところを見たらしい。そのときは、ウイーンで音楽活動している僕の先輩が、たまたま帰国していたので、いい機会だと思って貴和ちゃんを紹介したんだ。それで先輩の泊まっているホテルを訪ねたんだけど、それを大輔が見て、話が急速に発展したらしい。どれもこれも留学の下調べのためだったんだけどね」

「貴和子姉さん、どうして大輔兄さんや苑子姉さんに相談しないで、拓真さんに相談したのかしら」

「反対されると思ったんじゃないかな。それに、他人だからかえって相談しやすいってこともあるだろう」

「……拓真さんは、貴和子姉さんが留学してもよかったの？」

「もちろん、いいさ。気の済むまで勉強すればよかったんだ。なぜ、そんなこと訊くの？」

「別に……。でも、拓真さん、貴和子姉さんのこと、好きだったでしょう？」

「それは好きだったよ。あかりちゃんを好きなように、貴和ちゃんのことも好きだった。子どもの頃から兄妹のように育ったんだから、当然だろう。苑子さんのことだって、本当の姉のように感じている」

「それで？」

「それでって、それだけさ。兄妹同士で、恋愛も結婚もないだろう」

「本当の兄妹ではないわ」

「それはそうだけど、あまり身近にいると、恋愛感情って育ちにくいよ。——もしかして、僕と貴和ちゃんが結婚するとでも思っていた？」

「それはそうよ。だって、貴和子姉さんは、拓真さんのこと好きだったもの。兄としてではなく、男性として」

拓真は言葉に詰まっていた。

拓真は、自分は慎重なほうの部類に入る人間だと思っている。しかし、ここ数カ月における貴和子との振る舞いは確かに軽率だった。自分と堂島家との親しい間柄を過信し、油断していたのだ。その悔恨が、針の塊となって拓真の胸をかきむしり、その胸から今、血が噴出していた。

「誰だって、二人は結婚が近いって思うわ。あんな風に振る舞えば。だから、父は大喜びだったの。『あかりはどう思う？ どう思う？』って、それはそれはしつこいの。うんざりするくらい。そのたびに私が言うの。『いいんじゃないの。お似合いよ』って。その言葉が聞きたいのね。私がそう言うと、父は満足そうにして、体中で笑うの」

あかりは太い筆に持ち替え、緑の絵の具をたっぷり穂先につけると、黄アゲハの周りを塗り始めた。瞬《また》く間に蝶のバックが草原の色に変わっていく。しばらくその作業が続いた。拓真は刻々と変化していく画用紙の上を黙って見ていた。

「父はね、学歴コンプレックスを持っていたのよ」

あかりが筆を持ったまま、拓真を見た。

「それに、いつか言ってたことがあった。建設会社だなんて、えらそうに言うけど、所詮、大工の集団だって。父は大工の棟梁《とうりょう》なんですって。父に言わせると、タクシー会社は駕籠《かご》かきの集団だそうよ」

そう言うとあかりは声を出して笑い、

「だからね、娘は、建設関係者以外の人と結婚させたかったのよ。例えば、医者、弁護士、大学教授。ところが、苑子姉さんはさっさと大工さんと結婚しちゃった。せめて、貴和子姉さんには大学教授を夫にって思ったのね。ほら、私のことは最初から諦めているから、貴和子姉さんに期待したのよ。父のこういう考え方って、やっぱりコンプレックスでしょう。違う？　それでいて、大輔兄さんは、大工の棟梁にするために、せっかく勤めていた商事会社を辞めさせて堂島建設に入れてるの。矛盾してると思わない？　あら、そういえば、商事会社って、父に言わせるとなんだったのかしら。訊いておけばよかったわ」

あかりは、再び筆の穂先を緑の絵の具に浸し、画上の緑に濃淡をつけ始めた。筆の進み具合を見ていると、蝶のバックは草原ではないらしい。まだ色の塗られていないところに鉛筆描きで、木の幹が隠れている。どうやら森の中らしかった。

あかりが、筆を置き、体を拓真のほうへ向けた。大きな眸でじっと拓真を見つめている。表情を動かさないで人の顔をじっと見る。これはあかりの癖だった。

「拓真さん、私に話でもあるの？」

「どうして？」

「だって、いつも、制作中には部屋に入ってこないでしょう。話があるなら早く済ませたほうがいいわよ。弘樹が帰ってきたら、落ち着かなくなるわ」

「弘樹君、今日は遅くなる。僕から苑子姉さんに頼んだ」

「へえ、そうなの。では、とっても大事な話ってことね。どんな話？」

「大事な話もあるし、君に頼みたいこともある」

「頼みたいこと？　何かしら。できることなら何でもするけど、ほら、私にできることって限られているから。でも、言ってみて、どんなこと？」

「警察に自首してほしい」

あかりが目を見開いた。瞬きもしないでいる。澄んだ白目が僅かに充血していた。あかりは、体の向きを変えると筆を持ち、色塗りの作業を続けた。黄緑色の上に濃い緑色を点のようにのせている。


「実は、今まで警察にいたんだ。必ず自首させることを約束して、捜査内容の一部も聞かせてもらった。僕の仮説も全て話した。今ならまだ逮捕状が発生していない。――君だって、そのつもりでいるんじゃないかな、違う？」

「拓真さん、ずいぶん思い上がっているようね。ちょっと不愉快。それに、どうして私が警察に自首するのかしら。私、何か悪いことをした？」

「それは、誰よりも君が一番知っていると思うけど」

「知らないわ。教えて」

「新之助おじ様と貴和ちゃんを殺したのは君だろう？」

あかりは無言で筆を進めている。色が茶色に変わり、手前の木の幹を塗り始めた。ときどき筆の穂先を水につけ、穂先で木の幹を軽く叩く。そうすると色が滲み、複雑な色調が生まれる。周りに色が増えても、黄アゲハの鮮やかさは衰えなかった。

「君は目撃されたんだよ。気づいているんだろう」

「誰に、何を目撃されたのかしら?」

「おじ様を殺す現場を、宮本茂さんに目撃された」

「嘘つき——」

「え?」

「拓真さんらしくないわね。そんな見え透いた作り話」

「では、内容を変えよう。確かに、宮本さんが亡くなった今では、それは仮説の域を出ない。だが、僕が、初めて変だなと思ったのは、食堂で聞いた君の話なんだ」

「どんな話かしら?」

「君がある人を目撃した、という話。この事実は動かせない。だって、本人がここにいるし、証人も大勢いる」

「もっと分かりやすく話してくれないかしら。拓真さん、大学の先生でしょう。要点をまとめるのも仕事のうちじゃないの?」

「確かに、君が宮本さんに目撃されたというのは仮説だ。だが、君がある人を目撃したのは事実だ」

「私が? 誰を?」

「花屋を」

あかりが顔を上げ、拓真を見た。首を傾げている。そのあと筆の穂先にじっと目を当てていたが、筆をパレットの上に置くと、上半身をまっすぐ起こし、再び拓真を見た。

「花屋？」

「そう、花屋。おじ様の誕生祝いの夜、君は、食堂で苑子さんにこう言った。『花は六時過ぎに届いたわ』と。たぶん、苑子さんの話にうっかり答えてしまったんだろうけど」

「だから何？　本当にその頃、届いたのよ」

「その通り。花は六時五分に届いた。これは、花を受け取った野村さんが覚えている。平田さんも野村さんから聞いて知っている。だが、そのことをどうして君が知っているんだ」

「どうしてって——そんなこと、チャイムが鳴ったから分かったんじゃないかしら」

拓真は悲しげな笑みを浮かべた。

「確かにチャイムは聞こえたかもしれない。だが、チャイムが鳴ったからといって、それが花屋とは限らないだろう」

「拓真さんは、何が言いたいのかしら？」

「君は、花が六時過ぎに届いたと言った後、こうも言ったんだ。『花屋さんて、花を届けるときもエプロンしてるのね』」

あかりがびっくりしたように目を見開き、大きく息を吸い込んだ。

「どうやら、気がついたようだ。——あの夜、花を届けた男性店員は確かにエプロンをしていた。だが、店員は玄関の中には入らなかったそうだ。車を門前に止め、門から玄関まで歩き、野村さんが玄関を開けると、彼は、車が混んで約束の時間に遅れたことを詫びて、花は玄関越しに渡した。だから、エプロン姿の花屋を見たのは野村さんだけだ。ところが、君も見ている。見ていなければ、エプロンをしていたことまで分かるはずがない。君はどこから花屋を見たの？」

あかりは無言だった。表情を変えず、瞬きの少ない眸を見開いて、じっと拓真を見つめている。

「たいへん気の毒だが、君の目の高さで、花屋の姿を見ることのできる場所は二階の三つの部屋だけ。君の部屋とおじ様の部屋、そして貴和ちゃんの部屋だ。その他の、どの場所からも見ることはできない。もちろん、居間や食堂の窓からもだ」

「ああ、私、そういえば、自分の部屋から見たのだったわ。何気なく、窓の外を見たら、ちょうど花屋が玄関に向かって歩いてくるところだった。そうよ、思い出した」

「僕は六時五、六分に君の部屋を覗いたよ。さっき言っただろう。僕はその時間まで貴和ちゃんの部屋で留学の打ち合わせをした。そのあと、君に応援してもらおうと思って貴和ちゃんの部屋を出てから、この部屋の扉をノックした。返事がなかったので、扉を開けて呼んでみた。明かりは灯っていていたけど、君はいなかった。だから、僕は下へ行って、居間で大輔としゃべっていたんだ」

あかりはゆっくり瞬きをしながらじっと拓真を見ている。

「ということは、六時五分頃君のいた場所は、おじ様の部屋ということになる。そうでなければ、エプロン姿の花屋を見ることはできない。外は雨が降っていて暗かったと思うが、門から玄関までの通路は、三カ所に外灯が点いている」

あかりの目にふっと笑みが浮かんだ。そして、つぎの言葉を促すように顎を引いた。

「おじ様の部屋の窓からは、門から入ってくる人の姿がよく見える。君は犯行前の時間、おじ様と談笑したんだろう。罪を犯そうとしている自分を悟られまいとして、饒舌《じょうぜつ》になっていたかもしれない。たぶん、君のいた場所は、窓際だ。ベランダは犯行にあたって重要な場所だからね。君は、ちらちらと窓越しにベランダを見ていた。そのとき、門から入ってくる花屋が見えた」

「ああ、だから、私が目撃されたのではなく、私が目撃したというわけね。目撃した場所は父の部屋。なぜなら、私には、それ以外の部屋から外を見ることができないから。そういうことね。でも、父が投身したのは七時過ぎよ。仮に私が六時五分に父の部屋にいたとしても、父の死とは関係ないでしょう。父は七時まで生きていたんだから。——それに、父は自殺でしょう。今さらそんな話を持ち出して、なんの意味があるのかしら」

「そうだね。自殺の条件が揃っている……」

「ええ。まず、ヒツウチからの電話。確か六時五十五分に掛かってきたんだったわね。それと、テラスで倒れていた父は靴を履いていなかった。靴下の底が汚れていなかった。あとは……そうそう、ベランダにスリッパが揃えて置いてあった。ほんとに条件が揃っているわ。結局、ヒツウチの電話の内容が、父を死に追いやったということでしょう。父が電話に出ていた頃、私たち食堂にいたじゃない。それってアリバイがあるっていうのよね。何にこだわっているのかしら？拓真さんは」

拓真も、あかりに負けないくらい目に力を入れてあかりを見つめた。

「おじ様の遺体が発見されて、僕が電話を掛けにロビーに行ったときなんだけど。あのとき、玄関のロビーに女性全員が集まっていたよね。僕の報告にみんな取り乱したが、なすすべもなく立ち尽くすだけだった。ところが、君だけが、君一人だけが外へ飛び出して行った。だがそのときは何も感じなかった。突然の父親の悲劇に、つい衝動的な行動をとったのだと思ったからだ。あそこに集まっていた人は皆そう思っただろう」

あかりがゆっくり瞬きし、意味ありげな笑みを浮かべながら、先を促すように顎を引いた。

「だがあとになって、おじ様を殺したのは君ではないかと仮定して考えてみると、腑に落ちないことがいろいろ出てくる。玄関を飛び出したこともそのひとつなんだ」

「そうなの？　どこが腑に落ちないの？」

「犯人と仮定した君が、衝撃のあまり玄関を飛び出していくのは矛盾している。ああいう行動に出るからには、そうしなければならない別の理由があった。――それは、つい数十分前、玄関を出入りしたときにできてしまった痕跡を消すためだった。そうだろう？　やがて、警察が来れば、屋敷内の全てが捜査される。そうなれば、玄関からロビーにかけて付いた、君が通った跡など、すぐに看破されてしまう」

あかりの目が、拓真の唇の動きに合わせるかのように瞬きを繰り返した。

「おじ様がいないことに気づいて、みんながロビーに集まっただろう。そのとき、君は玄関のスロープのあたりをじっと見ていたよね。それは覚えているんだ。君はそのときに気づいたんだろう。自分の通った跡が残っていることに。だから早急に消さなければならない。といって、自分で雑巾やモップを掛けることはできない。野村さんに頼めば、外に出たことが分かってしまう。そうところが思いがけないチャンスが訪れた。それは、僕が玄関に飛び込んでおじ様の不幸を伝えたとき――」

あかりは微かな笑みを浮かべて聞いていたが、体の向きを元に戻すと、絵筆を取った。森の中の様子がだんだん明確になってくる。あかりは木の幹から出た細い枝に葉を描いていた。

「聞いているから、続けて」

「君は、同じ場所をもう一度往復することで、最初にできた痕跡を消そうとしたんだ。消えないまでも、捜査を混乱させることはできる。だが、それは杞憂だった。警察は初めから自殺と判断し、捜査らしい捜査はしなかったからね」

「それで？」

「後に、平田さんから聞いたことだが、君はあのとき、居間へ入ってからこう言ったそうだね。『お父さまの庭用の靴が玄関にあったわ。さっき、みんなでロビーにいたとき分かったの』。だから、外に出たのなら外出用の靴を履いたのだろう、とも言った。だが、これも変だ。玄関とロビーには三十センチほどの段差がある。僕は実験してみた。靴は、玄関の隅、ロビーに最も近い場所にきちんと揃えてあった。これは、平田さんも実際に見ている。その場所にある靴を、あのとき、君のいたロビーのあの場所から、そして、君の目の高さから見ることはできない。その靴を見たとしたなら、君がおじ様の横たわっている場所に行くために、玄関を出入りしたときだ」

あかりの手元では葉の数が増え、一枚一枚の葉に丁寧に葉脈を描き入れている。そのたびに、絵筆の頭が細かく揺れた。

「どうしたの？　もうおしまい？」

「——こけしがひとつなくなっていることに、弘樹君が気づいていたそうだよ」

あかりが音をたてて体を起こした。

まっすぐ前を見たまま、大きく息を吸い、ゆっくり吐いた。そして顔を拓真に向けた。

「弘樹がなんですって？」

「これは、警察が弘樹君に聴取したことだ。あの日、弘樹君はこの部屋に三回入っている。一回目は、夕方この家に着いたときに入った。二回目は夕食前のひととき。これは、君と弘樹君が台所から出て行くときにそう言ったそうだね。平田さんと野村さんが聞いているし、平田さんは二人が階段を上って行くのを見ている。三回目に入ったのは、警察の署員が事情聴取しているとき。苑子さんが弘樹君には聞かせたくないといって、弘樹君のお守りを君に頼んだ。弘樹君は今、数に興味を持っていることは、さっき、君が言った通りだ。なんでも数えたがる。そして、五歳にしては、並外れた記憶力だそうだよ。刑事さんに話を聞いたときは僕も驚いた。弘樹君が言うには、一回目に入ったとき、こけしは三十二体あった。ところが二回目の会食前に入ったときは、三十一体になっていた。最後に入ったときは、三十二体に戻っていた」

「それがなんなの？　父の自殺と関係があるの？　それに五歳の子どもの言うことに証言能力があるのかしら」

「それは、分からない。そんなことは警察の仕事だからね。だが、警察もおじ様の自殺は疑問視していたようだ。おじ様の遺体が異常に濡れていたことに不審を抱いたらしい。あの夜の、降雨量と降った時間が、おじ様の遺体の状況と合わないことに着眼したようだ。それはそのまま死亡時刻に関わってくる」

あかりは、緑色に染まった絵筆の穂先をじっと見つめていたが、筆を置くと再び拓真に顔を向けた。拓真もあかりを見据えた。

「それから、これが最も大きな理由だそうだが、自殺を決意した人が、二階から投身するのはおかしい。単純な疑問だけど、僕もそう思う。第三者がそう思うのだから、犯人はもっと強くそのことに不安を持ったはずだ。だとしたら犯人はどうするか。——死亡したかどうか確認に行くだろうな。そして、死んでいなかったら——」

「何？　死んでいなかったらなんなの？」

「これ以上、僕は言いたくない。反論があるなら君が直接警察へ言えばいい」

「拓真さんも警察も、想像力が逞しいのね。今までの話は全て想像でしょう」

「ところがそうでもないんだ。弘樹君は、記憶力だけでなく、書くことにも興味がある。君もさっき言ったよね。ほんとにその通りで、一回目にここへ入ったとき、こけしが何体あったか、二回目は何体だったか、紙に書いてあり、今も持っているそうだ。弘樹君にとってそれは遊びだ。数える遊び、書く遊び。この部屋には紙がいっぱいある。君が反故《ほご》にした紙にそんなことを書いて遊んでいたんだろうな。それから、二回目にこの部屋に入ったとき、どのこけしがなくなっていたか覚えていて、言葉ではうまく説明できないが、見れば分かるそうだ」

「それが分かったからといって、父の自殺にどう繋がっていくのかしら？」

「凶器はこけしだということだ！」

拓真は思わず激していた。あかりが一瞬ひるんだように、拓真から目を逸らした。

「こけしは木製、そこが重要なところだ。君は事を終えて玄関へ入り、すぐに一階の洗面所でこけしを洗ったんじゃないの？　そして、とりあえず近場へ隠した。君の身辺には隠せる場所がいっぱいある。たぶん、そのあとで台所へ行ったんだよね。そこへ昼寝から覚めた弘樹君が来た。そして、せがまれて二階のこの部屋へ入った。そのとき、弘樹君に気づかれないように、隠していたこけしを元に戻した」

あかりが少し首を傾げ、遠くを見るような目つきをした。

「だが、君が戻す前に、弘樹君はこけしを数えていた。このときが三十一体」

「まるで見ていたような言い方をするのね」

「そして、警察の署員が居間でおじ様の自殺の説明をしているとき、弘樹君は、この部屋で遊んだ。これが三度目だ。そのときに、こけしは三十二体に戻っていた」

「それで、何が言いたいのかしら？　拓真さんは」

「木についた血は、どんなに洗っても全てを洗い流すことはできないそうだ。血液が木の筋目に染み込んでしまうらしい。こけしは木製だ。だから、そこに並んでいる一体から、血液反応が出るかもしれない。君が色付けをしているときに数えてみたが、こけしは三十二体あるよ」

「そうなの？　私は何体あるか、数えたことないけど、弘樹や拓真さんがそう言うのなら、それだけあるんでしょうね、話を、続けていいわよ。私は、こちらを続けるから」

太い穂先が薄い水色の絵の具をたっぷり吸い込み、絵の上部に静かに広がった。ときどきあかりは目を細めたり、顔を離したり、角度を変えたりして、色具合を確かめている。

「どうしたの？　話さないの？　私、描きながらだって聞けるわよ」

「君は、おじ様の亡くなった翌朝、仕事に出たよね。——ちょっと驚いた」

「あら、苑子姉さんだって、出かけたじゃない。弘樹の模擬テストに」

「そうだな……。それを言われると困る。だが、受験児を抱えた親心としては分からなくもない。しかし、君がどうして出勤したのか。どうして父親の死を上司に話さなかったのか。いくら突然のこととはいえ、親の死亡を届ければ、休みはもらえる。これは、社会の決まり事だ。僕たちでさえ朝早くから来ていた。でも、娘である君はいなかった。――これにもちゃんと理由があったんだろう。君は証拠となるものを捨てるために、仕事にかこつけて外へ出た」

あかりは筆を替え、白い絵の具で空にグラデーションをつけている。

「身動きできないでいるおじ様をテラスで殺害したとき、返り血を浴びたはずだ。刺し傷ではないから多量とは思わないが、それでもまったくないとも思えない。君はあのとき、ワインレッドのブラウスを着ていたね。犯行のあとでは、着替える暇がないと判断した君は、事前に着替えた。たぶん、おじ様の部屋に行ったときは、ワインレッドのブラウスを着ていたはずだ。そして、返り血を浴びたときのことを考え、被り物を準備した。もしかしたら、被り物をしたままテラスへ出たのかもしれない。その、血痕の付いたかもしれない被り物を駐車場の車のトランクに隠したんだ。リモコンでトランクを開け、被り物を放り込む。君自身、少しは雨に濡れただろうが、それはごまかすことができた。そして翌日、P美術館への行き帰りにどこかへ捨てたか、あるいは美術館のゴミ捨て場に捨てた」

「想像力を逞しくしていると、際限がなくなっちゃうようね」

「そうだね。ひとつの矛盾に出会うと、それに関わる矛盾点がつぎつぎに現れて、やがて筋の通った線になっていく」

「そういうのを妄想というんじゃなかったかしら」

描かれた空に雲が浮かんでいる。その雲は真っ白で綿菓子のように立体的に見えた。手前の木はほとんど出来上がっていたが、その木はいつの間にか擬人化され、幹の中央辺りに人が笑っているような表情が現れている。

「こけしは胴体が細く持ちやすい。特に宮城県の遠刈田《とおがった》温泉を中心に発生したこけしは、胴が細くて直胴。胴に比べて頭部が大きい。その上、硬い木材だから、凶器にはうってつけだと思う」

拓真はこけしの並んだ棚に目を遣った。

「君のコレクションの中にも遠刈田系のものが何体かあるよね」

「そうだったかしら。種類が多いから忘れたわ」

「血の付いたこけしは目立つ。どこで見咎められるか分からないから、無造作には捨てられない。だから、洗って元の場所に戻した」

あかりが少し首を傾げ、擬人化した木の幹の、目じりの辺りに筆を加えた。とたんに、表情が緩み、お人よしの老木という感じになった。

「たぶん君は、六時十五分から二十五分の間にテラスを行き来したはずだ。そのとき、僕と大輔は居間の、窓に近いところにいた。だから、六時十分頃と六時三十分頃に宮本さんがテラスを通ったのは二人とも見ている。ところが、君の姿は見ていない。見えなくて当然だ。居間の窓は床から110センチのところに並んでいる。これは、食堂も同じ。だから、身長112センチの弘樹君は、踏み台に上がって外を見る。君も同じだ。君は約100センチ。テラスと床までの段差が三十センチ。君がテラスを移動する姿は居間からも食堂からも決して見えない。花屋の時とは反対だね。今度は、居間にいた僕たちが君を見ることができなかった。だが、そのとき、物置付近にいた宮本さんは君を見た。——たぶん、見たはずだ。そのために、松浦さんに殺害された」

「私でなくても、腰をかがめて歩けば居間や食堂の窓から見えないと思うけど」

「それはそうだね。だが、あの時間、貴和ちゃんを除いて、全員が誰かと一緒だった。桐生さん一家、大輔、水谷さん、そして僕の六人は居間にいた。平田さんと野村さんは台所にいた」

「そうだったかしら」

「十一日に女性三人で庭に出ただろう。あのとき、大輔と僕は何気なく庭を見ていた。水谷香苗さんが手を振ってくれたんだが、そのとき、庭にいるのは水谷さんと平田さんの二人だけと思った。コスモスの群生に阻まれて君の姿が見えなかったんだ。そのとき、閃《ひらめ》いた。居間や食堂にいる人に目撃されないでテラスを行き来できる人がいた、とね」

「なるほど、私の背の高さはいつも100センチ。地上100センチの世界しか知らない人間。コスモスの花の向こうに隠れて見えなかったときと同じように、窓の外を通ったときも、地上100センチの私の姿は見えなかった。こういうわけね。——そう。だからあのとき、小枝子と香苗さんには花壇から池の中の様子が見えても、私は池に近づかなければ見えなかった。竹垣があるから」

「あのときは、自分のアリバイを作るために、水谷さんと平田さんを散歩に誘ったんだろう。

——僕はどうしてもおじ様が自殺するなんて考えられなかった。あの日、おじ様は、みんなの前で、僕と貴和ちゃんの婚約をほのめかすことを楽しみにしていた。僕たちにその気のないことも、貴和ちゃんが留学を希望していることもまだ知らない。そんなことを除いたにしても、おじ様に自殺をする理由が見当たらないんだ。だから、早い時期から、もしかしたら、おじ様は殺害されたんじゃないかと思っていた。そうした視点で物事を見ていると、いろんなことが浮き上がってくる」

あかりの手元の、老木の向こうに子グマが二頭現れた。薄い鉛筆で描かれていたので、気づかなかったが、あかりは、まだ絵の具の乾いていない箇所を避けながら、濃い茶色で熊の輪郭をなぞり始めた。子グマも擬人化され、人が歩くように歩いている。森の中で、二頭の子グマが蝶を追いかけているような構図であろうか。

「それで、犯人は堂島あかり、こう決めたというわけね」

「そうだ。だって、さっきも君はおかしなことを言ったじゃないか」

「どんな？」

「おじ様の自殺の条件を話したとき、こう言った。『そうそう、ベランダにスリッパが揃えて置いてあった。本当に条件が揃っているわ』。そうだろう？」

「言ったわよ。それがどうしたの、本当のことじゃない」

「スリッパがベランダに揃えてあったこと、誰に聞いたの？」

あかりが顔を上げた。筆を握ったままじっと拓真を見ている。

「……誰って、警察の人だと思うけど」

「そんなはずはない。あの夜、三人の刑事さんが居間へ入ってきて、その一人がおじ様のスリッパを持っていた。だが、そのスリッパが、ベランダに揃えてあったと報告したのは、君と弘樹君、水谷さん、平田さん、この人たちが居間から出たあとだ」

「だったら、そのとき居間にいた人に聞いたんだわ」

「それはないよ。それとなく確かめた。あの夜の具体的なことは誰も口にしたくないらしく、その話題に触れるのを避けている。スリッパのことも誰も話していない。それなのに君はそのことを知っている。それは、君がスリッパをベランダに揃えたからだ」

「へえ、そういうことになるわけね。で、あとは？　あ、そういえば一番の難関があるじゃない。お父さまは午後七時まで生きてたのよね。だって六時五十五分に電話を受けて話してるんですもの」

あかりは、鼻歌でも歌い出しそうな楽しげな顔つきで、クマに目を入れた。とたんに絵全体に活気が出た。あかりは満足そうに頷くと、もう一頭のクマにも目を入れた。

「若い刑事さんが、トリックを破ったそうだ」

「……トリック？」

「その刑事さん、電車の中で若い女性が、二台の携帯を操作しているところを見て閃いたそうだ。その女性は隣の友達の携帯を借りて、何かを登録していたらしい。実は僕も六時五十五分の電話の件では往生していたんだ。なぜなら、一階にいて二階の子機を遠隔操作することばかりに固執したからね。でも、そうではなかった。言われてみれば、実に簡単だ。君はおじ様の部屋の子機を膝の上に乗せていたんだろう。子機は、充電器からはずしていても、六、七時間は通話が可能だそうだ。君の膝掛けの中は、まるでドラえもんのポケット、なんでも隠しておくことができる。

何を隠しても外からは分からない。凶器のこけしも、二階へ上がるまで、膝の上か脇に置いていたんだ」

「そんなことはどうでもいいわ。早く電話の説明をして」

「まず、自分の携帯に、堂島家の固定電話の番号を短縮で登録しておく。ヒツウチの184の番号も含めてだ。それだとボタンをひとつ押せば、ヒツウチで堂島家の電話へ繋がる。二回コール音を鳴らしたあと、今度は子機の電話の受信ボタンを押す。これで通話状態になり、食堂にある親機に使用中の明かりが点く。ただ、子機の電話のコール音が君の膝の上で鳴り出したら、みんながびっくりする。そこで音量のレベルを1にしておく。この音量だと、膝掛けの中でもあるし、すぐそばで親機が大きなコール音をたてているから、その音に紛れて分からない。そして、五分たったら両方の電話を切る。親機のディスプレーの明かりが消える。これでおじ様は、二階で六時五十五分から七時まで電話をしていたことになる」

あかりは絵から目を離し、拓真を見ると「それで?」と言った。

「その操作を、君は膝掛けの中で、手探りで行った。それほど難しくないと思うよ。どっちの電話もボタンはひとつ押せばいいわけだから、何回か練習して指先の感覚を訓練すれば、誰にでもできる。そして、なかなか下へ降りてこないおじ様の様子を見に、弘樹君と二階へ上がった。君はあのとき、電気を消し忘れたと言って、おじ様を見に行くことを買って出たよね。その理由が分かったよ。膝の上にある子機を、戻しに行くためだった。そして、弘樹君に気づかれずにうまく戻すことができた。そのあとすぐ、大輔と僕がおじ様の部屋に入ったとき、子機は充電器に納まっていた。僕たちには、おじ様が直前まで電話をしていたという意識があるから、自然に子機を見たんだ」

「見事な推理ね。その若い刑事さん、頭いいわね」

「確かに推理だが、理屈は通っているだろう。実は僕も、おじ様の自殺に不審を抱いたときから、ヒツウチで掛かった電話は、あのとき堂島家にいた人が携帯電話で掛けたのではないかと推理した。そして、それは女性だと思った」

「なぜ?」

「宮本さんがおじ様の遺体を発見したとき、男連中は皆外にいた。そして、誰も携帯電話を持っていなかった。だから、僕はロビーまで行って警察に通報した」

「そうだったわね。拓真さんあのとき、誰も携帯電話を持っていないって言ってたわね」

「そう。ということは、食堂にいたときも、男性は携帯電話を持っていなかったということだろう。あとでそれとなく訊いてみたが、みんなそれぞれの部屋に置いてあった。お祝いの席でもあるし、遠慮したんだそうだ。そして、外へおじ様を探しに行くときは緊張のあまりみんな浮き足立っていて、携帯電話を取りに行くような余裕はなかった」

「それで?」

「男性は携帯電話を持っていない。だから、食堂から堂島家の固定電話へ電話を掛けた人がいるとなると、それは限られてくる。だけど、僕にはどうしてもトリックの謎が解けなかった。食堂から二階にある子機を遠隔操作することばかりに固執していた。だが、聞いてみれば実に簡単なトリックだった」

「簡単、ですか……」

「それから、――おじ様をベランダから突き落とすときも、弘樹君を使ったんだろう?」

「どうして?」

「これは想像だけど――」

あかりがおかしそうに笑い、

「これはって、全部想像でしょう。でも、弘樹を使ったって、どういうこと?」

あかりは、クマの口の中に赤い色を少し加えた。クマが嬉々とした表情になった。

「いくらおじ様が六十五歳で、さほど大柄ではないからといって、君のその体で、おじ様をベランダから突き落とすことはできない」

「だから?」

「おじ様は、弘樹君が怪我をすることに対して非常に神経質だ。池の周りに柵まで作った。もちろんそれは、君の過去の出来事があるからだ」

「だから、何なの?」

「あの夜君は、雨の降るベランダに出て、『ヒロ君が、危ないことをしている!』、こんな風に言って、おじ様をベランダに引き寄せた。架空の弘樹君のいる場所を指差して、おじ様の体をベランダから乗り出させるようにする。そして君は、おじ様の両足を力いっぱい持ち上げ突き落とした。不安定な体勢でいるところを、不意を衝かれれば、おじ様をベランダから突き落とすことができる。君はおじ様の足を持ち上げるには都合のいい高さだ。それに、車椅子のブレーキをかけておけば力もぶれない。おじ様は声を上げたのだろうけど、雨の音で誰にもその声は聞こえなかった」

「どれをとっても、何も証拠がないのね。今までの話って、状況証拠にはなるの？」

「分からないが、状況証拠も多く集めれば、物証の力を持つかもしれない。だが、こけしからおじ様の血液が検出されれば立派な物証だ。しかし、そんなことは警察の仕事。——貴和ちゃんのことだけど」

「何？」

「貴和ちゃんは、ピアノのレッスン室で殺されたんじゃないよね。貴和ちゃんの部屋だろう？」

「どうして？」

「あの日、玄関に貴和ちゃんだけがいないことに気づいて、すぐ二階へ行って部屋の中を見たんだけど——」

　加納拓真はポケットから用紙を出した。プログラムの草案だった。あかりがちらりと用紙を見た。拓真が一人の名前に指を置いた。

「この生徒が丸で囲まれている。本当は赤い線だ。これはコピー。原稿は警察に渡した。あの日、会食が終わって二階へ上がるとき、貴和ちゃんはこう言った。『プログラムだけど、やっぱり一人順番を替えることにしたわ』。そのあとで、『今日中に渡せるわ』、とも言った。これは、その日のうちに僕に印刷を頼む、ということだ」

「——それで？」

「だが、僕はこれを見ても、順番がどう替わるのか分からない。印のついた生徒は⑰番。貴和ちゃんは、この生徒を何番に替えるつもりだったのか。一人順番を替えるということは、それ以降の生徒が一人ずつずれていくことだ。それなのに、一人の生徒にしか印がついていない。今日中に渡すと言っておきながら、こんな中途半端な状態で、ピアノのレッスンを始めるわけがない。貴和ちゃんは、自分の部屋で、修正の途中で殺されたんだ。——レッスン室まで貴和ちゃんを運んだのは、アリバイを作るためだろう。ピアノの音で」

あかりが、口をすぼめてクマの顔のあたりに息を吹きかけた。

「テープレコーダーだよね。貴和ちゃんのレッスン室に仕掛けて録音し、あの日、貴和ちゃんをレッスン室に運び、テープを作動させてから、東側廊下のドアの鍵を開けた。これは外部の犯行と思わせるため。そのあと、平田さんと水谷さんを散歩に誘った。これはアリバイをつくるために。そして、あの大騒ぎにまぎれて、テープを回収した。——どこにテープをセットしたのか分からないが、たぶん、ドアの入り口付近だろう。今のテープレコーダーは小型で精巧だから、みんな気づかずに貴和ちゃんに駆け寄った。君は、みんなと一緒にあの部屋に入るとき、体を曲げてテープを回収し、膝掛けの中に入れた。みんなは貴和ちゃんのことで夢中で、人の行動なんか注意している状況ではなかったからね」

「あまりにも込み入った空想で混乱しそう」

あかりは静かにそう言いながら、子グマの洋服に色を塗っている。熊のスタイルは完全な二頭身。その大きな顔ははちきれんばかりの笑顔だった。

「君なら、貴和ちゃんをレッスン室まで運ぶことができる。その電動車椅子の耐荷は百キログラムだ。貴和ちゃんは四十五キロ、君は四十二キロ。重量オーバーにはならない。君はよく、弘樹君を膝に乗せ、せがまれるままに車椅子を走らせていたよね。——今思えば、君が貴和ちゃんを殺害している頃、物置の前では、松浦さんと宮本さんの間で悲劇が起きていた。松浦さんは君を守りたい一心で友達の宮本さんを殺害した。そして、皮肉なことに、君が東側のドアの鍵を開けたために、松浦さんは貴和ちゃん殺害の容疑まで掛けられた」

あかりは無言で洋服に色を塗っている。クマの洋服は小さかった。

「君は、家族に愛されてきたじゃないか。誰もが君を愛し、大切にしてきたじゃないか。家の中が大改装されたのも、庭にコンクリートの歩道を敷き、家の周りに鉄平石のテラスをめぐらしたのも、君が少しでも不都合なく行動できるように——」

「そんなこと当然のことでしょう。特別のことじゃないわ」

「たとえ、過去にどんなことがあろうと、君の犯した罪は許されるものではない」

「まるで私が犯人に決まったみたいね。拓真さん、いつから探偵稼業になったのかしら。私、素人探偵と話をするつもりはないし、拓真さんに、そう決めつける権利はないでしょう。何か勘違いしてるんじゃないかしら」

「貴和ちゃんだって、ずいぶん苦しんだと思うよ。いろんなところで、君に遠慮し、我慢し、諦めたりしていたんじゃないかな」

「遠慮した？　例えば、拓真さんを好きだと言えなかったこととか？」

あかりの鋭い視線に拓真はたじろいだ。

「諦める？——その言葉、簡単に口にしないでほしいわ！　諦めるということで私と同じ土俵に立つ人はいない！　私の横に並ぶ人もいない！　他の人の諦めると、私の諦めるは、根っこが違うの！」

あかりの頬に少し赤みがさしている。

拓真はあかりの激しい口調に息を呑み、視線を逸らした。

気まずい空気が充満するなかで、あかりが制作を続けた。

いつの間にか二頭のクマを描き終わっていた。大きいほうのクマは青いベストを着て、小さいほうのクマは赤いベストを着ている。愛くるしい子グマは手をつなぎ、二頭とも視線を黄アゲハに当てている。

「松浦さんが本当の伯父さんだと分かったのはいつ？　僕は、松浦さんの顔をゆっくり見たのは最近になってだけど、何かの拍子に誰かに似ていると思えて仕方がなかった。ようやく思いついたよ。君に似ているんだって」

「松浦さんの奥さまが亡くなったとき、松浦さんと一緒に遺影を選んでいたの。そのとき、ある写真が出てきて、それで氷解。不思議なことに、そこに写っている赤ちゃんの写真を見たとき、直感で自分だって思った。——でも、今思うと、あれは直感ではないわね。その赤ちゃん、この家にある、私の小さい頃の写真にそっくりだったもの。それに、その前から、松浦のおじ様、異常なほど私を気にかけていたわ。そういうことってなんとなく通じるものでしょう」

「堂島家の人は、そのこと知っているの？」

「知らないと思う。拓真さんは話した？」

「いや、話していない」

「私がお母さまの子どもではないことは、みんな知っていると思う。でも、そのことが話題になったことは一度もないの。拓真さんはいつ頃から知っていたの？」

「高校のとき、八王子に越しただろう。少したってから、前に近所に住んでいた人が母のところへ遊びに来たんだ。その日、僕が学校から帰ると、居間で君の家のことが話題になっていた。その内容が君の出生のことだった。台所で立ち聞きすることになった。永い付き合いだけど、君の家族からは、何も聞いていない。もちろん、大輔からもだ。——で、松浦さんの妹さんが君の生母だということも、そのとき分かったの？」

「ええ、松浦のおじ様ったら、慌てふためいて。でも、私の追及に負けてしまった。というよりも、あの写真を前にしたら、どんな言い訳もできないわ。誰にも言わない約束で教えてもらったの」

「どんな風に思った？」

「うーん……。よく、血は水より濃い、なんて言うでしょう。あれってどうなのかな。少なくとも私には当てはまらない。それよりも、松浦さんが本当の伯父だったことは嬉しかったわ。おば様が亡くなったことが何倍も悲しくなったことを覚えている。松浦さん夫婦のことは、子どもの頃から好きだったの。あの、真夏の日、救急車！　って叫んだのは、たまたまここへ来ていた松浦さんだったのよ」

　あかりは、絵の端の、空と緑の境目辺りに小さい家を描いている。小さくても窓も屋根もドアもあった。

「松浦さんは、近くで君を見守っていたかったんだね。だから、ここへ越した。君に心を残して死んだ妹さんを思うと、そうせずにはいられなかったんだろう。その松浦さんがあんな気の毒なことになった。みんな君を守るためだ。妹の残した忘れ形見、たった一人の姪を守るため。——僕は、ある時期、自分の推理に間違いがあったかと思った。あれほど貴和ちゃんの死を嘆く君が、貴和ちゃんを殺すはずがないとね。だが、君は貴和ちゃんの死を嘆いたのではなかった。松浦さんの凶行に驚愕し、苦しみ、悲しんだんだ」

小さな家の小さな屋根に赤い色が塗られた。不思議なことに、周りの情景が整い、形にも色にもそれぞれ力を感ずるが、右斜め上を飛ぶアゲハ蝶に、ますます存在感が与えられる。これがプロの仕事ということなのだろう。

「血の繋がった親子でも、離れて暮らしていたら、親子にはなれないのね。私は一緒に暮らしたお母さまのほうに、親子だという実感があるわ」

事件の核心に触れることを避けるように、あかりの話は飛んだ。

「雪江おば様のこと、好きだったんだ」

あかりが声を上げて笑った。

「拓真さんらしくない訊き方するのね。好きとか嫌いとか、そんな単純な感覚ではないでしょう」

「そういう感情も大事だと思うけど」

「それはそうかもしれないけど、私が言いたかったのは、一緒に暮らすことの重みかな。だって、全然気づかなかったもの、本当の母親ではないこと。よく叱られたし、よく褒められたし。私、お転婆だったから。——でも、お母さま、松浦さんの妹さんから、私を取り上げちゃったの。自分の知らないところで、夫の愛人の産んだ子どもが育っていくのに我慢ができなかったみたい。それよりも、自分の手元に置いたほうが落ち着いたらしいわよ。でも、それってやっぱり復讐よね。母親から子どもを取り上げちゃうなんて、すごいことだと思わない？　お父さまったら、お母さまの言いなりで、せっせと力を貸したんですって。それでその人、神経性の病気になって自殺したの。痩せ細って見る影もなかったんですって。死ぬほど苦しかったのね、子どもを取り上げられたことが」

「松浦さんから聞いたの？」

「おじ様はそんなことまで話さないわ。自分で米沢へ行って調べたの。こんな状態でも行きたいと思うところへは行けるのよ。松浦の啓子おば様は山形県の米沢出身なの。おじ様の妹さんはね、啓子おば様の実家で入退院を繰り返していたんだけど、結局自殺したの。子どもを取り上げられたことに耐えられなかったのね。そして全てに絶望した。おじ様の妹さん、おじ様と同じ死に方だったのよ。場所は啓子おば様の実家の物置。——拓真さんも知ってるんでしょう？　ずいぶん調べたみたいだから」

あかりは手前に草花を描き始めた。小さい花を丹念に描いている。

「私の名前、その人がつけたんですって。明るく育つように、あかり。すごく、分かりやすい名前でしょう」

「自分の出生のこと、いつ知ったの」

「パスポート申請のとき」

「おじ様と貴和ちゃんを、どうして——」

「またその話に戻るの？」

「重大なことだからね」

「だからといって、なぜ拓真さんに話さなければならないの？」

「それはそうだね。——結局は、復讐だったわけだ。確かに不幸な事故だったけど」

「あれは、事故ではないわ。拓真さんだって知っているくせに」

「僕は知らない」

「嘘よ、そばにいたじゃない。拓真さんは小学校の二年生よ。私が幼稚園の年長組。覚えていないはずないわ」

「記憶の問題ではない。本当に知らないんだ。僕が振り返ったとき、君がいなくて、貴和ちゃんが階段の端で呆然と立っていた。僕と目が合うと貴和ちゃん、突然泣き出したんだ。それしか知らない」

「そう、それならそれでいいわ。——私ね、いろんなことが少しずつ分かってから思うようになったんだけど、松浦さんが父の運転をし、礼儀正しく丁寧な物腰で父に仕えている姿を見るのがとても嫌だった。そこのベランダから朝晩、毎日見えるの」

「君の身近にいるには、その仕事が一番と思ったんじゃないかな。たぶん、そうだと思うよ」

あかりが、のけ反るようにして絵から顔を離した。しばらく真剣なまなざしで絵を見ていたが、やがて筆を置いた。

「はい、出来上がり」

絵を拓真に持たせ、自分は窓ガラスまで車椅子をバックさせた。しばらく作品を眺め、上へ下へ、右へ左へと、拓真に注文をつけて絵を移動させる。そして最後に満足そうに頷いた。

「よく、描けたと思う。そういえば、人としゃべりながら描いたことって、あまりないわね。──これが私の最後の仕事」

「締め切りはいつ?」

あかりは、もう一度目を細めながら作品を見たあと、その大きな目を拓真に移し、屈託のない笑い声を上げた。

「犯罪者の作品を出版するわけないでしょう」

あかりが、もういいわ、というように顎を引いた。

「今度のことを知ったら、出版社は慌てるでしょうね。でも、私の代わりはいくらでもいるわ。この人でなければ駄目なものなんてないと思う。Aが駄目ならB、Bが駄目ならC。個人の存在価値なんてそんなものよ。──そういえば、拓真さん、私がどうして蝶にこだわったか知ってる?」

あかりが離れた場所から言った。

「いや」

あかりは、部屋の隅へ行ってクローゼットを開けた。

その中を探り、何かを取り出して制作机の前に戻った。

「これ、覚えてる?」

あかりが膝の上で広げたものは、子ども用の白いズボンだった。

「子どものズボンだけど、弘樹君の?」

あかりは首を振ってズボンの裾を見せた。両方の、裾の外側にあたる場所に、大きな黄アゲハが刺繍《ししゅう》されていた。刺繍糸の、ぬめりとした独特の光沢が奇妙な力を放っている。

「貴和子姉さんが、あの日はいていたズボンよ。このアゲハ蝶が、走っていた私の足の前にいきなり突き出されたの。よける暇がなかった。――あれは単なる事故なんかじゃない。貴和子姉さん、私が拓真さんと遊ぶと、嫉妬したわ。子どもにだって、そのくらいの感情は分かるのよ」

「だとしても、それはほんのいたずら心、ふざけ半分でしたことだと思うよ」

「いたずら心やふざけ半分で、人の一生を破壊したの?」

あかりの鋭いまなざしに圧倒され、拓真は言葉を失った。

「もしかしたら貴和子姉さん、あの頃すでに私がお母さまの子どもではないこと、知っていたのかもしれない。私がここへ引き取られたときは、貴和子姉さんも二歳だったから分かるはずないけど、あのときは小学校一年生の夏だった。誰かに訊くチャンスがあっても不思議ではないでしょう。今でこそ、おっとり貴和ちゃんなんて言われているけど、小さい頃は結構芯が強かったのよ。口では何も言わないで、誰にも分からないようにちっちゃな意地悪をするの。あの突き出された足もそのひとつよ。私がこうなってから、少しずつ性格が変わったようだけど」

あかりは白いズボンを畳んだり広げたりしている。

「お母さまにねだって、このズボンもらったの。そのときの心理はよく分からないけど、お母さまったら貴和子姉さんがあの時はいていたズボンだったこと、忘れていたみたい。私、あの日以来、この蝶がときどき克明に目の奥に浮かぶの。それを絵に表現すると、自分でもびっくりするほど上手に描けた。描き終わると、目の奥から蝶が消えているの」

「だから、子どものときからずっと描き続けていたんだ」

「皮肉なものよね。この蝶のお蔭で、こんな私でもなんとか仕事を与えられ、結構、いいお金になる」

「こけしはどうして好きなの?」

あかりが不思議そうな顔をして拓真を見た。

「何?」

「拓真さん、意外と単純なのね。好きだから蒐集《しゅうしゅう》するとは限らないでしょう。――こけしの名前の由来知ってる?」

「いや」

「いろんな説があるようだけど、『子消し』という説もあるのよ。昔、飢餓に苦しみ、食べるものに困ったとき、子どもを捨てたんですって。そのあと親は寂しくて泣き暮らし、こけしを作って子ども代わりにして抱いて寝たの。でも、なかには知らない間に我が子が消えていたってこともあったのね……。そんなことはどうでもいいけど、こけしは私そのもの。そう思わない? 一種の自虐行為かしら。足のあるこけしってないでしょう。足元にその片鱗《へんりん》もない。どんな種類の人形でも、立ち姿の人形には足があるわ。こけしのルーツを調べてみたんだけど、分からなかった。初めにこけしを作った人は、どんな思いで自分の作品に、足も手も与えなかったのかしら

――」

拓真は絶句した。

拓真は気持ちを奮い立たせた。

「君がもし、貴和ちゃんに復讐したつもりでいるなら、君の復讐は失敗だ。復讐した意味がない」

「……？」

「貴和ちゃんは、君に復讐されたとは夢にも思っていないよ」

拓真は沸き立つ感情を抑え、努めて穏やかな声で続けた。

「復讐は、相手が復讐される理由を認識していて、初めて復讐したことになる。――そうじゃないかな」

「さあ、どうかしら」

「貴和ちゃんは、君に憎悪されていたなんて最後まで知らなかった。だから、今でもどうして自分が死んだのか分かっていないと思う。いや、死んだことさえ分からず、穏やかな笑みを浮かべてショパンのワルツを弾いているよ。もしかしたら、ウイーンの空で」

「それだけでも罪は深いわね。人の一生を破壊しておきながら、それに気づかないなんて」

あかりはもう一度仕上がった絵を手に取り、しばらく眺めてから、机の奥の壁に立てた。

「それに、いくら我慢強いあかりちゃんにだって、どうしても我慢のできないことがあるのよ」

「それは、何？」

「教えない」

あかりがじっと拓真を見つめた。


そのとき、あかりの頭の中で、新之助の嬉しそうな顔が広がっていた。

『あかり、お父さんに任せなさい。あかりに寂しい思いはさせないよ。拓真君と貴和子が結婚したらここに住んでもらおう。一階のゲストルームを改造すれば、新婚の二人に充分な部屋ができる。今は多いんだぞ、妻の実家に住む夫婦が。マスオさん症候群というんだろう。お父さんだってそのくらい知っている。誕生日にみんなに話すからね。拓真君は、あかりの事情をよく知っている。お父さんが頼めば了解してくれるよ。こんなこともあろうかと思って、大輔にはマンション住まいを許したんだ。嫁の香苗さんと暮らすより、実の姉のほうがいいに決まっている。そうだろう。大丈夫、お父さんに任せなさい』

頭の中がかっと熱くなり、耳鳴りがし、最後のほうの言葉は聞いていなかった。

新之助の口だけが目の前でパクパク動いていた。

拓真と貴和子が夫婦となってこの家で暮らす!!

父がそのことに奔走しようとしている。

私に、不倫の子という烙印《らくいん》を押した父。

実母を自殺に追いやった父。

大好きな伯父を、お抱え運転手にした父。

拓真と貴和子の結婚を躍り上がって喜ぶ父。

娘の心を想像できない無教養な父。

その父が嬉しそうに笑っている。その口はまだ動いている。

そのとき、頭の中に充満していた熱い塊が音をたてて砕けた。無数の断片が光を放って四方八方に散った。気の遠くなるような混乱だった。眩暈がして、上半身が揺れているようだった。その直後にあかりを襲った感情は、支えきれないほどの憤激と、煮えたぎる憎悪だった。


あかりは、拓真の強い視線を感じて我に返った。

「――これ、『クマのおつかい』という絵本なの。作家は男性。クマの兄妹がお使いに出て、森で道草しているうちに迷子になるの。そこへ、蝶の妖精が現れて家まで導くんですって。これは最後のページ。――ねえ、この二頭の子グマ、私と拓真さんの子どもの頃みたいじゃない？　ほら、いつだったか、二つの家族で蓼科《たてしな》高原に旅行をしたとき、キャンプ場の近くで、拓真さんと私、迷子になったでしょう。あとで、さんざん叱られたわね」

あかりが拓真を見た。

「拓真さんの推理の中で、一つだけ間違ったところがあったわ。テープレコーダーを置いたのはドアのそばではないの。あのとき、ピアノの屋根が五十センチほど、開いていたでしょう。テープはピアノの内部の端に置いたの。グランドピアノの内部は、私が覗き込める高さなのよ。音響版があるから、音もよく聞こえた。――それで、私はどうすればいいの。警察が来るのを待つの？　それとも拓真さんが連れて行ってくれるの」

「僕と一緒に行こう」

「そう、じゃあ、ちょっと待って」

あかりは、もういちどクローゼットに行くと、絹の黒いストールを出し、ふわりと首に巻いた。それは堂島新之助の初七日に身に着けていたものだった。そのあと、車椅子を移動させ、棚に並んだこけしから一体を取り、膝に乗せた。

「――それはそうと、刑務所ってバリアフリーかしら？」


二人は廊下に出た。

廊下は左右に延びていた。

「子どもの頃と比べると、廊下も狭く感じるし、長さも短く感じるものだね」

拓真の感慨にあかりが笑った。

「ほら、分かっていない。それは背が高くなった大人の感覚。私は今も地上１００センチの世界。あのときと同じ廊下よ。少しも変わっていない」

あかりが階段の下り口で止まった。

壁に沿って一本のレールが走っている。それは、あかりが一階と二階を自由に行き来するために設置された車椅子用昇降機のレールだった。壁に密着するように折りたたみ式のケージがある。

ボタンを押すとケージが開く。もう一度ボタンを押すとゲートが開く。車椅子を前進させケージの中に納まる。

さらにボタンを押すと、あかりを乗せたケージがゆっくり下降した。人が下りる速度とほぼ同じだった。拓真はあかりの隣を下りた。

「この階段、何段あるか知ってる?」

「いや、知らない」

「二十五段。弘樹が教えてくれたの。階段を目で数えるのって難しいでしょう。弘樹ったら、上ったり下りたりしながら一段ずつ数えていたのね。私は二十八年もこの家にいて、その数を知らなかったわ。厳密に言えば二十七年かしら。ここへ引き取られたのは満一歳の頃のようだから」

一階はひっそりとしていた。居間には大輔と桐生直明がいるはずだった。二人はさっき拓真から全てを聞いている。やがて苑子も知ることになる。

台所には野村清美もいるだろう。誰もが憤りと悲しみの中で息を潜めている。


拓真があかりを抱き上げ、自分の車の助手席に乗せた。後ろに回り、車椅子をトランクに入れる。トランクの閉まる音が庭に響いた。

食堂と居間に並ぶアーチ形の六つの窓にはレースのカーテンが下りている。車がゆっくりカーブし、堂島家の門を出て右折した。

あかりは何気なくサイドミラーを見た。そこに、堂島家の門の向こうに立つ平田小枝子の姿が映っていた。生活道路だからスピードが出せない。しばらく小枝子の姿が消えなかった。

　あかりは運転する拓真を見た。浅黒く引き締まった顔がまっすぐ前を見ている。その顔が悲しげに歪んでいた。あかりは努めて明るい声を出した。

「拓真さん、いろいろ調査したようだけど、仕事があるから一人では無理よね。それに確か、十四日と十五日は福岡へ出張だったでしょう。十五日の火曜日はP美術館の休館日。誰か有能なアシスタントがいたんじゃないの？」

　拓真は無言だった。ミラーの中の小枝子の姿が遠ざかり、やがて消えた。

「そういえばあの日、宮本さんの死体を発見したときなんだけど、確か小枝子、『加納さぁん来て！』って、叫んだわ。——それって不自然じゃないかしら。家の中には桐生のお義兄さんも、大輔兄さんも、苑子姉さんもいたわけでしょう。そうだ、台所には野村さんだっていたわ。普通、ああいうときって、誰か来て、っていうんじゃないかしら。それなのに拓真さんを呼んだ。あのときの小枝子、思わず身近に感じている人の名を呼んでしまった。そんな感じだったけど……」

　拓真はあかりの話がまったく耳に入っていないようだった。ただ、必死の顔つきでハンドルを握っている。

「実は、最近の小枝子を見て、変わったなって、思っていたの。灯台下暗しって、このことね。ほんと、笑っちゃうわね」

　拓真は口を一文字にして前方を見ている。

「拓真さん、もしかしたら、もっと早く事実を伝えればよかった、なんて責任感じているんじゃない？　でも、そんなことは些細なこと。たぶん、直接の原因ではないと思う。だから、自分を責めないでね、お願いよ。小枝子も苦しんでいるかもしれないわね。拓真さんから言ってあげて、気に病む必要はないって。――これは私の運命。不倫の子として生まれたことも、こういう体になったことも、そして、大罪を犯したことも……」

あかりはもう一度拓真を見た。拓真の顔が歪み、目の表面に薄い膜が張られている。唇がひくひくと震えていた。

あかりは、拓真のその表情を見て、初めて胸の奥に熱い塊を感じた。それは何かひとつのことで刺激を受けたのではなく、いろいろなものがない交ぜになった、わけの分からない感情の高まりだった。その塊は瞬く間に膨張し、息苦しいほどに喉を締めつけた。やがて鼻の奥を通ってまぶたの裏で解けそうになる。

あかりは歯を食いしばり、短い呼吸を繰り返しながら目をいっぱいに見開いていた。それが、子どもの頃に覚えた、あかりの涙の乾かし方だった。

エピローグ

渋谷駅近くのはやらない居酒屋は、今夜も客の入りは六割がただった。

前回と同じ席が空いていて、前回と同じ位置に三人は座っていた。

テーブルには健啖家の津由木哲夫、若い嶋謙一、田神修司、三人の腹を満たすための料理がわんさと並んでいる。十月三十一日。今日で田神修司は異動となる。署内での送別会は数日前に済ませていた。

嶋謙一はビール一辺倒。津由木と田神はウーロンハイだ。

田神が、「冷めないうちに」と言って、タバスコをたっぷりかけたピザを一切れ持ち上げた。糸のように伸びるチーズをからめとりながら、うまい具合に口の中に収めた。

「あの言葉は、強烈でした」

熱いピザを口の中で転がしながら咀嚼《そしやく》して飲み込み、次にウーロンハイをごくごくと流し込む。

若い者の飲み方だなあと、津由木はつくづく思う。

「何が?」と、嶋。

嶋謙一は、ほうれん草とベーコンのソテーを頬ばり、空になったジョッキを上げて店員を呼んだ。

「なぜ殺した? それは、憎らしいからだわ」

田神が堂島あかりの口調を真似た。

あかりが起訴されて一週間が過ぎていた。

「一度も興奮しないし、泣きもしませんでしたね」

そう言うと嶋は、届いたビールを一口飲んだ。

「涙は、子どもの頃、流し尽くしたのかもしれんな」

津由木は、悪びれる様子もなく、恐れる様子もなく、終始同じ態度で取り調べに応じた堂島あかりを振り返っていた。

『自首をしたのは、加納さんに説得されたからではありません。誰に言われなくても、今日中にこちらへ伺いました。今日は松浦さんと宮本さんの初七日ですし、それに、この一週間は、心の整理に費やした時間でもあったのです。自首をした理由ですか？　それはもちろん、松浦郁夫さんの汚名を返上するためです。松浦さんの、宮本茂さん殺害は私のためにしたことです。松浦さんの残した書置きの、〝全て私がしました〟。その全ては、偽りです。そのことを証明し、松浦さんと宮本さんに、心からお詫びするためだけに私はここにいます。その他のことで話すことはありません。加納さんが推理したことと、警察が捜査されたことが事実だからです。こけしからも血痕が検出されるはずですわ。それに、先ほど渡したストールからも。――凶器ですから』

『なぜ、お父さんとお姉さんを殺した？』

『なぜ殺した？　それは、――憎らしいからだわ』

『父親と姉を殺したいほど憎む理由は？』

『そういうことも、調査済みでしょう。加納さんから情報が入っているはずです。彼の言うことに間違いはありません。私のことはよく知っている人ですから』

津由木は冷えたトマトに醤油をつけた。目の前の二人がびっくりした顔をした。

「どういうわけか、子どもの頃からトマトに醤油をつけるのが習慣でね。俺の知り合いに砂糖をつける奴がいる」

若い二人が笑った。

田神が二切れ目のピザを取った。

「それにしても、二十二年もたった今、どうして殺したいほど憎くなったんでしょうね」

「そうだね。なぜ、今だったんだろう。引き金を引く原因になったことがあるはずなのに、最後まで、『憎らしいから』で、終わってしまった」

「あかりが言ったよな」

嶋と田神が津由木を見た。津由木がグラスの中の氷を見つめている。

「一つひとつ諦めていくことが、どういうことか分かりますかって」

「ええ」

「そのうち諦めることが普通になって、初めから求めなくなる、とも言った」

「ええ」

「だが、そのことと、大人の女として諦めなければならないこととは違うんじゃないかな」

「ということは、恋愛感情ですか？」

嶋謙一は真面目くさった顔をしていて、呑み込みが早い。

「恋愛感情？」と、田神が頓狂な声を出して嶋を見た。

「そう。要するに、あかりの心の奥には常に憎しみのマグマが燃えていた、ということだろう。その気持ちは分かる。階段を上がってきた貴和子の足に躓《つまず》いて階段から落下。脊髄損傷で下半身不随だ。いくら、不幸な事故だったとはいえ、貴和子へ憎しみを抱く気持ちも分からなくはない。だけど、なぜ今になっての殺害なのか。二十二年間、我慢できたのに、なぜだ。何が突然、あかりを殺人者へと駆り立てたのか」

「それが、恋愛感情というわけですね。言われてみれば、そうですよね。女の殺傷事件の動機は、だいたいが恋愛がらみですから」

嶋と田神が津由木の意見を聞きたいような様子で顔を向けた。津由木は、季節はずれの枝豆を指で摘んだ。

「うむ。俺もそれ以外に考えられないように思う。——加納拓真のことを好きだったんじゃないかな。子どもの頃からずっと兄妹のように育ったと言っただろう。誰でも、初めに異性を感じるのは身近にいる親しい人だ。あかりにとってそれは、加納だろう。だが、普通それは一過性のもので、成長して行動範囲が広がれば、視野も広がり、異性を見る目も広がってくる。ところが、あかりの場合はそうではなかった。彼女の抱えた事情が原因と思うが、二十八年間、あかりにとって異性は加納拓真ただ一人だった。あかりの心の中で加納拓真は凝固していた。その拓真が他の誰かと恋愛をしている。もしかしたら結婚が近いことを知る」

「ええ、その相手が貴和子なら分かるんです。でも、加納の恋人は平田小枝子ですよね。二人は堂島家に出入りしているうちに知り合い、付き合うようになった。付き合い始めて日が浅いと加納は言ってましたが、それでも、あかりの身上調査を小枝子に託しています。近いうちに、警察の手があかりに伸びるんじゃないかと思うと、不安でいたたまれなくなり、出張先から小枝子に電話して訳を話したのでしょう。小枝子は米沢、赤湯、日暮里にも行って、あかりの出生の秘密を突き止めています。小枝子はあかりの友達です。いわば、友達に好きな人を取られたということでしょう。それなのに、なぜ、貴和子を殺したんでしょうか。桐生夫婦も、大輔も、加納と貴和子の間に恋愛感情があったとか、結婚話があったなんて話していませんよね」

田神修司が至極もっともな疑問を述べた。

「あかりは二人が付き合っていることを知らなかったんじゃないの」と、嶋。

「それはそうですが、では、あかりはどうして、加納と貴和子が恋愛関係にあると思ったんでしょう。桐生夫妻も、大輔も、われわれにそんなことは何も話していません」

「そうだな。その通りだ。しかし、われわれが想像できるのはここまでだ。人の心を細部まで理解することなどできん。心の裏は取れないということだよ。加納拓真だって、あかりの兄姉だって、全てをわれわれに話したとは限らないだろう。こんな大きな事件になると、証言者も用心深くなる。まして、桐生夫妻や堂島大輔にとって、被害者も加害者も肉親だ。かなりデリケートで複雑な心境だと思う」

「そうですね。それに父親の殺害動機が不明すぎませんか。貴和子の場合は想像を膨らませて、納得できなくはありませんが、父親を、ただ憎らしい、だけで殺せるものでしょうか。少なくともあかりは、父親にずいぶん大切にされていたはずです。こんな悲劇が生まれる決定的な動機があったと思うんですがね」

「あのような境遇の人間の心を推し量るのは不可能に近いな。もしかしたら、われわれとは違う傷つき方をするのかもしれん。難しいところだ」

「ええ」

「あとは、公判で弁護人がどこまであかりの心に食い込み、あかりがどれだけ心を開き、真実を語るかだな。あかりの心に、想像を超えた動機が隠れているかもしれん。裁判は生き物と言うだろう。証言者の証言だって、いつどのように変わるか分からない」

「ええ」

嶋と田神が真剣な顔つきで津由木の話を聞いている。

「ただ、ひとつ言えることとは、あかりは自首するつもりでいた。これは本人の言葉に嘘はないと思う。そうでなければ、凶器を処分したはずだ。こけしもストールもね。彼女は障害者用の車を持っている。それこそ、処分しようと思えばどこにでも行って処分できる。——松浦の死を知ったとき覚悟を決めたんだろう」

「ええ、それは自分も思います。それに、なんとなく杜撰《ずさん》な犯行と思えませんか？」

そう言って、田神がウーロンハイをがぶりと飲んだ。

「杜撰？」と嶋。

「確かに計画的な犯行ではありますが、彼女のあの状態でできることといえば限られています。それに、彼女には逃亡ができません。これは絶対にできません。そういうことを考えると、それほど緻密な計画を立てる気はなかったんじゃないかと思えてくるんです。早く言えば初めから諦めている、というような。さっき、津由木さんも言いましたが、自分も印象に残っています。『諦めるって、どういうことか分かりますか？』。彼女の、その言葉が……」

津由木と嶋がグラスを置いて田神を見た。田神が慌てた風をして、

「いえ、そんな大げさなことではないんです。ただ、電話のトリックにしても、テープレコーダーのアリバイ工作にしても、ちょっと幼稚だな、と思えるんです。しかし、被害者に対する憎しみは伝わってきました。背中が寒くなるくらいでした」

「そうだよな、新之助のときは危険を侵して、止めを刺しに行った。貴和子のときは自室で首を絞め、そのあと、レッスン室まで運んだ。アリバイ工作のためだ。まあ、この新たな事実の発見は、加納拓真のお手柄だがね。それにしても、あかりが膝に貴和子を乗せて昇降機に乗り、すーっと階段を降りていく姿を想像するとぞっとするよ。凄まじい精神力だ」

津由木は二人の話を聞きながら、あかりの言った、『憎らしいから』の一言を考えていた。あの言葉には含むところが大きいだろう。

不倫関係の間に生まれたこと。実の父親の家とはいえ、実母から引き離され、異母兄姉の住む家に引き取られたこと。その後の実母の自殺。引き取られた先での人生を一変する大きな事故。

本人の責任などひとつもない。まさに運命に翻弄されたようなものだ。そして、その原因が、父親と貴和子にあると思い込んだならば、殺人の動機として無理があるとも思えない。

あかりもそれを言い通し、送検され起訴となった。

あかりは笑いながら言ったものだ。

『どこに身を置いても同じなんです。どう足掻《あが》いても、私の目線はいつも地上１００センチ。それが私に与えられた世界なんですから』

「しかし、加納拓真はずいぶん早い段階からあかりに目をつけていたようですね。びっくりしました」

「うむ。──もしかしたら、彼はあかりの気持ちを察していたのかもしれんな。だから、家族とは別の意識でこの事件を直視していた」

「ええ、そうかもしれません」

嶋がそう言うと、田神がしんみりとした顔つきで頷いた。

「それにしてもガミ君、電話トリックの解明はお手柄だったな。あかり本人に褒められたじゃないか。俺は悔しかったがね。電池の消耗というアイディアを却下されて」

田神と嶋が笑った。

「あのときは、びっくりしました。『刑事さん、頭がいいのね』ですからね。容疑者に褒められるとは思いませんでした。それよりも、嶋さんでしょう。二階からの投身自殺は不自然！　これです」

「いや、やっぱり津由木さんですよ。降雨量と気象用語。降った時間。トレーナーの検証。背筋がぞくぞくするほどの裏取りです。説得力がありました」

「そうかね。そう思ってもらえると嬉しいね」

津由木は素直に喜び、笑った。

津由木は気持ちを切り替えた。今夜は、田神修司の送別会だ。

「よし、この話はこれで終わり。俺たちはすべきことをした。あとは裁判を見守るだけだ。それよりも、今夜はガミ君の送別会だ。シマちゃん、ガミ君と、こんな風にひとつテーブルを囲んで、安酒を飲むなんてことは二度とないよ」

「そんなこと言わないでくださいよ。また、田園調布東署に回ってくるかもしれません。そのときは無視しないでください」

「無視しような、シマちゃん」

「そうですね。無視して、ここへも二人だけで来ましょう」

嶋謙一が真面目くさった顔で言った。三人は笑ってグラスを合わせた。

それからの津由木はピッチが上がった。よく食べ、よく飲み、気持ちよく酔った。

はやらない居酒屋の前で、津由木は両手を小さく挙げて万歳三唱の真似事をしてみせた。

嶋と田神が大声で笑い、三人で握手をした。

津由木哲夫と嶋謙一は、渋谷駅前で田神修司を見送った。人の流れの中を歩いて行く185センチの後ろ姿は、やはりかっこ良かった。

「あいつは、警察官になるより、俳優のほうがいいと思わんか?」

「ええ、思います。――でも、やっぱり彼は警察官です。かっこよすぎてちょっと妬《や》けますけどね」

「うむ。実は俺もそう思っている」

二人は顔を見合わせて笑った。

本書は書き下ろしです。

この物語はフィクションです。実在の人物、団体、事件等とは、一切関係がありません。

〈著者紹介〉
天野節子　1946年千葉県生まれ。初めて執筆した小説『氷の華』は2006年自費出版からスタートした後、07年単行本として出版。その後、文庫化され35万部を超えるベストセラーとなる。ドラマ化もされ、62歳の大型新人として注目を浴びた。

GENTOSHA

目線
2009年 6 月30日　第1刷発行

著　者　天野節子
発行者　見城 徹

発行所　株式会社 幻冬舎
〒151-0051 東京都渋谷区千駄ヶ谷4-9-7

電話:03(5411)6211(編集)
03(5411)6222(営業)
振替:00120-8-767643
印刷・製本所:中央精版印刷株式会社

検印廃止

Printed in Japan
ISBN978-4-344-01699-6 C0093
幻冬舎ホームページアドレス　http://www.gentosha.co.jp/

この本に関するご意見・ご感想をメールでお寄せいただく場合は、
comment@gentosha.co.jpまで。